CHARLES CLUNY

PHI-PHI

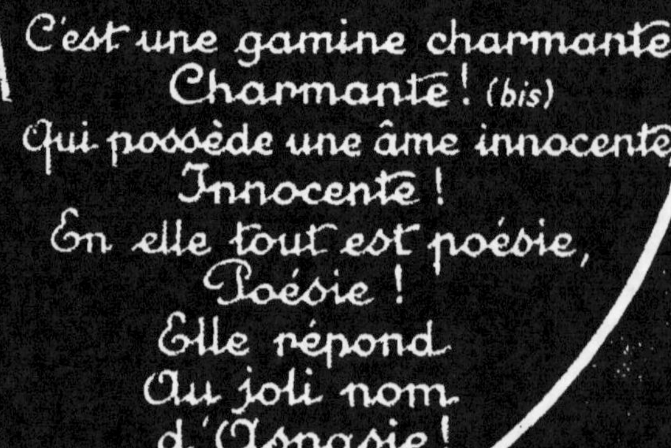

NOMBREUSES et SUPERBES
ILLUSTRATIONS du FILM

Editions JULES TALLANDIER
75, Rue Dareau. PARIS (XIVe)

Publié avec autorisation de l'Éditeur FRANCIS SALABERT 22, rue Chauchat, Paris.

PHI-PHI

CHARLES CLUNY

PHI-PHI

ROMAN GAI

d'après le film tiré de la célèbre opérette de **A. WILLEMETZ & F. SOLLAR**

abondamment illustré par les photographies

de ISIS-FILM

CINÉMA-BIBLIOTHÈQUE

Éditions JULES TALLANDIER

75, Rue Dareau, PARIS (XIVᵉ)

AVIS DES ÉDITEURS

Tous les ouvrages publiés par la Librairie JULES TALLANDIER dans ses éditions cinématographiques — qu'ils soient écrits d'après les films, ou que les films en soient tirés — sont toujours en concordance étroite avec les œuvres projetées à l'écran.

Nous prions les lecteurs de se méfier d'ouvrages n'ayant aucun rapport avec les films et qui ne présentent qu'une analogie de titres, afin de créer une confusion dans le public.

Avant d'acheter, vérifier que l'ouvrage porte bien la firme

ÉDITIONS JULES TALLANDIER

75, Rue Dareau, Paris (XIVe)

PHI-PHI

CHAPITRE PREMIER

PHI-PHI ET PHI-PHINE

Le chérubin joufflu dont la baguette marquait les heures sur la clepsydre était déjà très haut depuis que l'aurore au *peplos* couleur de safran avait, de son doigt rosé, ouvert les portes de l'Orient...

Un éternuement sonore troubla soudain le silence, dans la vaste salle somptueusement tendue de pourpre de Tyr... Phidias, le grand sculpteur Phidias, revenant aux choses d'ici-bas, quittait — à regret — les bras de Morphée.

Ce réveil, nous devons le reconnaître, manquait un peu de cette majesté qu'on serait tenté d'attribuer à l'illustre statuaire. Il jeta autour de lui des regards encore incertains, étira paresseusement ses membres engourdis et, passant sa dextre dans les quelques cheveux qui lui restaient, murmura, d'une voix plutôt pâteuse :

— Par Zeus Olympien ! j'ai dû sabler hier soir trop de coupes de samos au Cercle des Philhellènes !... Il me semble que j'ai une menuiserie dans la bouche... le palais de bois !... Maudit tripot, j'y ai perdu pour le moins soixante mines... Ce Démétri ne cesse d'avoir une chance de pendu : toujours le double-six !... Il faudra que je demande au commissaire des jeux de le surveiller... Ces Thébains ont une fâcheuse réputation de tricheurs...

Phidias — Phi-phi, comme l'appelaient familièrement ses intimes — exhala un long soupir, poussa un bâillement sonore et leva vers le plafond ses yeux bouffis et las...

Accroché au ciel de lit, un amour joufflu, semblant le regarder avec malice, tendait son arc vers le statuaire, comme s'il eût voulu lui percer le cœur de sa flèche.

— A la flèche, qui veut boire ! ricana Phidias, qui ne détestait pas les à peu près, depuis qu'Aristophane les avait mis à la mode dans ses pièces d'actualités.

Puis, avec une soudaine mauvaise humeur que pouvait expliquer son état de dépression physique, il grommela :

— Sacré Cupidon, va ! Qui m'a fait tomber les cheveux ? Qui a rouillé mes articulations ? Qui me donne parfois à l'occiput des sensations nettement désagréables ?... C'est l'Amour, ce petit coquin d'Amour !... Je t'abomine, gredin !... Autant que je chéris ta Vénus de mère...

Satisfait de cette diatribe, qui n'avait d'ailleurs guère troublé son interlocuteur, Phi-phi tourna un regard languissant vers le petit cadran solaire accroché au-dessus de sa table de nuit. Un rayon de soleil, se jouant à travers la persienne entr'ouverte, indiquait qu'il était neuf heures...

— Les dieux immortels m'assistent ! gémit le sculpteur... La neuvième heure, déjà !... Mon cadran solaire doit avancer... il faudra que je le fasse porter chez l'horloger... En attendant, le temps passe ! Et moi qui avais convoqué en mes ateliers des modèles pour mon nouveau groupe !...

Se précipitant à bas de sa couche, il endossa un élégant vêtement d'intérieur mauve, récemment créé par Poirôs, le couturier en vogue. Deux pièces, en soie de Cos, le composaient : une ample veste, négligemment nouée à la taille par une ceinture de même étoffe, et des chausses, longues et larges, quoique moins bouffantes que les grecques (1) ordinaires ; une simple cordelière jouant dans une coulisse permettait de retenir ces chausses à hauteur décente. Un artisan épris d'innovation avait brodé le tout de figures géométriques du plus gracieux effet.

Satisfait de son élégance, Phidias, soudain, pensa à sa femme. Elle devait être levée depuis longtemps.

— Tout de même, fit-il avec amertume, Mme Phi-phi aurait bien pu me présenter ses devoirs... ou, à tout le moins, m'apprêter une de ces boissons gazeuses pro-

---

(1) Les *Anaxyrides* ou « chausses à la Grecque », plus simplement appelées *grecques*, d'où est née vraisemblablement l'expression romaine *se tirer des grecques*.

pres à rafraîchir les gens qui ont abusé, la veille, du samos mousseux ou du chio sec, je ne sais plus au juste ..

« Mon épouse manque de tact, et n'a aucunement le sens de l'opportunité !... Si, seulement, elle m'avait porté mon café au lait au lit !..

Inconscient, il chantonna :

Ollé ! olli ! ollé ! olli !

Mais le souvenir de sa femme, brusquement revenu, arrêta net cet élan de gaîté.

— Au fond, songeait-il, quel besoin avait-elle de se lever aussi tôt ?...

« Elle doit, j'en ai peur, courir les marchands d'étoffe... et elle reviendra en m'affirmant qu'elle avait, justement, des occasions uniques !... Pas d'erreur, elle est aux Galeries Miltiade !... »

Un rire argentin le tira de ses réflexions et de son erreur. Mme Phidias se trouvait dans la pièce voisine, son cabinet de toilette.

D'un geste maussade, le statuaire fit glisser une lourde tenture sur sa barre d'argent fin plombé (1). Et Mme Phi-phi, à peine vêtue mais coiffée et maquillée, apparut rayonnante de beauté.

Les fards, qu'elle savait mieux qu'aucune employer pour réparer des ans l'irréparable ouvrage, lui permettaient de n'accuser que vingt-deux printemps, qui, d'ailleurs, le lui rendaient bien. Elle évitait, depuis deux lustres, de compter les hivers, dont le nom seul, disait-elle, lui jetaient un froid...

Mais une femme n'a jamais que l'âge qu'il lui plaît d'avoir, et l'épouse du sculpteur faisait encore tourner bien des têtes, vers elle, évidemment. Seul, son mari semblait ne pas s'intéresser à cette beauté obstinée...

— Le mariage, aimait-il à expliquer, c'est, suivant les cas, le jeu de l'amour ou du hasard... mais ça finit toujours par n'être qu'un jeu de satiété !

Aussi préférait-il considérer d'un œil attendri et concupiscent les toutes jeunes filles qui, un carton à chapeaux sous le bras, déambulaient par les rues d'Athènes.

C'est donc avec un air particulièrement détaché qu'il revit la gorge généreuse — mais conjugale — de Mme Phidias et ses épaules nacrées.

---

(1) Depuis la dernière guerre, les Grecs payaient des impôts excessifs, parce qu'ils avaient été victorieux. Pour échapper à la taxe de luxe, les gens riches avaient imaginé de recouvrir d'une mince couche de plomb ou d'étain tous les objets d'or ou d'argent, frustrant ainsi le fisc de la perception sur les métaux précieux.

Cette manœuvre fut signalée quelques années plus tard au gouvernement, qui ferma les yeux, façon de voir mal interprétée par les gens du commun, qu'on appelait des *communistes.*

— As-tu bien dormi, mon chéri ? demanda aimablement l'épouse.

— Et pourquoi n'aurais-je pas bien dormi ? répliqua-t-il, bourru. Ai-je quelque chose à me reprocher ? Le ciel n'est pas plus pur que le fond de mon âme !... Aurais-tu ouï dire que les Euménides m'aient visité pendant mon sommeil ?... Non !... Alors ?...

Mme Phi-phi, dont les yeux brillaient du plus vif éclat, ne prit point garde à ce ton agressif.

— Laisse-nous, Kallistra, dit-elle à sa manucure, servante au grand cœur qui, agenouillée devant sa maîtresse, lui rosissait les ongles au carmin.

La servante au grand cœur disparue, Mme Phidias tendant ses beaux bras blancs, minauda :

— Viens près de moi, mon amour !...

Le sculpteur, avec une mine de chien battu, s'approcha et se laissa tomber sur un genou devant sa femme. Mais, aussitôt, il geignit :

— Aïe !... mon rhumatisme !... hou là !... mes douleurs... Ecoute...

— Tais-toi donc : les douleurs sont des folles !... et qui les écoute est encore plus fou !...

— Je t'en prie, Phi-phine !...

Depuis que ses familiers l'avaient surnommé Phi-phi, le statuaire avait cru devoir féminiser ce sobriquet à l'usage de son épouse ; il l'appelait donc Phi-phine dans l'intimité, soit qu'il voulût lui témoigner sa tendresse, d'ailleurs intermittente, soit qu'il fût — comme ce jour-là — d'une humeur de dogue.

Phi-phine, cependant, ne s'y arrêta point. Attirant Phidias contre son sein, elle caressa d'une main provocante le crâne à peu près dénudé du bien-aimé (crâne qu'elle appelait plaisamment ses « soixante cheveux »).

— Que tu es beau, roucoula-t-elle, et que je t'aime !

Et elle lui mit un ardent baiser sur le front.

Méfiant, le sculpteur se redressa, avec une agilité que n'eussent point laissé soupçonner ses prétendues douleurs.

— Moi aussi, moi aussi, je t'aime... fit-il en se mettant à distance respectueuse... Seulement, le travail avant tout !...

— Oh ! mon chéri...

— Parfaitement, madame : *Labor improbus omnia vincit !*

— Qu'est-ce que c'est que ça ?

— Du latin !... Tu sais bien qu'au lycée, en même temps que le grec, on peut étudier le latin comme langue vivante... Des locutions de ce genre, propres à meubler la conversation, tu en trouveras d'ailleurs des tas dans les rouleaux roses du glossaire d'Hérodote.

— Ah !

— Je te le dis !... D'ailleurs, là n'est pas la question. Je n'ai plus une minute à perdre, plus une faute à commettre... Songe que je n'ai pas encore pu trouver de modèle pour ma Vertu !

— Ta vertu ?

— Hé oui : la Vertu !... pour ce fameux groupe commandé par l'Etat : « La Vertu résistant à l'Amour » !... J'ai déjà touché *d'importantes avances : trois talents d'or...* avec le change actuel, ça fait deux cent mille drachmes... Et je n'ai rien commencé, faute de Vertu !

— Il ne manque cependant pas de femmes qui posent pour la Vertu...

— Ce sont justement celles-là dont je ne veux pas !... Ah ! ce n'est pas commode... Pour l'Amour, encore, ça va... il se balade partout...

— L'Amour est enfant de Bohème !

— Voilà !... Tandis que la Vertu, ah ! là là !... Enfin, je vais à mon atelier ; peut-être cet animal de le Pirée m'aura-t-il déniché l'oiseau rare... Au revoir, m'amie...

Mme Phidias bondit :

— Tu ne vas pas t'en aller comme ça !...

Puis, pour masquer sa déception :

— Qu'est-ce que c'est que ce costume ?... En voilà une horreur !

— Une horreur ?... la dernière création de Poirôs !...

— Tu es parfaitement ridicule là dedans !... Non, mais pige-moi ça !... pige-moi ça !...

— *Eurêka !* s'écria Phi-Phi... Poirôs qui, entre *nous, manque un peu d'imagination,* m'avait prié de lui trouver un nom pour ce nouveau vêtement... On va l'appeler « Pige-moi ça » (1) !

Sur ce, pirouettant, le statuaire esquissa une sortie rapide, dont l'élan fut arrêté net par Phi-phine, qui, le saisissant prestement par la ceinture, tenta de le retenir... Phidias, dénouant non moins vivement la bande d'étoffe, se dégagea aussitôt et courut vers sa chambre. La pauvre épouse, désappointée, poussa un soupir résigné, puis, appelant Kallistra, elle lui ordonna de terminer la toilette de ses ongles...

— Ils ne seront jamais assez brillants, dit-elle... Polissez-les sans cesse et les repolissez !...

La servante au grand cœur avait à peine achevé sa délicate besogne que Phi-Phi reparut, mis avec une suprême élégance.

Chaussé de hauts cothurnes à bandelettes dorées, vêtu d'une somptueuse chla-

myde de fin tissu ceinte d'une cordelière pourpre, rasé, poudrederizé, frisé, calamistré, ses ultimes cheveux soigneusement rangés par paquets de six, le sculpteur avait vraiment fort grand air, et semblait rajeuni de quinze jours.

Phi-phine, ravie, le contempla avec une admiration béate et concupiscente, mais, sans laisser à l'ardente créature le temps de préciser autrement ses pensers intimes, Phidias lui mit rapidement un baiser sur le front.

— Au revoir, dit-il, je vais travailler...

De la porte, il lui fit, sans se retourner, un petit geste familier qui, envoyant à plusieurs reprises la paume de sa main droite vers l'épaule, pouvait à la rigueur être pris pour un aimable adieu.

Sur le seuil de la maison, il salua, d'un air protecteur, la vénérable Tragelapha, concierge du lieu, et se trouva enfin dans la rue.

Musant, le nez en l'air, il alla heurter un camelot, qui hurlait :

— Le *Siècle !* demandez le *Siècle* de Périklès !... Dernières nouvelles : Sparte refuse de payer !...

Phi-Phi le repoussa :

— Penses-tu, lui dit-il, que je vais t'allonger deux oboles pour n'apprendre que de fâcheux oracles ! Garde ton papyrus !

Et, s'éloignant, il grommela :

— Ah ! cette politique d'après-guerre !... C'était bien la peine qu'un archange déclarât solennellement devant l'Assemblée du peuple : « Ne vous en faites pas pour les *frais de cette dernière campagne : les La-cédémoniens paieront !...* » Va-t'en voir s'ils viennent ! Ce sont les Grecs moyens, oui, qui seront encore pressurés !... Moi, ça m'est égal, je vais augmenter mes tarifs !

Ayant pris cette décision réconfortante, il prit également, en fredonnant, le chemin du mont Hymette, quartier où se trouvaient ses ateliers...

Dans le même temps, Mme Phidias, aussi furieuse que vexée du triste abandon où la laissait son légitime époux, caressait — faute de mieux — des projets de vengeance.

— Mon mari me délaisse, soupirait-t-elle... Ah ! Phi-phi, je vois bien que tu ne m'aimes plus !...

Puis, se ressaisissant :

— Eh bien, tant pis !... Si tu ne m'aimes pas, je t'aime... et si je t'aime, prends garde à toi !

---

(1) *Pige-moi ça,* dont le populaire, par corruption, fit ensuite *pige-à-moi.* Des traducteurs avisés simplifièrent plus tard le nom, qui devint alors *pyjama,* dont on trouve encore, sous cette forme, quelques traces chez les peuples d'Occident et chez les chemisiers...

CHAPITRE II

« LE PIRÉE » POUR UN HOMME

C'était un petit bonhomme d'un âge incertain, — parce que, peut-être, trop certain — malicieux, rusé, chafouin, paresseux et doué de cette honnêteté très relative qui caractérisait les serviteurs de l'époque.

Ignorant son nom, sa naissance, Phidias l'avait surnommé « le Pirée » afin, sans doute, de pouvoir, malgré sa taille exiguë, le prendre pour un homme.

Chargé de la garde et de l'entretien des magnifiques ateliers du grand sculpteur, il s'acquittait assez mal de ses doubles fonctions. Quoique se déclarant « prêt à tout », il semblait surtout n'être bon à rien.

Il se laissait volontiers aller à son aimable penchant pour les jeunes modèles du statuaire et à un goût excessif pour les courses. Un ultime vestige de dignité lui faisait masquer cette dernière passion sous un euphémisme délicat : il avouait seulement s'intéresser vivement à « l'amélioration de la race chevaline ». Reconnaissons, en effet, qu'il avait déjà payé de ses propres économies — mais bien involontairement — une partie des embellissements de quelques hippodromes populaires.

En le voyant, ce matin-là, au milieu des statues d'or, de marbre, d'ivoire et autres matières précieuses dont son maître lui laissait — bien légèrement — le soin, l'observateur le moins averti eût été vite convaincu que le Pirée était, effectivement, un fervent du sport hippique.

Nonchalamment étendu sur un divan profond, entouré de coussins moelleux, fumant un énorme cigare visiblement emprunté aux boîtes du « patron », ce serviteur des modèles — qui n'était pas le modèle des serviteurs — étudiait avec une attention soutenue les pronostics de son journal *Athènes-Sport* pour les courses du dimanche suivant. Et, par instants, il soliloquait à mi-voix :

— Voyons... *Ptolémée?*... Hem ! ça dépendra de la monte. Ils ne donnent pas encore le nom du jockey !... X...., ça ne veut rien dire, et ça complique le scrutin... le scrutin de l'X ! *Petit Salé?* dans les choux !... *Anacharsis II ?*... Il court bien — n'est-ce pas son métier ? — mais ses chances demeurent hasardeuses... Comme disaient les Sept Sages : « Il n'y a pas de sots métiers, il n'y a que de sottes chances ! »... *Solon?* Il est deuxième favori, il y aura trop de drachmes sur lui... Toutes ces drachmes au Solon !... *Cothurne?*... Il galope comme un pied !... La dernière fois, il devait gagner dans un fauteuil, et il est arrivé sur une civière !... *Mathusalem?*... Bien vieux, bien fatigué... *Lazzarone?*

« Allez vous y reconnaître !... Décidément, j'opinerais pour *Ptolémée*... Seulement, s'il est bien monté, il sera archifavori et il faudra payer... Risquer une

mine pour gagner une hémi-drachme, je ne marche pas !... Mais... mais... mais... tout le monde va le jouer gagnant !... Placé, il donnera encore du trois contre un !...

Et, au dos de son papyrus, il inscrivit fiévreusement des chiffres, des fractions...

Une motte de terre glaise, vigoureusement lancée, vint s'écraser lourdement sur sa nuque et le tira de ses calculs. Il fut aussitôt sur pied, et se retourna vivement...

A l'autre bout de l'atelier se tenait Phidias, qui, en souriant, demanda, non sans ironie :

— Eh bien, le Pirée, ça va ?

— Heu... coursi-coursa... répondit le serviteur, d'abord décontenancé.

Mais, se reprenant bien vite, il ajouta, en cachant derrière son dos le cigare patronal :

— A vos ordres, maître... Mes hommages sont à vos pieds !... J'étais en train de vérifier les ressorts du sommier... Celui du milieu me semblait fatigué...

— Et maintenant, il est reposé ?

— C'est l'ressort le plus beau, le plus digne d'envie !

— Oumph ! renifla soudain Phi-phi... C'est toi qui fumes de si odorants cigares ?

— Mon péché mignon... bafouilla le Pirée... C'est un délice... ils sont triés par moi...

— Oui, triés sur les volés !... Allons, jette ce mégot, animal !... Et parlons sérieusement.

Le domestique, avec quel regret, laissa choir le corps du délice, auquel il accorda un dernier regard concupiscent et désolé puis, respectueusement, déclara :

— Je vous ouïs, maître !...

— Je t'avais demandé de me trouver, pour aujourd'hui même, un modèle pour ma Vertu ; je parie que tu l'as oublié !...

— Vous avez perdu, maître !... Je n'ai pensé, je ne pense qu'à ça !... Et en voici la preuve...

Retirant de derrière une statue qui la dissimulait une grande pancarte équipée au bout d'un long bâton, il l'exhiba triomphalement au sculpteur, qui y lut l'avis suivant, tracé par une main appliquée mais malhabile :

MODÈLE pour VERTU
MODÈLE pour AMOUR
demandés
par PHI
par PHI-PHI
par PHIDIAS

— Bravo ! approuva le statuaire ; très ingénieux, ton petit système... Avec ça, tu n'as qu'à te promener sur les boulevards

Mme Phidias se trouvait dans son cabinet de toilette, entourée de faiseuses de beauté.

Le Pyrée, petit bonhomme malicieux, rusé et chafouin (1), chargé de l'entretien des ateliers de son maître, s'en acquittait aussi mal que possible (2) ; souvent il se demandait quel cheval il jouerait (3) ou, nonchalamment étendu sur un divan, il fumait les cigares de son maître (4) jusqu'à ce que celui-ci le ramène à la triste réalité (5)

Photo : Isis-Film.

Mme Phi-Phi apparaissait, rayonnante beauté...

V.

à l'heure de l'apéritif... Mais... de quoi sert donc cette ficelle qui pend derrière ton écriteau ?

Machinalement, Phidias avait saisi le cordon et, tout en parlant, tirait dessus... Aussitôt, par un simple jeu de lamelles pivotant sur leur axe, une autre pancarte prenait automatiquement la place de la première, annonçant :

TUYAUX pour les COURSES
s'adresser à PI
à PI-PI
à LE PIRÉE

Le sculpteur ne put s'empêcher de rire...
— Décidément, fit-il, tu as le sens pratique. Seulement les courses, moi, ça ne m'intéresse pas... Place des tuyaux si tu en as l'occasion, je m'en soucie comme de mon premier cothurne. Occupe-toi donc de me ramener un modèle avant deux heures, sinon, la porte !... Assez ri, maintenant... Va me chercher une Vertu digne de ce nom et de moi... ça urge !...

Comme, ce disant, Phi-phi pétrissait une nouvelle motte de glaise dans sa main et dans l'intention évidente de s'en servir comme projectile pour activer le départ de son serviteur, celui-ci ne crut pas devoir attendre davantage.

Son bâton à pancarte sur l'épaule, il disparut aussitôt, non sans s'être muni d'un long tube de métal dont le statuaire chercha vainement à s'expliquer la possible destination.

Dès qu'il fut hors de l'atelier, le Pirée, bas sur jambes, activa sa marche. Il affectionnait tout particulièrement un pas très allongé, où il faisait, suivant son expression, l'ouverture de l'échasse.

Il circula à travers la foule qui encombrait le boulevard des Athéniens, portant fièrement sa pancarte à deux fins, ce qui lui valut d'être bientôt suivi par de nombreux badauds de tous rangs, de tous âges et des deux sexes.

Arrivé sur la place de l'Agora, particulièrement populeuse, il s'arrêta.

Des groupes, se joignant à son escorte de flâneurs, formèrent bientôt un cercle imposant. L'astucieux le Pirée, un index levé vers sa pancarte, attirait l'attention des curieux sur l'annonce de Phidias...

MODÈLE pour VERTU...

Les commentaires allaient bon train.
— Des modèles de vertu ? ironisait un vieillard, c'était bon de mon temps... avant la dernière guerre... Mais aujourd'hui, c'est passé de mode !
De jolies filles faisaient la moue.

— La vertu ?... Kéqceqça (1) ?
— C'est un nouveau truc !
— Je veux faire ça, moi !
De toute évidence, ces aimables personnes entendaient pour la première fois proférer un tel mot...
Cependant, trois accortes jouvencelles survinrent qui, le plus sérieusement du monde, s'enquirent des heures auxquelles Phi-phi recevrait les candidates.

Le Pirée, un peu surpris, leur fit signe de patienter et tira vivement la ficelle qui manœuvrait les pancartes.
— La vertu est faite pour attendre ! déclara-t-il froidement.

Puis, portant à ses lèvres le tuyau métallique qui avait si fort intrigué Phidias, il cria, d'une voix que l'airain faisait toute pareille à celle du célèbre baryton Stentor :
— Il y a une autre annonce !... Peuple athénien, regarde de tous tes yeux, regarde !...

Mille paupières levèrent le nez, tandis que mille mains imploraient d'une seule voix, sur le rythme populaire des *Lampas* :
— Des tuyaux !... le Pi-Pi !... le Pirée !... des tuyaux !

En moins d'une seconde, le pauvre domestique entouré, pressé, bousculé, ne sut plus auquel répondre. Il n'était heureusement pas homme à se démonter pour si peu. Manœuvrant brusquement son long tube autour de lui, en affectant de se trouver gêné pour le porter à sa bouche, il provoqua du coup un recul aussi général que prudent.
— Chacun son tour ! cria-t-il dans son porte-voix improvisé... Ne vous bousculez pas !... Il y en aura pour tout le monde : je ne partirai pas avant que chacun soit servi ! c'est la conséquence d'un vieux !... Vous n'avez qu'à préparer une drachme et à passer au téléphone l'un après l'autre recevoir le plus précieux renseignement qui soit pour la réunion de dimanche. Ceux qui ne gagneront pas n'auront qu'à maudire le destin et la fidélité de leur concubine...

Enflant encore la voix, il conclut :
— Mais ceux qui toucheront le vainqueur auront, j'espère, la délicatesse de ne pas m'oublier... On me trouve tous les jours aux ateliers de mon illustre maître Phi-phi, du moins en principe... Si, cependant, je n'y étais pas, prière de laisser les offrandes sous le premier paillasson à gauche... Chèques et mandats sont acceptés... La maison n'a pas de succursales !... Et maintenant, grouillez-vous : la main à

------

(1) *Kéqceqça* · Locution, aujourd'hui disparue qui, dans la Grèce antique, signifiait approximativement : *What is it* (478 av. J.-C.)

la poche, et rendez-vous à la caisse !... En arrière, les gosses !...

Et le défilé commença, ininterrompu, fructueux.

Telle est, en effet, la naïveté collective des foules, que nul n'avait pris garde à la péroraison de l'astucieux marchand de pronostics. Il s'était donné la peine de révéler publiquement deux possibilités contraires, en parlant tour à tour de « ceux qui ne gagneraient pas » et de « ceux qui toucheraient le vainqueur ». Les badauds qui l'entouraient, n'avaient évidemment retenu que cette dernière hypothèse.

Le Pirée n'encourait donc aucune responsabilité en cas de réclamations. Son procédé était d'ailleurs tellement subtil que, tout en frisant — nous devons bien le reconnaître — les limites extrêmes de la coquinerie, il ne pouvait en aucun cas exposer le rusé bonhomme à la rigueur des lois.

Quatorze chevaux étant inscrits dans le « Grand Prix de la Ville d'Athènes », le Pirée se contentait d'indiquer à ses clients non pas un nom d'animal, mais le numéro qu'il porterait sur le papyrus officiel... Au fur et à mesure que les amateurs mettaient leur oreille à l'extrémité du tube acoustique, — après avoir, bien entendu, versé une drachme, — le vendeur de tuyaux leur glissait à voix basse : « Un... deux... trois... » jusqu'à quatorze ! » puis recommençait, dans le même ordre...

De cette façon, par groupe de quatorze preneurs, il s'en trouvait forcément un qui était assuré de gagner. Comme on pouvait supposer encore que d'aucuns joueraient au moins « placé », le pronostiqueur laissait à ses naïfs chalands trois chances sur quatorze...

Il était d'ailleurs fort tranquille. Grâce à ce fétichisme jaloux de tout joueur, et en particulier des parieurs des courses, chacun s'éloignait avec un mutisme farouche et nul ne s'avisait de vouloir comparer les « numéros » qu'on venait de recommander. Manifestation inattendue du secret « professionnel ».

Le Pirée trouvait donc sa combinaison fort honnête, d'autant plus qu'ayant renouvelé trente fois la série des quatorze unités, il se vit bientôt à la tête de quatre cent vingt drachmes, somme fabuleuse pour lui, qui n'en avait jamais eu autant en sa possession !

« Ça va, ça va, pensait-il. Je vais mettre quatre mines sur *Ptolémée*... placé, oui, c'est plus sûr... l'argent est trop dur à gagner... Et je garderai les vingt drachmes qui restent pour mes faux frais... »

Alors, seulement, le dernier amateur étant depuis longtemps disparu, il constata que plusieurs jeunes personnes, candidates à la Vertu, demeuraient autour de lui, attendant impatiemment ses ordres.

Rappelé aux nécessités d'ici-bas, il tira vivement sur sa ficelle pour ramener la première pancarte. Ayant mis les fillettes sur un rang, il déclara d'un ton sans réplique :

— Nous allons rentrer aux ateliers de mon illustre maître... Tâchez de bien vous tenir, n'est-ce pas ! Avec moi, vous savez, faut pas jouer aux petits hoplites !

Puis, il commanda :

— Comptez-vous quatre !... A droite par quatre !... En avant, marche !... Une, deux !... une, deux !...

Dociles, les jouvencelles exécutèrent les manœuvres et suivirent leur guide, en chantant la chanson célèbre du fameux musicien Kristinôs :

> Nous sommes les petits modèles
> A notre atelier toujours fidèles...

qui est encore dans *maintes mémoires et dans tous les chœurs...*

CHAPITRE III

LA SCÈNE MONTE...

Mme Phidias était loin d'être sotte.

Oh ! évidemment, elle avait ses défauts, — quelle femme n'en a pas, au moins, quelques-uns ? — mais elle les compensait par d'appréciables qualités.

D'une scrupuleuse honnêteté, elle adorait d'autant plus son mari qu'il paraissait l'aimer moins. Aussi commençait-elle à s'inquiéter de le voir s'éloigner d'elle et ne la considérer, oserons-nous dire, que d'un air détaché. Cette tiédeur pouvoir avoir d'autres causes que l'habitude.

Depuis quinze ans que Phi-phine avait épousé le sculpteur, c'était la première fois qu'une telle idée naissait en son cerveau. Elle eût pu lui venir quelques heures, voire quelques jours plus tôt, mais le cœur féminin est un abîme insondable et déconcertant.

Aussi Mme Phidias ne perdit-elle pas de temps à analyser le nouveau sentiment qui l'agitait : le soupçon, père de la jalousie.

Elle se dit :

« A n'en pas douter, mon mari me délaisse... Bientôt, peut-être, il me dédaignera... Pourquoi ?... Je suis encore jeune... et je suis toujours belle... les regards que tous les hommes me lancent dans la rue prouvent que je n'ai pas cessé d'être désirable... Il n'y a donc pas de raison pour que Phi-phi... Alors ?... »

Et soudain, elle rugit :

— Alors ?... Il en aime une autre, voilà tout !

Brusquement dressée, farouche comme Clytemnestre enjoignant à Egysthe d'occire Agamemnon, elle clama :

— Ah ! qu'ils prennent garde, tous les deux !... Ma colère sera terrible et ma vengeance effroyable !

Elle conjura les dieux d'être témoins *d'une infortune que ne méritait pas la pureté de sa conduite*, invoqua Junon et appela Kallistra.

— Mon éventail ! ordonna-t-elle, mon ombrelle, et mon chapeau d'aloès à plumes !

Munie de ces impedimenta, elle quitta son logis.

Aucun char numéroté ne maraudait...

Après quelques minutes d'attente vaine, Phi-phine décida de se rendre à pied jusqu'aux ateliers du statuaire.

« Cela, pensa-t-elle, ravivera mes couleurs et calmera mes nerfs... *Et ça me donnera le temps de préparer la scène que je vais faire à mon époux !...* »

(Car les femmes ont toujours le sens de la « scène à faire » ; aussi peut-on s'étonner qu'elles ne réussissent pas mieux dans la *carrière d'auteur dramatique*.)

Le temps, d'ailleurs, incitait à la promenade.

Phœbos illuminait radieusement l'azur céruléen et, au lac du Bois Sacré, l'onde était transparente ainsi qu'aux plus beaux jours...

Au moment où Mme Phidias, quittant ses appartements, venait de tourner le coin de la rue, un élégant jeune homme, frappant à l'huis de la concierge, demandait à la digne Mme Tragelapha si l'illustre sculpteur était chez lui...

— *Sais pas !* répondit l'aimable personne.

— Et son épouse ?... risqua le visiteur, d'une voix étrangement troublée...

— Sortie !... Vous auriez pu la rencontrer..

Mettant quelques oboles dans la main de Mme Tragelapha, l'éphèbe interrogea, négligemment :

— Tiens ! de quel côté est-elle partie ?

— A droite...

— Dieux immortels !... Moi qui suis venu par la gauche, c'est bien ma veine !...

« Merci, madame... Je reviendrai, mais quand Mme Phidias reviendra, si je ne suis pas revenu, ne dites pas que je suis venu !...

Il sortit précipitamment, laissant la concierge anéantie par cette phrase sibylline, *qu'elle chercha vainement à comprendre.*

Cet élégant jeune homme n'était autre que le prince Ardimédon, arbitre des élégances attiques (1). Né de parents riches, mais honnêtes, il était à la tête d'une fortune considérable et d'une intelligence relative.

Il paraissait accablé de tristesse en quittant la demeure de Phi-phine, et s'éloigna à grands pas, tout en essuyant du pan de sa tunique un impeccable monocle d'or massif...

Pendant ce temps, Phidias, dans ses locaux du mont Hymette, attendait le retour du Pirée.

A vrai dire, il n'avait pas fait grand'chose depuis le départ de son domestique. Il s'était d'abord distrait à griller des cigarettes, à s'étirer en bâillant... il avait, plusieurs fois, accompli le tour de ses ateliers à des allures diverses.

Il n'était pas en train...

Tombant en arrêt devant ses dernières œuvres, il les avait contemplées avec une surprise inquiète.

« Est-ce possible, s'était-il dit, que j'aie *commis de pareils « navets »* ?... Des navets, oui, c'est le mot... de la sculpture maraîchère, voilà tout !... »

Puis, haussant les épaules, il revint s'installer devant une sellette de bois qui supportait un bloc de glaise.

— Allons, allons, murmura-t-il sans le moindre enthousiasme, il faut pourtant que je fasse quelque chose... Tentons une vague ébauche de mon fameux groupe...

« Ah ! là, là !... *La Vertu résistant à l'Amour !...* En voilà un sujet palpitant !... Ils en ont des idées, les bureaux de *l'Instruction publique* !...

« Il paraît qu'ils destinent ça au Temple de Diane, pour encourager les femmes à demeurer vertueuses !... Oui, on va bien rigoler !

Tout en pétrissant machinalement la glaise, il poursuivait à mi-voix ses réflexions :

— Pour que ça fasse son effet, il faut que la Vertu soit une très belle fille... et il serait bon que l'Amour fût plus beau encore... Elle aurait plus de mérite à lui résister...

« *Décidément, c'est complètement idiot*, ce truc-là... Sans blague, je ne connais rien de plus bête !...

« Tiens ! ma femme !...

Ces deux phrases n'avaient évidemment aucun rapport direct entre elles ; la seconde s'était trouvée brusquement provoquée par la soudaine entrée de Mme Phi-phi...

La surprise de Phi-phi fut telle qu'elle

____

(1) C'est, en effet, par suite d'une erreur que la légende attribue au dieu Pan ce titre flatteur. La confusion a dû naître d'une chanson que les hoplites chantaient en manœuvres, et dont le refrain disait : *Pan ! pan ! l'arbitre !..*

ne lui permit pas de placer le moindre mot.

C'eût été, d'ailleurs, parfaitement inutile, car Mme Phidias, sans paraître se soucier de son époux, promenait autour de l'atelier un regard inquisiteur ; après quoi, elle souleva une à une les riches tentures qui masquaient les portes des pièces voisines. Enfin convaincue que nulle femme ne se trouvait là, elle revint vers le sculpteur, qui avait suivi d'un œil ironique ce curieux manège, tout en continuant de pétrir inconsciemment son bloc de glaise. Il avait ainsi, presque sans y penser, modelé une ébauche de femme qui commençait — c'est le mot — à prendre corps.

Phi-phine fronça ses jolis sourcils. Elle tenait enfin la querelle qu'elle avait résolu de chercher à son mari :

— Que faisais-tu là ? dit-elle, hargneuse, en jetant un regard de méprisant dédain sur l'esquisse... C'est une femme, ça !

— On ne peut rien te cacher ! ricana Phi-phi...

— Ta concubine, n'est-ce pas ?... Tu en as l'esprit tellement occupé que tu éprouves le besoin de reproduire ses formes !

— Moi ? j'ai fait ça machinalement, sans savoir comment.

— Ouais ? Et c'est pour ça que son corps revient sous tes doigts !

— Ça ne serait pas si désagréable...

Mme Phidias brandit une ombrelle indignée et, menaçante :

— Qu'oses-tu insinuer, misérable ?

— Heu !... je parle en artiste... Pour nous, les arts sont nos seules amours... Nous pouvons nous y consacrer avec feu... Mais la flamme de ces arts ne doit pas être soupçonnée !...

— Ta ta ta ta !... Ne crois pas m'abuser avec ces phrases profondes... c'est-à-dire creuses !... Je sentais bien que tu me trompais... J'en suis sûre, maintenant !... Et il a le cynisme de le faire sous mes yeux !... Oh ! oh !! oh !!!

Emportée par la colère, Phi-phine, se ruant sur l'ébauche, la pétrissait à son tour de ses mains furieuses, lui donnant une forme grotesque et monstrueuse.

Le sculpteur, éclatant de rire, montra à sa femme la statuette si bizarrement arrangée :

— Elle te ressemble, maintenant !...

Mme Phidias pâlit sous l'injure, puis devint écarlate :

— Voyou ! lança-t-elle...

Et, hors d'elle, elle se précipita sur lui, tous ongles dehors...

Reculant précipitamment, le statuaire implora :

— Phi-phine ! je t'en supplie... au nom de nos enfants !

— Nous n'en avons pas !

— Eh bien, au nom de ceux que nous aurions pu avoir...

Il dut à nouveau battre en retraite. L'irascible épouse, retroussant d'un geste résolu le bas de sa chlamyde rouge, bondissait sur lui, l'ombrelle haute...

Ce fut, à travers l'atelier, une poursuite épique... Phi-phi s'abritant derrière les statues, sa femme agitant l'étoffe pourpre et brandissant l'ombrelle à la manière d'une épée, ils semblaient tous deux jouer aux courses de taureaux...

Mme Phidias, dont la rage se décuplait de ne pouvoir atteindre et châtier l'adversaire, s'épanchait en injures variées :

— Débauché !... Vieux beau !... Grue !... Sardanapale !... Bolchevik !..

— Je t'en prie, Phi-phine, ménage tes paroles !...

— Peuh ! les paroles s'en vont ! hurlat-elle.

— Oui, mais les cris restent !... Taistoi !...

— Non ! je ne me tairai pas !... Tout Athènes connaîtra ta conduite !... Je dirai tes turpitudes à l'Hellade entière !...

— Hélas ! trois fois Hellas !...

— L'univers saura que tu me trompes !...

— Et voilà comment on aigrit l'Histoire !... soupira l'infortuné sculpteur...

Résigné à tout, — et aussi quelque peu essoufflé, — il se laissa tomber sur le socle d'une magnifique statue de Mars...

Mme Phidias, déconcertée, arrêta sa course... des larmes lui montèrent aux yeux...

Elle poussa de petits gémissements plaintifs...

Une crise de nerfs imminait.

L'autre danger !...

Phi-phi, bondissant, s'empara de l'*Aspirator* qui traînait à ses pieds, le tendit vers sa femme et donna le courant... Phi-phine, attirée par une force invincible, vint s'abattre contre son mari...

Avant qu'elle ait pu, dans un sursaut d'effroi, nouer ses beaux bras blancs autour du cou de Phidias, celui-ci actionna l'appareil en sens inverse...

Brutalement repoussée par l'air, qui la chassait avec violence, la pauvre épouse, comme emportée dans un cyclone, fut projetée hors de l'atelier et vint choir dans le vestibule...

Ahurie autant qu'épouvantée, elle se releva et s'élança dans la rue, en quête d'un taxi-char qui pût la ramener chez elle.

A peine avait-elle fait quelques pas qu'elle croisa un élégant jeune homme ; celui-ci, à sa vue, s'était brusquement arrêté, comme en proie à une émotion intense...

C'était le prince Ardimédon qui, précisément, s'en revenait, tout contrit, du logis de Phi-phine. A la vue de celle qui troublait son cœur, il demeurait bouche bée, fixant sur elle des regards ardents où se manifestait autant de surprise que de joie...

La belle passa cependant devant lui, avec une indifférence trop digne pour être sincère... Dans le fond, en effet, elle se sentait plutôt flattée de cet hommage spontané rendu à sa beauté par un passant que le hasard, croyait-elle, mettait sur son chemin...

Elle avait deviné — les femmes en ont toujours le secret instinct — la vive impression qu'elle produisait sur le prince.

C'était d'ailleurs fort heureux pour celui-ci ; d'un naturel timide à l'excès, n'osant jamais déclarer sa flamme, on pouvait dire de lui qu'en maintes circonstances analogues, il avait toujours perdu une belle occasion de Cythère !

Mais c'est surtout devant Mme Phidias que le pauvre soupirant se trouvait incapable d'exprimer son amour. Cette femme, qui lui avait mis le cœur en feu, le glaçait positivement.

Une première fois, au bal de la Présidence, il était parvenu à se faufiler près d'elle ; faute d'un ami commun qui eût pu le présenter, il s'avança vers l'objet de ses vœux... La main gauche originalement posée sur son cœur, se raidissant contre l'émoi qui le paralysait, il ouvrit la bouche...

Hélas ! il ne put qu'articuler :

— Ah !.. ah !... ah !... sur trois tons différents.

La belle Phi-phine se méprit sans doute, car elle lui tourna brusquement le dos en murmurant :

— En voilà un malappris !... Quand on bâille, on met au moins sa main devant sa bouche.

Une autre fois, à l'Odéon, pendant un entr'acte de la fameuse revue : *A l'Athènes et tienne !* Ardimédon se trouva soudain face à face avec Mme Phi-phi, qui sortait de sa loge...

Sidéré, il s'arrêta net, bégayant :

— Heu !... heu !... heu !...

Un flot de spectateurs, les séparant, la priva de la suite d'une aussi palpitante conversation.

Enfin un jour, aux courses, alors que Mme Phidias, juchée sur une chaise, suivait anxieusement les péripéties d'une épreuve passionnante, elle entendit soudain près d'elle cette exclamation :

— Hi !... hi !... hi !...

— Tiens, se dit-elle, voici une voix — et un langage — que je connais...

Mais, sans s'y intéresser davantage, elle continua d'observer les chevaux.

Cependant le prince, qui venait de manifester à sa manière toute la joie qu'il ressentait de retrouver l'objet de ses rêves,

s'approcha et osa promener une main légère — bien que concupiscente — sur le mollet tendu de la belle...

— Oh ! oh ! oh ! murmurait-il, extasié...

Puis, soudain épouvanté de tant d'audace, il s'enfuit au moment précis où Phiphine allait le rappeler à plus de bienséance... Se précipitant vers la piste où se disputait une arrivée impressionnante, il affecta d'encourager les concurrents, en criant très fort :

— Hue ! hue ! hue !

Mme Phidias, à qui ce manège n'avait pas échappé, le suivait des yeux...

« Ah ?... Heu ?... Hi ?... Oh ?... Hue ?... pensa-t-elle, au souvenir des seuls mots — si l'on peut dire — qu'elle eût jamais entendu prononcer par cet adorateur inconnu... ah çà ! mais il ne connaît donc encore que ses voyelles ?... Décidément, voilà un enfant qui sera en retard pour parler !... »

Il n'avait d'ailleurs pas besoin d'en dire davantage. L'épouse du sculpteur était fixée : ce jeune homme l'aimait comme un fou.

Mais elle était vertueuse et entendait demeurer fidèle à son Phi-phi de mari... Ce qui ne l'empêcha point de se trouver très touchée d'une si ardente passion, et de songer quelquefois à celui qui la lui témoignait.

— Il n'est pas du tout si mal que ça ! se disait-elle alors... Il serait même plutôt bien... Elégant, solide... oui, eh bien ! n'y pensons plus !

Ardimédon se montrait moins discret.

Bavard comme tous les amoureux, la femme désirée était — si nous osons nous exprimer ainsi — le sujet sur lequel il aimait le plus à s'étendre. Faute de pouvoir l'enlacer, il en lassait tous ses amis, qui se trouvaient excédés d'entendre à tout propos, et surtout hors de propos, les éloges enthousiastes dont il les accablait sur le compte de Mme Phidias.

Tout ce qui fréquentait les boîtes de nuit, de la *Taverne du Panthéon* à la *Nouvelle-Athènes*, connaissait donc les amours du prince et s'en amusait fort. Mais il restait insensible à ces railleries — qu'il n'était d'ailleurs pas de taille à comprendre — et continuait à ne s'occuper que de sa passion.

Suivant les insidieux conseils de ses amis, il multiplia les offrandes à Vénus, dans l'espoir qu'elle consentirait à lui être favorable.

Un jour, il lui fit don d'un mouton superbe et attendit avec confiance :

— Laissez passer le mouton ! disait-il aux railleurs... Nous verrons après...

Hélas ! on ne vit rien ! La situation ne s'améliora pas, en dépit d'un magnifique

jeune veau dont il fit présent à la déesse...
Celle-ci, visiblement, n'aimait ni le mouton, ni le veau !...

Ardimédon résolut alors d'offrir un bœuf.

— Tu as tort, ricana un de ses compagnons de fête, le joyeux Cheropoulos... Un bœuf, en somme, c'est la conséquence d'un veau !...

De fait, cette générosité intéressée n'eut guère plus de succès que les précédentes. Tous ces contretemps ne firent qu'augmenter l'indécision et la timidité du naïf soupirant, le privant du meilleur agrément des conversations, qui est en général la parole...

Heureusement pour lui, il ne manquait pas d'autres qualités appréciables : fat et sot, — nous le savons, — il était robuste, sympathique et très correctement éduqué. Son visage avait une grande expression de bonté béate, due surtout à son regard doux de ruminant qui regarde passer les chars

De telles séductions n'eussent certainement pas manqué de lui mériter les bonnes grâces de Phi-phine si, par malheur pour lui, celle-ci n'eût été une femme résolument honnête.

Et le prince finissait par se demander si l'Amour — maître des choses, des dieux et des hommes — ne risquait pas, au bout du compte, de se trouver impuissant à vaincre les résistances de la Vertu...

Il abordait ainsi — sans pouvoir s'en douter — le problème qui s'était posé, sous une forme plus concrète, au grand sculpteur Phidias pour la réalisation du groupe que lui avait commandé l'Etat.

Ainsi, les époux légitimes et les candidats à la complicité d'adultère commencent-ils toujours par se rencontrer sur un premier terrain commun, en attendant mieux...

Mais n'anticipons pas !

Ardimédon, donc, se rendait bien compte qu'il lui serait fort difficile de toucher le cœur — oh ! modestie ! — de sa bien-aimée... Pourrait-il même jamais connaître les pensées secrètes de Mme Phi-phi ?...

— Quel sphinx que cette femme ! se disait-il lamentablement... Inébranlable !... Impénétrable !... Voilà ce qu'elle est. Et les Dieux ont voulu que je m'en éprenne... ça n'arrive qu'à moi, ces choses-là !... J'ai sans doute mal engagé l'affaire... Si j'avais su, évidemment, j'aurais agi tout autrement !

Par une curieuse coïncidence, qu'on ne trouve guère que dans l'Histoire grecque, c'est au moment précis où il se livrait à ces tristes réflexions qu'il croisa l'objet de ses désirs...

Son sang ne fit qu'un tour, et lui-même en fit la moitié d'un pour suivre inconti-

nent Mme Phidias... Toutefois, comme il avait pris le temps de la réflexion, — plutôt lente chez lui, — sa belle, ayant déjà quelque avance, venait de héler un char à compteur. Grimpée derrière l'automédon, à qui elle avait vivement jeté son adresse, elle se cramponnait fermement à l'appui-main tandis que, de sa main libre, elle tenait au-dessus de sa tête son ombrelle « Ton pouce » (1).

Bien que l'admiration de l'élégant jeune homme ne lui eût point échappé, Phi-phine était trop bouleversée par les « aspirations » de son mari pour reconnaître Ardimédon.

Ce n'est qu'en le voyant courir après son taxi qu'elle se rappela la physionomie du poursuivant.

Le malheureux poussa un cri de rage : un nuage de poussière s'élevait, dérobant à sa vue la séduisante Mme Phi-phi... Sa belle lui parut alors semblable à une déesse disparaissant derrière des nuées... ou à une poupée de caoutchouc à demi enfoncée dans la ouate de son emballage, il ne put jamais préciser cette impression.

Mme Phidias le vit tendre vers elle deux mains suppliantes... Assurée qu'il ne pourrait pas s'en apercevoir, elle lui sourit gentiment, avec une évidente satisfaction qui pouvait — jusqu'à plus ample informé — n'être attribuée qu'à l'orgueil...

Quoi qu'elle en pensât, ce détail n'avait point dû échapper au prince, car il se mit à courir de plus belle à la poursuite du char en murmurant passionnément :

— Mais je veux retrouver ton sourire !... Oui, je veux retrouver ton sourire !... Et dans tes yeux, je veux revoir le ciel !...

CHAPITRE IV

AUX CHARMES, CITOYENNES !

Lorsque le Pirée fut enfin de retour aux ateliers de son maître, celui-ci venait d'en partir pour faire une visite intéressée au Président du Conseil.

Phidias voulait, en effet, obtenir, avant l'exécution de son groupe, deux talents d'or supplémentaires, sur lesquels il comptait bien toucher de nouvelles avances :

— Il faut encourager les arrhes ! disait-il.

(1) A cette époque où les suites de la dernière guerre imposaient de sévères restrictions, les femmes portaient des ornements réduits : robes, cheveux et parapluies se trouvaient donc également courts. Et l'on disait couramment : « Une ombrelle grande comme *ton pouce*. » Nul n'ignore d'ailleurs que le pouce est une très ancienne mesure de longueur.

Sa fréquentation des milieux officiels lui avait d'ailleurs appris que les fournisseurs y étaient d'autant mieux considérés qu'ils se faisaient payer plus grassement...

Et il monologuait, en se rendant au quai d'Orphée :

— La vie est de plus en plus chère, les femmes aussi ! La moindre gamine exige maintenant cinquante drachmes, quand ce n'est pas une mine ! Elles menacent même de se mettre en grève, et ont lancé ce cri séditieux « La mine aux mineures ! »

« Deux talents d'or me seraient donc aussi utiles qu'agréables... Et puis, ça ne fera pas mal dans le tableau ; ne sommes-nous pas à une époque, où l'on juge les gens sur les « talents » autant que sur la « mine » ?...

Réconforté par ces raisonnements, ingénieux mais subtils, il oubliait complètement la mission dont il avait chargé son serviteur.

Celui-ci, d'ailleurs, ne se montra pas autrement surpris de trouver vides les ateliers, et absent le sculpteur ; cette circonstance parut même l'enchanter. Elle allait lui permettre de s'attribuer quelque importance devant les jeunes personnes qui l'avaient suivi, alléchées par l'espoir de fixer le choix de Phidias et de voir ainsi passer leur anatomie à la postérité.

Le Pirée se laissa tomber sur un divan, où il s'allongea sans façon, les mains croisées sous sa tête.

— A droite et à gauche, formez le cercle ! commanda-t-il alors.

Quand les modèles, dociles, furent rangées autour de lui, il leur adressa, d'un ton hautain, les paroles suivantes :

— Mesdemoiselles...

« Les discours les plus courts sont les moins longs !... Je ne l'ignore point... Je ne vous dirai donc que quelques mots...

« Je vous préviens d'abord charitablement que je la connais dans les coins !... Je suis un type à qui on ne la fait pas !

« Que celles, donc, qui ne se sentiraient pas aptes au rôle glorieux qu'on vous destine, se retirent !... ça m'évitera du travail inutile...

« Personne ne bouge ? Enchaînons...

« S'il en est parmi vous dont les appas soient truqués, insuffisants ou périmés... elles n'ont rien à faire ici... Ni moi, ni mon maître ne nous fions aux appas rances !...

« Personne ne bouge ? Enchaînons...

« Un dernier tuyau, le meilleur, que j'ai réservé pour la fin... Phidias est mon patron — restez couvertes ! — mais ici, c'est moi qui commande ! — Saluez !

« Je n'ai donc pas besoin de vous dire que celle sur qui se fixera mon choix fera bien, si elle tient à garder sa place, de se montrer aimable avec mézigue (1)...

« Je ne verrais même pas d'inconvénient à ce qu'elle m'abandonnât, à titre de commission, quelques drachmes sur ses cachets quotidiens !...

« *Business is business !*...

Cette expression, tout nouvellement importée en Grèce par des navigateurs phéniciens, provoqua chez les modèles ce que l'on est convenu d'appeler des « mouvements divers »...

Deux de ces aimables personnes crurent devoir rougir ; quelques-unes éclatèrent naïvement de rire ; les autres, moins farouches, prirent un air polisson...

— Oh ! susurra une petite blonde, t'en connais des trucs !

— Oui ! se rengorgea le Pirée, et c'est pas toujours les mêmes...

— Tu nous apprendras ça, dis ? implora une grande rousse...

Mais le domestique, soudain dressé, tonna majestueusement :

— Silence !

Puis, gagnant l'autre bout de l'atelier, il cria, de ce ton de commandement qu'il affectionnait :

— Rassemblement !... Tout le monde sur un rang !...

Les jeunes filles, enjouées, l'eurent tôt rejoint.

— A droite, alignement !... Fixe !... Repos !...

Satisfait, le Pirée allongea une mèche de cheveux en accroche-cœur sur le milieu du front, posa son bonnet transversalement sur sa tête ; puis, la main gauche au dos, la droite à hauteur du sternum, les doigts glissés dans un accroc de sa chlamyde, il examina les modèles, défilant devant leur groupe et les toisant d'un air grave et sévère.

— Mesdemoiselles, déclara-t-il non sans emphase, vous devez comprendre à mon attitude napoléonienne (2), que nous ne sommes pas ici pour rigoler, vous, surtout ! Celle que je choisirai, moi, homme du peuple, recevra un bail en bonne et due forme, signé par mon illustre patron Phi-

---

(1) *Mézigue* : Mot jadis usité à Argos, ville où prit naissance le langage « argotique » ; on n'en trouve pas de traces chez Homère, mais Démosthène l'employait couramment dans l'intimité. Ce mot semble venir de Mezigôs, nom d'un célèbre auteur-acteur du temps, qui parlait sans cesse de lui, et qu'on avait surnommé pour cette raison « le Moi sacré »...

Nous manquons d'ailleurs de preuves certaines pour le moment et ne serons guère fixés que dans le courant de la semaine prochaine.

(2) Mais oui, déjà ! N'oublions pas que les Grecs avaient atteint sous Périclès un degré de civilisation des plus avancés... Et puis, ne lisaient-ils pas dans l'avenir ? Alors, à quoi bon ergoter !

dias... Entrée ici par la volonté du peuple, elle en sortira avec la force d'un bail honnête ! Je ne peux pas vous essayer toutes, et je le déplore... Nous allons procéder à des sélections partielles... Il ne doit rester qu'un modèle... et s'il n'en reste qu'un, j'essaierai celui-là !... Mon maître est un puits de science, on le sait... c'est pour ça qu'il a l'air si terne... Malgré son génie et sa fortune, il se fie cependant à l'opinion du pauvre hère que je suis... le jugement de Pas riche !.. Qu'on se le dise !... Et maintenant, montrez-moi vos guibolles !...

Ces demoiselles, d'un même geste, retroussèrent leur tunique au-dessus du genou, voire un tantinet plus haut .. Elles découvraient ainsi le bas de leurs jambes, les plus minces témoignant qu'elles avaient des os et des bas...

— On se croirait à une audition aux Folies-Arcadiennes ! murmura la petite blonde...

Dans l'ensemble, cette première inspection sembla satisfaire le Pirée... Il demeurait cependant un peu sceptique :

« Toutes, des jambes bien faites ? pensait-il... C'est trop beau pour être vrai... »

Passant brusquement derrière le groupe, sous prétexte de mieux comparer le galbe respectif des mollets au verso, il s'accroupit, palpant avec soin les muscles rebondis sous les bas de soie « cuisse de nymphe émue », qui était la couleur à la mode...

Soudain, prenant une épingle au revers de sa manche, il l'enfonça traîtreusement dans un mollet dont la rondeur lui paraissait suspecte.

La propriétaire dudit mollet ne broncha pas, et continua tranquillement à bavarder avec ses voisines. Le Pirée eut un sourire narquois...

Ravi du résultat de son expérience, il la renouvela sur la jambe suivante, attribut légitime de la jolie rousse aux ardentes curiosités...

Mais celle-ci poussa un cri aigu, accusant une sensation nettement désagréable, dont l'effet fut heureusement apaisé par les paroles du piquant serviteur :

— A la bonne heure ! ça, au moins, c'est du vrai ; du solide et du bon !... Je te garde, ma jolie !

Puis, se tournant vers la blonde rembourrée, qui commençait à peine à se rendre compte de la situation, il lui cria :

— Quant à toi, simili, qui m'as tout l'air d'avoir été élevée dans une ouate à coton, tu as voulu abuser de ma confiance, je te chasse !

D'un geste superbe il montrait la sortie.

— Mais... murmura la pauvre fille...

— Pas de rouspétance ! Je vous avais prévenues... A la fin, il me semble que je **parle grec !...**

— Excusez-moi, monsieur, je n'entends pas le grec !...

La rousse, fière de son succès personnel, minauda :

— Moi, je le comprends...

Le Pirée, enchanté, répliqua :

Ah ! permettez, de grâce, que pour l'amour du grec, ma belle, on vous embrasse...

Et, sans désemparer, il lui posa sur les deux joues deux baisers sonores...

Pendant ce temps, l'indésirable gagnait la porte. Il la regarda partir, déclarant, avec un souverain mépris :

— C'est jeune...et ça ne sait pas !...

Les modèles se réjouirent avec lui de cette exécution sommaire : cela faisait toujours une concurrente de moins.

Mais le Pirée coupa court à leur exubérance.

— *Sufficit !* cria-t-il... L'épreuve n'est pas terminée... J'ai encore besoin d'apprécier d'autres rotondités plus suggestives... et non moins importantes !

Il commença donc l'inspection des poitrines, dont il s'acquittait autant — sinon plus — de *tactu* que de *visu*...

— Hé ! protesta une chatouilleuse, pelotez pas !...

— Je ne pelote pas, je regarde ! fit sévèrement le Pirée...

— Vous appelez ça regarder ?

— Parfaitement !... Je suis très myope, alors je regarde avec les mains !... Du reste, je fais partie de la Ligue des Doigts de l'Homme... Décampez !...

Et il passa à la suivante.

— Oh ! oh ! murmura-t-il, en voilà une fausse grasse !... Que d'os !... que d'os !! que d'os !!! que d'os !!!!... Pas possible, vous passez votre temps à jouer aux os laids !

La demoiselle, très vexée, riposta :

— Ce n'est pas ma nature, mais je fais depuis quelques jours une cure d'amaigrissement.

— Mille regrets !... je ne suis pas pour les revues maigres... Ouste ! Par ici, la sortie... Et estimez-vous trop heureuse que je ne vous fasse pas poursuivre pour os illicites !...

Il demeura plus longtemps autour d'une autre.

— Le dos n'est pas mal ! déclara-t-il ; l'échine est un pays charmant, qui doit nous plaire assurément... Voyons la poitrine... Holà ! vous appelez ça des seins ?

— Mais...

— Ce sont des œufs sur le plat !... et encore, des œufs de pigeon... Pigeon vole... nous sommes volés !...

Et il la congédia, fredonnant, tandis qu'elle gagnait la porte, une chansonnette à la mode :

Cet élégant jeune homme n'était autre que le prince Ardimédon...

VI.

Elle poussait des gémissements plaintifs... Une crise de nerfs imminait.

VII.

— Je suis très myope, expliquait-il... Alors je regarde avec les doigts.

Photo : Isis-Film.

— *Ma foi... Entre nous, tu tombes au moment psychologique... Je cherche l'âme-sœur.*

Elle avait de tout petits tétons
Que je tâtais à tâtons
Et tontontaine...

Les ayant toutes examinées, — et disqualifiées, — le Pirée demeura bientôt seul avec un dernier modèle. C'était précisément la donzelle qu'il avait si délibérément embrassée, sans qu'elle protestât :

— Acré ! fit-il, v'là la rousse !... Toi, tu me bottes !

La belle, dont l'œil pétillait de malice, observait son interlocuteur avec un visible intérêt. C'était une grande et belle fille, dont les magnifiques cheveux roux pouvaient se classer dans le style flamboyant, tant par leur ardente couleur que par le désordre de leurs mèches compactes. Ses traits fins, une mignonne bouche de cinabre, et des yeux dont le bleu céruléen était strié d'or, faisaient un ensemble exquis, inspirant — et promettant — une infinité d'aimables choses...

Les dernières concurrentes, attardées aux portes de l'atelier, furent donc doublement dépitées de leur échec. Elles s'apprêtaient à décocher, avant de sortir, quelques sarcasmes empoisonnés, mais le Pirée, soudain, remarqua leur présence...

Il s'empara de son plumeau et, menaçant, le brandit :

— Voulez-vous filer, volailles !... cria-t-il.

Comme si elles eussent voulu justifier cette épithète un peu inattendue, — surtout pour l'époque, — les demoiselles s'envolèrent, gloussant et pépiant à l'envi.

— Enfin, seuls ! soupira tendrement le Pirée...

Et, sans transition, il questionna :

— Comment t'appelles-tu, ma jolie ?

— Cynthia ! déclara la belle rousse.

— Hé ! bé ! tu ne t'embêtes pas, toi !

— Jamais quand je suis seule...

L'astucieux domestique se rapprocha :

— Et... quand tu es deux ?

— Oh ! alors... ça ne dépend plus de moi !

Le Pirée était aux anges... De sa main droite lancée à toute volée, il décocha une claque retentissante sur l'envers de la jeune personne.

— Toi, tu me bottes ! s'écria-t-il...

— Je te ferai remarquer que tu l'as déjà dit !

— Je sais... mais ça gagne à être répété ! Tes regards me plaisent : ils sont dorés sur tranche !

— Oh !...

— Oui... si j'osais, je t'appellerais « La Poule aux yeux d'or »...

— Décidément, tu es un rigolo !... A la longue, on doit finir par s'habituer à ta tête...

L'entreprenant serviteur se rengorgea, **bombant le torse :**

— Mais oui, dit-il, on m'a surnommé le Petit Pas laid !...

Cynthia, cependant, parut s'impatienter :

— Dis donc, il n'arrive pas souvent, ton patron !... J'ai des courses à faire, moi !

— Coureuse, va !... Eh bien, va où tu dois aller... mais ne tarde pas à revenir... heu !... pour que je puisse te présenter au Maître...

— Pour cela seulement ? railla la belle.

— Et puis aussi pour que j'aie le plaisir de te revoir... Alors, ne sois pas trop longue... je t'attends...

— C'est le coup de foudre ?

— Ma foi !... Entre nous, tu tombes au moment psychologique... Je cherche l'âme sœur...

— Pour commettre un inceste ?

— Plusieurs !

— Et si je ne mords pas à l'âme sœur ?

— J'en conclurai que tu n'es pas une femme d'amorce facile, mais je ne désespérerai pas...

— Ça, c'est gentil !... Alors, à tout de suite... pour que tu me présentes à Phidias !...

Sur cette aimable taquinerie, elle s'esquiva et, quand ses cheveux d'or eurent disparu de la vue du Pirée, celui-ci eut la triste impression que le soleil venait de s'éteindre...

Phi-phi ayant totalement oublié de reparaître à ses ateliers, — son domestique le connaissait assez pour l'avoir pressenti, — il n'y eut pas lieu de soumettre Cynthia à son appréciation...

Elle était pourtant revenue, assez tôt pour que son soupirant n'eût pas à trouver le temps long.

— Il n'est toujours pas là ?... Eh bien, je rentre chez moi... il se fait tard, je reviendrai demain matin...

— Pourquoi ne pas l'attendre ici ? proposa le Pirée, éperdu...

— Il ne travaille pas la nuit !

— Mais si, mais si... ça lui arrive... Justement, ces jours-ci, il est très pressé... il fait des heures supplémentaires... Tu pourrais te reposer là, sur ce divan...

— Quelle fantaisie !

— Fantaisie au divan, mensonge ! roucoula véhémentement le petit bonhomme, d'autant plus agité maintenant qu'il sentait la victoire toute proche, alors qu'il avait pu croire qu'elle allait lui échapper.

— Je ne suis bien que dans mon lit !.. je ne vais pas pouvoir dormir... voulut protester Cynthia.

— Une toute petite sieste... à peine un déjeuner de sommeil !... En ce moment, le jour se lève tôt...

— Et toi, tu vas me faire coucher tard !

— Mais non, mais non... je vais t'arran-

— 17 —

ger ton dodo... là, tu vois !... ça y est...
Encore ces deux coussins...

— Ils sont tout pareils...

— Un air de famille : ce sont des coussins germains... Un pour toi... l'autre pour
moi...

— Alors, c'est entendu ! comme frère et
sœur, n'est-ce pas ?

— C'est ça · homme frère et âme sœur..
Ah ! ce que tu me bottes, toi !

Et, reprenant soudain conscience d'une
dignité fort compromise, le Pirée murmura, baissant les yeux :

— Dis, ma jolie Cynthia, tu ne me mé-
priseras pas trop... après ?...

La belle rousse, l'enlaçant de ses bras
blancs, répondit avec une simplicité bi-
blique :

— Qu'est-ce que ça fait, pourvu qu'on
rigole !...

. . . .

Venant à l'instant de remplir notre stylo,
nous ne nous sentons plus la plume assez
légère pour dépeindre congrûment les scènes qui suivent.

D'ailleurs, malgré une insistance digne
d'un meilleur sort, nous ne pûmes jamais
dépasser les limites d'un modeste bacca-
lauréat, et il faudrait ici — pour le moins
— un licencieux ès lettres...

CHAPITRE V

LIBERTÉS PROVISOIRES

La nuit était tombée — sans, heureusement, se faire aucun mal — quand Phidias regagna son domicile.

Il se trouvait de fort méchante humeur.

Le président du conseil, avec d'autant
plus d'autorité qu'il venait d'être, pour la
vingt-neuvième fois, investi de ces hautes
fonctions, avait assez mal accueilli les exigences monétaires du sculpteur.

— Quittez, lui avait-il dit, ce petit air
emprunté... Rien à faire pour l'instant...
Les impôts rentrent mal... La plupart des
citoyens s'accordent pour frauder le fisc
dans la déclaration de leurs revenus... La
drachme est à un cours désastreux...

Ce que se gardait bien d'ajouter le digne
ministre, c'est qu'il soupçonnait fort sa
petite amie de le tromper depuis quelque
temps. De tels soucis d'amour, ébranlant
sa confiance, lui avaient fait faire beaucoup de bile, ce qui lui donnait une maladie de foi. Son Excellence était astreinte
à un régime sévère.

Phi-phi vit, en effet, le président du
conseil absorber coup sur coup plusieurs
cachets, puis des capsules, retirées d'un
flacon dont l'étiquette portait, disposés cir-
culairement, ces mots laxatifs : « Rêves de
Vals. »...

« Rien d'étonnant, pensa le statuaire,
qu'à prendre tant de médicaments il soit
d'une humeur de drogue !... Seulement, ça
n'arrange pas mes affaires !... »

— Alors, mon cher président ? interrogea-t-il à haute voix...

— Eh bien, mais... je saisirai le prochain
conseil de votre requête...

— La Petite Requête ! soupira Phidias..

— Toutefois, avant de se prononcer, mes
collègues demanderont sans doute à voir,
d'abord, au moins la maquette de votre
futur nouveau chef-d'œuvre...

— Rien n'est plus légitime, Excellence..

Et le statuaire ajouta, audacieusement :

— Elle est complètement au point... Voulez-vous que j'aille la chercher ?

Heureusement pour lui, le président tempéra cette hâte doublement intempestive :

— Rien ne presse, répondit-il... Je ne
puis rien décider seul... Alors, à bientôt,
n'est-ce pas ?

C'était un congé, sans prorogation possible...

Phi-phi, furieux, sortit en grommelant :

— Décidément, la République athénienne
n'est plus la République des camarades !...
Ah ! nous sommes bien mal gouvernés !

Telle est, en effet, depuis toujours, l'opinion personnelle des citoyens à qui l'on
refuse une faveur dont la réalisation ne
pourrait s'obtenir qu'aux dépens de la col-
lectivité.

Pour tâcher d'oublier sa déconvenue, le
sculpteur décida d'aller faire un tour au
« Cercle Philhellène » où il n'avait pas mis
les pieds depuis le premier chapitre de
cette véridique histoire.

Cette fois, la chance lui sourit. Après
plusieurs heures passées à retourner les
dés, il quitta le tapis vert avec un bénéfice
net de quinze drachmes.

« Juste de quoi m'offrir une collation, »
pensa-t-il.

Et il se dirigea vers la « Taverne Mo-
mus ».

Cette célèbre brasserie était habituellement fréquentée par les élèves des Beaux-
Arts qui y passaient la majeure partie de
leur temps, en dépensant le plus clair de
leurs problématiques revenus.

A l'entrée du maître, ces aimables jeunes gens l'accueillirent par des cris variés :

— Hou ! hou !

— A l'Académie !

— Vieux crocodile !

— Pompier !

Phidias, accoutumé aux sarcasmes de
ces « moins de trente ans », ne daigna
même pas y répondre.

Toutefois, comme un obstiné lançait encore :

— A la porte ! Sortez-le !...

Il déclara froidement :

— Non... on me servira... parce que, moi, au moins, je paie comptant.

Comme pour témoigner de l'intérêt qu'il portait à d'aussi sages paroles, l'aubergiste en personne accourut et prit, avec déférence, la commande du statuaire.

Les jeunes énergumènes, sans être moins bruyants, laissèrent alors Phidias manger en paix.

Sa « collation » se composa d'une perdrix aux pois chiches, d'un cuissot de chevreuil à la purée d'ail et de grives frites dans l'huile, le tout arrosé de deux mesures de vin de Chio.

Il se retira assez satisfait, mais légèrement congestionné et la tête un peu lourde... Le grand air lui fit du bien.

Phi-phi respirait à pleins poumons cette douce brise tout embaumée des senteurs des fleurs d'orangers, des héliotropes et des lauriers-roses...

— J'en avais besoin, s'avoua-t-il... J'ai très chaud, mais je ne suis pas du tout en train... Evidemment, je suis tout feu, tout flemme !... A demain les affaires sérieuses !...

Et il prit délibérément le chemin de son logis.

Au coin des petites rues sombres, d'accortes jouvencelles lui faisaient d'aguichantes propositions :

— Eh bien, mon chéri, tu ne m'emmènes pas

— Viens avec moi, joli blond !...

— Monte dans ma chambre, beau gosse... il y a du feu !

Mais le sculpteur, insensible, poursuivait sa route.

La rencontre de ces marchandes de plaisir l'avait brusquement fait penser à sa femme. C'est assez dire qu'il n'avait pas l'esprit à l'amour...

Il revivait, en effet, la scène de l'atelier.

« Ah çà ! pensait-il, que peut donc bien avoir Phi-phine ? Je ne l'ai jamais vue comme ça !... Evidemment, je m'en contrefiche, mais enfin, comme dit l'autre, — qui, au fait ? — on a beau faire le malin, ça vous fait tout de même quelque chose !

« Je sais bien qu'elle n'apporte pas aux choses de la vie la même fantaisie que moi, ce qui crée entre nous une certaine incompatibilité d'humeur...

« Seulement, qu'elle ne s'amuse pas à troubler mes travaux, ou sinon...

« D'ailleurs, pour sa ridicule conduite, ele mérite une leçon, elle l'aura !... Je ne me laisserai pas faire !...

« De l'audace !... Encore de l'audace !... Toujours de l'audace !... Maître on m'appelle, maître je serai... surtout chez moi !

« Ah ! mais !... »

Réconforté par ces décisions énergiques, il entra chez un pharmakopole et y fit emplette d'un flacon de « Sirop de Mor-

phée » qu'il emporta, riant sous cape, dissimulé dans la manche de sa tunique.

Il pressa alors le pas, se dirigeant vers son logis.

Mme Phidias, un peu inquiète des suites de son équipée, s'était mise au lit dès son retour de l'atelier. Elle comptait, à l'arrivée du sculpteur, simuler un grave malaise qu'elle eût attribué à la conduite de son époux. Par ce moyen, elle espérait l'apitoyer, le rendre plus aimable et, surtout, éviter les reproches qu'il ne manquerait pas de vouloir lui adresser.

Seulement, son mari n'étant pas rentré dîner, la belle en fut pour ses frais de mise en scène... Mais elle ne quitta cependant pas sa couche et se plongea dans la lecture d'un roman à la mode, qui l'ennuya, d'ailleurs, prodigieusement...

Lorsque Phi-phi parut enfin, elle prit une pose languissante et soupira douloureusement :

— Ah ! mon ami, j'ai grand mal !

— Où cela ?

D'un geste las, les yeux levés vers l'Amour joufflu qui ornait le ciel du lit, elle montra son cœur en murmurant :

— Là !...

Phidias, subtil comme Ulysse lui-même, sourit finement...

Il n'avait pas franchi sans appréhension le seuil de la chambre conjugale et se trouvait fort heureux de voir les choses s'annoncer aussi pacifiquement.

Toutefois, il ne renonçait pas au machiavélique projet qu'il avait conçu en chemin.

— Ce n'est rien, ma chère, dit-il d'un ton doucereux... Tu auras encore, à ton habitude, mangé trop de pâtisseries... Je vais te faire une infusion.

Il disparut prestement, pour revenir quelques instants après, apportant sur un plateau un bol de verveine fumante. Le délicieux arome emplit la pièce aux hautes tentures...

Mme Phi-phi, émue de tant de prévenances, faillit, pour en mieux remercier son époux, oublier de prendre le breuvage qu'il lui avait si aimablement préparé.

De son côté, Phidias, surpris et charmé de trouver sa femme si conciliante, regrettait déjà d'avoir — d'une main assez lourde — vidé le Sirop de Morphée dans l'infusion.

Il envisageait même la possibilité de réparer les choses en renversant, par exemple, le bol comme par maladresse, quitte à préparer aussitôt une autre verveine, moins sujette à caution.

Mais il était trop tard : Phi-phine venait, d'un seul trait, d'absorber le breuvage...

L'effet en fut presque immédiat.

Mme Phidias, terrassée par le soporifique, laissa brusquement tomber sa tête sur l'oreiller, en murmurant langoureusement :

— Viens dans mes bras, ô mon chéri... Je t'aime !

A tout hasard, le sculpteur avait prudemment fait un saut en arrière.

Précaution superflue : sa femme, dont les yeux s'étaient fermés aussitôt, dormait déjà d'un sommeil profond...

— Bonsoir, dit-il ironiquement... Pas de mauvais rêves !

Un léger remords l'envahit, qu'il chassa bien vite :

— Tant pis pour elle ! murmura-t-il... ça lui apprendra à me faire des scènes ridicules.

« Fais dodo, mon bel ange ! A toi les doux songes, à moi les réalités !...

Une minute plus tard, il était dans la rue.

A vrai dire, n'ayant prévu aucun programme pour l'emploi de son temps, il se trouvait déjà embarrassé de cette liberté qu'il avait été si avide de conquérir...

N'eût-il pas mieux fait de rester chez lui, puisque Phi-phine paraissait être revenue à de meilleurs sentiments ?

Quelle idée, aussi, avait-il eue d'acheter ce Sirop de Morphée ?

Oui, mais, sans ce subterfuge, il serait en ce moment dans le lit conjugal, aux bras conjugaux de sa femme, contraint au devoir conjugal...

Cette pensée le tira de son hésitation :

« Et puis, flûte ! pensa-t-il... un homme de mon tempérament, de ma situation... (il n'osait pas ajouter : et de mon âge) a besoin d'un peu de fantaisie... Après tout, j'en ai mare (1) du pot-au-feu traditionnel !... Il me faut des épices ! »

Nous devons à la vérité historique d'avouer que Phidias se montrait, dans ce soliloque, de la plus insigne mauvaise foi.

Il n'avait pas attendu ce jour pour affecter ses transports au service de l'exportation amoureuse. En compagnie de maintes petites femmes, il avait, peut-on dire, plus d'une fois pris les devants !

Mais, jusqu'ici, il attribuait à ces écarts une excuse professionnelle : un statuaire n'est-il pas tenu de se livrer constamment à des études d'anatomies comparées ?

Aussi ne se faisait-il point faute de se livrer aux comparaisons les plus variées.

D'ailleurs, nulle femme — même la plus belle — ne lui paraissait offrir une plastique rigoureusement parfaite : telle avait un buste admirable mais le pied laissait à désirer.

— Elle pêche par la base ! disait-il.

Alors, pour réaliser des statues impeccables, il prenait la tête de l'une, le sein de l'autre, la croupe d'une troisième. Quelques-unes se plaignaient même qu'il lui arrivât de leur tenir la jambe.

Pour sa fameuse *Athena Parthenos*, Phi-phi n'avait pas utilisé moins de treize modèles différents. Ce nombre, auquel les Grecs attribuaient naïvement des pouvoirs maléfiques, faillit même lui attirer, comme chacun sait, les plus graves ennuis.

Tout ceci témoigne qu'en artiste consciencieux, Phidias n'hésitait pas à multiplier ses études du corps féminin. Et l'on s'explique alors que l'illustre Maître ressentît parfois une certaine difficulté à plier les genoux, et éprouvât, en d'autres circonstances, de pénibles sensations à la nuque. Il lui arrivait même parfois d'être perclus de douleurs.

Il appelait alors son corps meurtri « l'empire à sciatique ». L'expression semble avoir subsisté jusqu'à notre époque ; avec la déformation des temps, nous connaissons encore un empire *asiatique* qui ne laisse pas de causer, lui aussi, de regrettables perturbations.

Phi-phi, donc, avec toute l'inconscience des maris volages, reprochait à sa femme de ne rien comprendre à ses recherches artistiques, et de troubler même les travaux du grand homme par des tentatives trop souvent renouvelées en faveur de *récréations égoïstes et personnelles*, dont le statuaire n'avait plus le moindre bénéfice esthétique à tirer.

— J'en ai plein le dos, à la fin ! conclut-il...

Il oubliait de penser que, n'eût été l'austère vertu de Phi-phine, il méritait d'en avoir « par-dessus la tête », et que sa pauvre épouse ne manquerait pas de justifications atténuantes le jour où elle se résoudrait à...

Mais n'anticipons pas !... — ainsi que nous avons eu l'honneur de vous le conseiller en un précédent chapitre...

Phidias, en somme, était sorti pour se prouver à lui-même qu'il était maître de ses actes, beaucoup plus que pour en convaincre sa femme, laquelle s'en souciait, d'ailleurs, fort peu pour le moment...

Après avoir erré quelque temps à l'aventure, sans but bien défini, il avisa, au coin d'une rue, deux globes lumineux qui attirèrent aussitôt ses regards.

— Si j'entrais là ? murmura-t-il...

Effectivement, il se dirigea vers le *Tonneau de Diogène*. Ce cabaret athénien était alors très à la mode ; il devait sa réputation moins à l'agrément relatif que

____

(1) Expression de la Grèce antique, qui exprimait que les soucis dont on était obsédé donnaient le désir de se jeter à l'eau, dans une *mare*. De nos jours, on écrit plutôt : *marre*, parce que cette locution est surtout employée par des gens qui ont un *r* d'en avoir deux

Cf . *r en at marre !* (Mistinguett, 56 ap. J.-C.)

l'on y trouvait qu'à la façon originale dont la clientèle y était accueillie.

Dès que de nouveaux chalands franchissaient le seuil, les assistants les saluaient de ce chant pittoresque :

> Oh ! là là ! c'te gueule, c'te binette !
> Oh ! là là !
> C'te gueule qu'il a !...

que l'on répétait autant de fois que le groupe d'arrivants comptait de personnes, et jusqu'à ce que chacun eût trouvé place.

Alors le personnel, sous la direction de Diogène lui-même, entonnait le chœur spécialement écrit pour l'établissement par un poète famélique et un compositeur assoiffé :

> Accueillons dedans notre « Tonneau »
> Ces quatre supplémentaires fourneaux !
> Et s'ils ne rigolent pas bientôt,
> On leur servira des bigorneaux (1) !

Evidemment, le second vers se modifiait selon le nombre des clients que l'on recevait, et donnait, suivant les cas, « *ces deusses, ces cinque* ou *ce tout seul supplémentaire fourneau* pour celui que nul n'accompagnait.

C'était justement le cas du sculpteur. Il subit sans broncher la cacophonie discordante que les gens du lieu apelaient pompeusement un « chœur » !

« C'est à qui chantera le plus faux ! pensa-t-il ; quel massacre !... Les voilà bien, les bourreaux des chœurs !»

Satisfait de sa petite réflexion, il pénétra plus avant. Diogène avait déjà regagné le tonneau qui lui servait de logis et s'y tenait accroupi, une lanterne à la main.

Phi-phi contempla le philosophe cynique : hirsute et dépenaillé celui-ci, de son côté, dévisageait en ricanant le statuaire.

Phidias, un peu gêné par cette attitude ironique, se contraignit cependant à parler :

— Bonsoir, Diogène ! dit-il le plus aimablement qu'il lui fut possible.

— C'est donc toi, tailleur de pierre ! Trop bon de venir augmenter le nombre ; ânes qui braient dans mon écurie !... Prends un siège et abaisse ton centre de gravité au milieu de ces idiots, tu ne dépareras pas la collection !...

La salle gloussait de joie.

Diogène, enhardi par ce premier succès, ne voulut pas s'en tenir là. N'avait-il pas pour principe de se montrer d'autant plus agressif que le rang social de ses victimes était plus considérable ?

Il reprit donc :

— Voici Môssieur Phidias, Phi-phi pour

---

(1) Ces deux dernières rimes ne sont pas riches mais, nous l'avons dit, l'auteur du quatrain était peu fortuné

les dames... qui passe son temps à copier, en plus mal, ce que la nature a fait de plus beau !... Et on l'encense, on l'appelle Maître !... Un sot trouve toujours un plus sot qui l'admire !...

L'infortuné statuaire ne savait où se fourrer.

L'autre, devant cet embarras, continua de plus belle :

— Et voyez ce crâne : pas de cresson sur la fontaine ! plus de paille sur le tabouret !... Ah ! tu es bien l'homme que définit Platon : un animal déplumé, à deux pattes !

Les assistants riaient aux larmes ; la foule a de ces cruautés...

Phidias, horriblement vexé, murmura d'un air rageur :

— Toujours aussi aimable, petit Diogène !

— Pourquoi le serais-je ?... Je ne dis que la vérité, et elle n'est jamais aimable !... Et maintenant, disparais, tu vas me donner des cauchemars... Je veux dormir, na !

— Mais...

— Ote-toi de mon sommeil !...

Phi-phi comprit qu'il ne gagnerait rien à vouloir insister ; haussant dédaigneusement les épaules, il gagna la sortie, accompagné, en guise d'adieux, par le refrain habituel, joyeusement chanté par les serviteurs et repris, bien inconsidérément, par quelques consommateurs :

> Tous les clients sont des cochons !
> La faridondon
> La faridondaine !
> Tous les clients sont des cochons !
> La faridondaine
> La faridondon !

Aussi, est-ce sans le moindre regret que Phidias quitta le « Tonneau de Diogène ».

— Décidément, ça n'est pas drôle, fit-il. Ce philosophe, pourtant intelligent, qui passe son temps à grogner contre les gens es choses !... Il a la folie des grondeurs !

« Seulement, je n'ai pas de chance aujourd'hui : enguirlandé tantôt par ma femme, houspillé par les élèves des Beaux-s, agoni maintenant par le Cynique ! ça suffit !...

« D'ailleurs, on dit : « Jamais deux sans trois... » la série est donc complète.

Il n'osa pas ajouter : « J'en ai marre », parce qu'il l'avait déjà dit précédemment, mais nous pouvons affirmer qu'il le pensa.

Assuré maintenant de ne plus risquer de rencontres fâcheuses, c'est d'un air particulièrement guilleret qu'il rejoignit le boulevard des Athéniens.

Cette voie, élégante et fréquentée, était parfois désignée aussi sous le nom de Boulevard à ragots, pour ce que l'on y rencontrait toujours des gens de lettres, d'art ou de théâtre, régulièrement occupés à répandre le méchants potins sur leurs confrères qui, d'ailleurs, ne se faisaient point faute de le leur rendre à l'occasion... Ces mœurs regrettables ont heureusement disparu avec le temps.

Phi-phi se trouva bientôt devant le *Café Néapolitain*, que son fondateur avait ainsi appelé du nom de Néapolis, la petite ville de Macédoine où il était né...

Comme il cherchait une table, il aperçut à la terrasse une blonde et délicieuse créature qui, le peplos retroussé discrètement jusqu'aux genoux, suçait avec application les deux pailles trempées dans son breuvage glacé...

Le sculpteur, frémissant de la nuque aux talons, tomba aussitôt en arrêt.

Mais aucun désir concupiscent n'était en lui, du moins pour le moment. C'est véritablement en artiste qu'il se complut à détailler la jeune personne.

Les attaches fines, aristocratiques même, le galbe d'un mollet ferme et rond, l'harmonieuse courbe des épaules, qu'on devinait aisément sous le fin tissu, la naissance marmoréenne d'une poitrine aux promesses généreuses, tout l'enchanta, tout le séduisit...

— Diane et Vénus en une seule femme ! murmura-t-il...

Il s'installa bientôt le plus près qu'il put de l'aimable enfant, qu'il continua à dévorer du regard, tandis qu'un serviteur zélé, sur sa demande, lui servait un demi-flacon d'hydromel bouché, cordon rouge...

Pendant qu'il buvait à petites gorgées machinales, Phidias ne parvenait pas à détacher ses regards des charmes de sa jolie voisine... Il évaluait les rondeurs, supputait les creux, étudiait un raccourci... Puis, il l'imagine dévêtue, posant pour lui dans son atelier et, sans s'en apercevoir, les pouces dressés, il modelait frénétiquement une argile imaginaire...

Comme bien l'on pense, de telles rêveries ne tardèrent pas à échauffer quelque peu l'imagination du statuaire. Bientôt, il n'y tint plus...

Prenant dans un élégant portefeuille en soie de Perse un carré de papyrus qui portait son nom finement dessiné, il y griffonna fiévreusement :

Je désire une vierge au profil pur et sage
Pour poser la Vertu !
Tu l'es, je le présage ?...

— Chasseur !... appela-t-il.

Un jeune garçon, vêtu d'une tunique de drap vert sombre brodée de palmes plus claires, accourut :

— Voici quatre trioboles, lui dit Phi-phi ; remets ce mot à la jeune personne qui suce des pailles...

— Celle qui est à « l'as » ?... Compris !

Le groom eut tôt fait de s'acquitter de la mission... Phidias, tout en affectant de regarder ailleurs, en suivait du coin de l'œil le résultat.

Il vit son aimable voisine lui décocher un sourire enchanteur... Elle remit au messager la soucoupe qui marquait le prix de sa consommation, et se leva.

— Qu'a-t-elle dit ? demanda anxieusement le statuaire, quand le chasseur fut revenu vers lui.

Le malicieux gamin déposa d'abord la soucoupe sur celle de Phi-phi, puis répondit en souriant :

— Elle a dit : « Ça, c'est un type qui s'échauffe les idées... On va d'abord le mettre aux frais !... »

— Délicieux ! s'esbaudit Phidias... Elle est spirituelle avec ça !... Garçon !...

Il jeta une mine sur la table...

— Gardez tout ! cria-t-il en se levant avec agitation, sans écouter les remerciements éperdus que le serviteur, enthousiasmé, accordait à sa munificence.

Quittant vivement la terrasse, Phi-phi s'élança sur les pas de la belle inconnue, en murmurant :

— C'est une gamine charmante !... charmante !...

L'ayant enfin rejointe, il lui dit :

— Mademoiselle, écoutez-moi donc !

Et, sans autre préambule, il se présenta :

— Je suis Phidias, le grand sculpteur Phidias — Phi-phi pour les amis. J'ai un immense talent... et plusieurs autres talents, d'or, ceux-là... Ils constituent ma fortune, dont je mets une partie à tes pieds si tu daignes consentir à me poser la Vertu, pour un groupe qui m'est commandé par l'Etat !...

— Voyez-vous ! ricana la jolie fille... Alors, comme ça, tu voudrais me faire poser ?...

Le statuaire, inquiet, eut un air si désappointé que la petite éclata de rire.

— Grand fou, va ! Tu ne vois pas que je plaisante ! Mais toi, sans blague, tu charries... ou t'as le béguin ?

— Un petit peu de chaque ! répondit à tout hasard Phi-phi, évitant de se compromettre...

Il n'était pas, en effet, très familiarisé avec certaines expressions pittoresques qu'employaient — déjà — les jeunes ouvrières nées dans les faubourgs de la capitale...

Sa compagne le tira heureusement d'embarras.

Passant délibérément son bras potelé sous celui de Phidias, elle déclara, enjouée :

— Eh bien, ça colle !... Et maintenant, qu'est-ce qu'on fait ?... Où que c'est-y qu'on va ?...

Le sculpteur ne répondit pas tout de suite... Il venait de penser à Phi-phine...

Pourquoi, puisqu'il avait commencé à manifester son énergie ne continuerait-il pas à montrer qu'il entendait désormais être le maître chez lui ?

Sa femme constaterait le lendemain qu'il n'était pas rentré ?... Il y aurait des cris, des larmes, une autre scène encore ?...

Et après ?

C'était l'occasion ou jamais de mettre au pas cette épouse qui menaçait de devenir insupportable !

— A quoi penses-tu, mon petit Phi-phi ?

Cette voix suave le tira de ses méditations.

— Je pense, répondit-il avec feu, qu'un char attelé de deux coursiers rapides peut nous déposer rapidement à Phalère ! Et j'imagine que cette belle plage sera aussi enchantée de nous recevoir que nous d'y aborder... Il y a, là-bas, des nids délicieux...

— Oui, mais les clients y sont reçus à coups de flèche !

— Peu m'importe, je suis cuirassé !... D'ailleurs, on me fait des prix !...

C'est d'une voix qu'on pourrait appeler la voix triomphale qu'il cria à l'automédon venu à son appel :

— Cocher, à Phalère !...

Cinq minutes plus tard, il savait que sa compagne répondait — à condition qu'on l'appelât — au nom d'Aspasie.

Trois heures après, il connaissait la topographie précise et complète des grains de beauté de l'aimable enfant...

Et le lendemain matin...

Eh bien ! mais.. le lendemain matin, mon Dieu, le consciencieux statuaire avait ajouté une précieuse documentation à ses connaissances techniques de l'académie féminine...

CHAPITRE VI

LENDEMAIN DE FÊTES

La Nuit, fille de Chaos, délaissant les terrestres vallées, était allée rejoindre l'Erèbe son époux. Radieux et vermeil, l'Archer Divin avait attelé les chevaux bondissants de Phœbos qui, déjà, foulaient de leurs pieds d'or l'Ether immense (1).

Athènes s'éveillait...

De vagues rumeurs emplissaient l'Agora.

Les portes des logis s'ouvraient, livrant passage aux travailleurs affairés : les citoyennes, dont la langue volubile semblait vouloir se rattraper du repos relatif de la nuit, devisaient avec animation.

____

(1) Ce qui signifie, en langage moderne : Le jour se levait. (*Note du traducteur* — **MIMXXVII**.)

Déjà dans les rues, s'entendait le roulement des petites voitures chargées d'oranges, de poissons frais, de pastèques, et de légumes.

Une voix puissante criait, avec de plaisantes modulations :

> Ah ! ah ! ah ! ah ! mesdames !
> Mesdames ! voilà le navet !...

A quoi répondit le refrain aigrelet d'un marchand de cucurbites :

> J'suis l'beau m'lon !
> J'suis l'beau m'lon
> Du stad' d'Apollon !...

Tous ces bruits finissaient par tirer de leurs songes les oisifs et les débauchés qui, dans leur couche moelleuse, s'étiraient en bâillant, avant d'adresser une invocation ultra-rapide aux dieux immortels maîtres de nos humbles destinées.

Il était cependant deux endroits où Morphée persistait à régner : au logis de Phidias, et dans ses ateliers...

Chez le sculpteur, Phi-phine, en dépit de l'heure avancée, s'obstinait à ne pas ouvrir les yeux.

Vainement l'Ethiopienne vigilante chargée de la tirer du sommeil était entrée plusieurs fois dans la chambre, ouvrant les rideaux pour donner de la lumière, et retournant les sabliers qui marquaient la fuite du temps...

La belle dormeuse n'avait pas encore daigné bouger.

Enfin un léger soupir souleva sa poitrine... ses paupières, frangées de cils d'ébène, battirent à coups précipités... et elle promena autour d'elle des regards mal assurés...

Apercevant la négresse, qui guettait son réveil, Mme Phi-phi murmura :

— Tiens !... il fait encore nuit ?

Mais elle revint bientôt de son erreur.

Exhalant un nouveau soupir, elle tourna machinalement la tête.

Son mari n'était plus auprès d'elle !

Le lit ne portait même l'empreinte d'aucun corps ! Phidias avait donc découché ?

Elle poussa un cri aigu...

— A moi, toutes mes chambrières ! rugit-elle en se précipitant à bas de son lit... Qu'on vienne procéder sans retard à ma toilette !... Disposez mes tuniques : je mettrai celle qui a des reflets gorge-de-pigeon-blessé... avec un fond rose-péché-mignon...

Car, chez les femmes, la coquetterie ne perd jamais ses droits.

Peut-être aussi Mme Phidias voulait-elle se faire belle dans l'unique but de reconquérir un époux qu'elle ne sentait que trop enclin à lui échapper...

Quoi qu'il en soit, c'est d'une voix parfaitement résolue qu'elle ordonna :

— Envoyez-moi le gardien de fards !

Les élégantes Athéniennes — on peut aujourd'hui le révéler sans risques — faisaient grand usage d'onguents, pommades et autres préparations idoines à rehausser l'éclat de la beauté.

Chez les plus riches même, un serviteur spécial avait charge de préparer et de conserver ces précieux ingrédients... On l'appelait le gardien de fards...

Par les soins minutieux qu'il donnait notamment à l'entretien de la peau, dont il s'agissait de parfaire le grain et le velouté, n'était-il pas celui qui illumine le chemin des pores ?...

Phi-phine, donc, dissimulant son indignation, s'abandonna aux mains des servantes...

Tandis qu'on la parait, elle pensait à son mari.

— Qu'a-t-il bien pu faire ?... Je ne puis arriver à croire qu'il se soit oublié chez quelque hétaire !... Il ne lui manquerait plus que de devenir hétairomane, par exemple !...

Elle abandonna bientôt ces pensées irritantes et un peu d'indulgence entra dans son âme.

— Que j'étais sotte ! se dit-elle... Pour me punir de la scène d'hier, il aura couché à son atelier, où je vais le retrouver, sagement occupé à ses travaux...

Cette perspective l'ayant rassérénée, elle pressa son personnel et, fébrile, quitta son logis, en quête d'un taxi-char qui pût la mener rapidement au mont Hymette...

. . . .

Phidia, nous le savons, avait passé la nuit à Phalère...

Son atelier, cependant, n'était pas inhabité.

Bien que l'heure fût avancée, Morphée y tenait sous sa dépendance deux êtres de costume identique — en ce sens qu'ils étaient également dévêtus — mais de sexe différent.

Un simple coup d'œil suffisait à cette double constatation.

Enfouis dans le vaste divan, étroitement enlacés, Cynthia et le Pirée, visiblement rompus, goûtaient en toute béatitude ce sommeil qu'on prétend réservé aux seuls justes...

Le Pirée, agréablement surpris de voir les choses s'arranger si aisément, n'avait en effet pas voulu perdre une minute.

Il soupçonnait sa compagne d'être fort bien faite et, bientôt, ses soupçons prenaient corps...

Comme, tentant un semblant de résistance, elle lui immobilisait un bras — un seul, la friponne ! — il ne s'embarrassa pas pour si peu, murmurant à part soi le vieux dicton phocéen :

— Il ne faut jamais remettre à deux mains ce que l'on peut faire d'une seule !...

Et maintenant, il était là, exténué, mais nageant dans le bonheur...

Il nageait !... L'homme était vaincu par sa conquête !...

Ils seraient sans doute demeurés longtemps encore au pays des songes si l'aigre tintement de la sonnette d'entrée n'avait, soudain, troublé le silence.

Cynthia, la première, l'entendit.

Réveillée en cerceau, — car elle couchait en rond, — elle ouvrit de grands yeux, ayant d'abord quelque peine à se reconnaître...

Un second coup de timbre acheva de lui faire reprendre ses esprits.

Elle secoua énergiquement le Pirée...

— Hé ! lui cria-t-elle, on sonne !... ça fait déjà deux fois !...

Le dormeur, placide, s'étira en murmurant :

— Bah ! On a trois coups !...

Comme pour confirmer cette assertion, la sonnette retentit derechef, en même temps qu'une main impatiente s'efforçait vainement d'ouvrir la porte.

— Il y a quelqu'un dans la serrure ! s'écria Cynthia, affolée...

— T'en fais pas, ça va se passer !

Et le Pirée bondissait dans l'entrée, achevant de se couvrir hâtivement de la première chlamyde qui lui était tombée sous la main...

Il entre-bâilla l'huis...

Un méchant petit bonhomme, fort laid, mais vêtu du drap bleu, glapit, sans cesser de mordre avidement dans une énorme tartine d'ambroisie :

— M'sieu le Pirée, si ou plaît ?

— C'est moi, atome !

— Alors, v'là pour vous !

De sa main libre, le galopin prit dans une petite besace, marquée aux trois lettres P. T. T., un carré de papyrus bleu ciel qu'il tendit au domestique.

Celui-ci, refermant brutalement la porte, rentra dans l'atelier. Il semblait assez embarrassé, et contemplait avec ahurissement le papyrus, qui portait cette adresse :

Monsieur le Pirée,
chez Phidias,
16, boulevard du Mont-Hymette,
Athènes (XIV·).

— Qu'est-ce que ça peut bien être ? se demandait-il, vaguement inquiet.

Cynthia, qui s'était d'abord prudemment dissimulée sous les coussins et les peaux de bêtes, risqua enfin un œil et contempla la scène.

— Alors ? demanda-t-elle.

— C'était ce truc-là !...

— *Il y a quelqu'un dans la serrure, s'écriait Cynthia, affolée...*

— *Je suis à Phalère... avait écrit Phi-Phi sans autres détails...*

Photo : Isis-Film.

— Je cherche un homme, disait Diogène, et je ne vois que des ambitieux.

Ardimédon venait de surgir devant Phi-Phine, en maillot noir et monocle à l'œil.

— Une lettre de femme, je parie ? grinça la jolie rousse.

— Penses-tu ! ricana gaîment le Pirée, qui ne se flattait point d'être irrésistible, en quoi il témoignait d'une grande sagesse.

« Et puis, au lieu de rester là à s'abrutir sur l'adresse, il n'y a qu'à l'ouvrir, on verra tout de suite ce qu'il y a dedans !

— Tiens, mais c'est vrai !... Ce que tu es malin, tout de même !

Le petit bonhomme, se rengorgeant quelque peu cette fois, déchira son papyrus en suivant le pointillé ainsi qu'il était prescrit, et le déplia :

— Ah ! cria-t-il, en s'envoyant une forte claque sur la cuisse droite, c'est de mon anthropoïde !

— Quoi ?

— Eh bien, mon singe... mon patron, si tu aimes mieux !

— Oui, je préfère ça ! Alors qu'est-ce qu'il raconte ?

— Ne te frappe pas !... mais écoute :

Je suis à Phalère. Si ma femme me demande, dis-lui que je suis chez Périklès.

PHIDIAS.

P.-S. — *J'ai trouvé la Vertu... facile !*

Le Pirée, se grattant lentement l'occiput, cherchait en vain à comprendre ce que pouvait signifier ce message laconique...

Dire à Mme Phi-phi que son mari était chez le président de la République, alors qu'il se trouvait en partie fine, certes le fidèle serviteur l'avait fait plus d'une fois et ce n'était pas là de quoi l'embarrasser !

Mais que voulait-il raconter avec sa « Vertu... facile » ?... Ces points de suspension compliquaient le problème...

De plus, Phidias, alors qu'on le croyait bien tranquillement chez lui, était allé à Phalère ... Dans quel but ?... Quel motif l'attirait en cette ville ?...

Que diable allait-il faire dans cette Phalère ?

— Et puis, flûte ? pensa finalement le Pirée... Il est à Phalère ? Eh bien, qu'il y reste !... Je n'y vois aucun inconvénient !

— Alors, mon chéri, demanda gentiment Cynthia, as-tu tout de même compris ?

— Faut jamais chercher à comprendre ! décréta-t-il sentencieusement... Surtout quand on a mieux à faire !

Et, revenant vers sa compagne, il égrena autour de son cou blanc un chapelet de fervents baisers.

Elle avait pris le papyrus bleu et, curieusement, en déchiffrait l'adresse :

— Le Pirée, dit-elle, c'est toi ?

— Voui, ma jolie...

— Hier soir, je n'avais pas songé à te demander comment tu t'appelles...

— Nous avions tellement d'autres choses à nous dire !

— Mais, j'y pense... Le Pirée, c'est un nom de port ?...

— On ne peut rien te cacher...

— C'est pour ça que tu as un petit air cochon !...

Et la jolie fille éclata d'un rire frais et joyeux.

Il crut devoir partager cette gaîté, bien que les raisons lui en semblassent obscures...

Il déclara cependant :

— On peut tout de même me prendre pour un homme.

— Oh ! je le sais ! murmura-t-elle rougissante.

D'un geste adroit, elle envoya en l'air le papyrus, qu'elle venait de rouler entre ses doigts ; elle reçut la boulette sur le bout du pied et la relança ainsi plusieurs fois, jusqu'au moment où le message de Phi-phi, ratant son but, vint rebondir sur le bord du divan avant de rouler au beau milieu de l'atelier...

On ne pourrait guère conter ce qui suivit qu'en employant le latin, la seule langue qui puisse, dans ses mots, braver, affirme-t-on, l'honnêteté.

Mais, par une regrettable fatalité, le latin, qui se parlait couramment à Rome, était à peu près ignoré des Grecs !

Nous pouvons cependant rapporter qu'une heure plus tard l'aimable couple, n'ayant pas à redouter le retour de Phi-phi, s'était à nouveau plongé dans un sommeil réparateur...

Le Pirée fit bientôt entendre des ronflements sonores.

Et il se mit à rêver, à rêver une chose affreuse...

Il assistait aux courses de Longstade...

Ptolémée, ce cheval sur lequel il avait mis une véritable fortune — n'était-ce pas un rêve ? — menait à grand train.

L'épreuve allait lui être acquise, quand, soudain, on le vit s'arrêter net des quatre pieds... Autour de lui surgirent, l'entourant jusqu'à le cacher, des choux énormes, innombrables, qui l'immobilisaient définitivement, tandis que ses concurrents couraient au poteau...

— Ptolémée dans les choux ! se lamenta le Pirée, je n'ai plus qu'à mourir !

Prenant à son tour le galop, il alla se précipiter, tête en avant, dans la rivière des tribunes...

Il tomba dans l'eau boueuse et glacée... et se réveilla brusquement, ruisselant de sueur...

— C'est idiot, murmura-t-il en s'épongeant avec la chlamyde de Cynthia, de rêver des choses pareilles !... ça devrait être défendu !

Mais soudain il pensa :

— Au fait ! songes... mensonges !... Alors, « Ptolémée » ne sera pas dans les choux !... Donc, je dois encore forcer ma mise sur lui... et je serai riche !...

Sur ces réflexions nettement optimistes, il se retourna et reprit son sommeil, si fâcheusement interrompu.

Rien ne devait plus l'en tirer, même pas l'entrée bruyante et inattendue de Mme Phi-Phi, qui venait aux nouvelles...

La digne épouse frémit d'indignation à la vue de l'étrange spectacle qui s'offrait à ses yeux...

L'attitude abandonnée des deux amants la courrouça d'autant plus qu'un tel cynisme trahissait l'absence du maître.

Et, sans daigner s'abaisser à châtier un domestique, elle tourna toute sa rage sur Phi-phi..

— C'est lui qui donne l'exemple, parbleu !... Tel maître, tel valet !

Et, furieuse surtout de ne pas savoir où retrouver son époux, elle se disposait à partir...

Du bout de son élégant cothurne, elle heurta une boulette bleue qui, roulant au hasard, ne s'arrêta qu'aux pieds d'une statue de Pallas...

L'indignation fit place à une soudaine curiosité.

Mue par un secret instinct, elle courut au papyrus, le ramassa et s'empressa de le déplier.

Un cri de rage s'étrangla dans sa gorge, quand elle en eut pris connaissance.

Ainsi, son mari se jouait d'elle, avec la complicité de ce misérable Pirée... Elle comprenait maintenant pourquoi le serviteur se laissait aller à tant de turpitude.

— L'exemple lui vient de haut ! se dit-elle... Et là-haut... c'est Phi-phi !

« Et qu'entend-il avec cette « Vertu... facile » ?... Quelle nouvelle ignominie cachent ces mots sibyllins ?

« Je le saurai !

Et elle regagnait déjà la porte, quand une pensée la cloua sur place :

— Ah çà ! murmura-t-elle, pourquoi est-il à Phalère ?... Pour mieux se cacher, sans doute !...

« Quelque courtisane, aussi, l'y aura entraîné !

Des larmes de colère montèrent à ses beaux yeux.

Cette plage où, hors la saison des bains, nulle honnête femme n'eût osé mettre les pieds... Il y allait, lui, et en galante compagnie !

« Mais que diable allait-il faire dans cette Phalère !...

Comme on le voit, Phi-phine, pour des motifs diamétralement opposés, arrivait aux mêmes conclusions que le Pirée...

Les extrêmes se touchent !

Ayant, sans s'en apercevoir, roulé d'un geste nerveux le papyrus révélateur, elle jeta dédaigneusement la boulette qui vint tomber sur le nez du domestique endormi.

Celui-ci esquissa un geste vague, et murmura tendrement les yeux clos :

— Laisse-moi dormir, Cynthia... Demain...

Mme Phidias, choquée, reprit un peu conscience d'elle-même. Elle se hâta de quitter l'atelier, avec cet air digne que les poètes — à qui leur impécuniosité interdit des générosités plus matérielles — prêtent si volontiers aux déesses offensées.

Au grand air, le sang-froid lui revint, et avec lui la décision.

Son automédon, las d'attendre, s'était assoupi sur le siège ; elle le tira vigoureusement par la manche :

— A Phalère ! ordonna-t-elle d'un ton qui n'admettait pas de réplique, ajoutant *in petto :*

« Ah ! monsieur Phi-phi, nous allons rire !..

Le cocher, enfin éveillé, questionna :

— Phalère !... Alors, nous partons ?

— Parfaitement !

Et, tandis que les deux coursiers s'ébrouaient, elle se dit, presque gaîment, cette fois :

— Partir... c'est pour rire un peu !

CHAPITRE VII

DES GENS A LA PLAGE

Phalère était la station balnéaire la plus réputée de toute l'Hellade.

Non qu'elle offrît des attraits sensiblement préférables à ceux des autres plages ; mais elle avait été lancée avec une prodigieuse habileté. Un adroit organisateur, l'ayant découverte alors qu'elle végétait dans la plus ordinaire médiocrité, y avait acquis tous les terrains libres, à un prix dérisoire.

Il y fit édifier aussitôt deux magnifiques hôtels d'un style ultra-moderne : le *Numidie Hotel* et le *Palace Athéné*, qui semblaient devoir se faire une concurrence acharnée, alors qu'en réalité ils allaient concourir à la fortune du même propriétaire.

Un cercle fut installé entre les deux établissements, de si judicieuse façon qu'on ne pouvait sortir de l'un ou de l'autre sans être obligé de passer par les salles de jeux.

De la mer, par exemple, il n'était pas question ; les gens n'auraient-ils pas des thermes dans l'hôtel, et même une salle de bains privée dans chaque appartement ?

La plage toutefois, quoique fort exiguë,

fut l'objet des soins les plus attentifs. D'élégants parterres y furent aménagés à profusion ; on devait cependant chaque jour en changer les fleurs, que l'air de la mer flétrissait rapidement.

Un chemin de planches permettait aux visiteurs de circuler sans ennui sur les graviers, et d'installer à leur gré des chaises, des tabourets pliants et autres commodités de la conversation.

Quand tout cela fut organisé, on fit apposer dans tous les lieux élégants d'Athènes, d'immenses affiches où se lisaient ces alléchantes affirmations :

PHALÈRE ! ! !
La vraie, la seule plage des gens chics !
La plus riche, la plus confortable,
La plus luxueuse,
Aux prix les plus élevés ! ! !

Celui qui avait rédigé de telles annonces devait connaître à merveille le snobisme de son temps, mais nul ne remarqua le parfait mépris que ce texte témoignait pour la mentalité de ceux à qui il s'adressait...

L'important, à cette époque, n'était-il pas de faire état de sa fortune ? Ceux que la précédente guerre médique avaient ruinés — nonobstant la victoire — n'en voulaient rien laisser paraître. Ceux, au contraire, qu'elle avait enrichis, et Mercure sait s'ils sont nombreux, tenaient à manifester ostensiblement la puissance matérielle de leur nouvelle situation.

Aussi les moindres personnalités qui, à des titres divers, faisaient partie du Tout-Athènes, à présent si fâcheusement mêlé, se précipitèrent-elles vers la nouvelle station balnéaire.

L'important n'étant pas d'y aller mais d'y être vu, chacun s'ingéniait à bien attirer les regards : tissus voyants et coûteux, bijoux et colliers rarissimes, toilettes tapageuses les plus inattendues, il n'était pas d'excentricité, même grotesque, qui ne fût de mise durant la « grande saison de Phalère »...

De fréquentes courses de chevaux y furent organisées, dotées de prix munificents. On donna de fastueux spectacles de gala, avec le concours des artistes les plus notoires et des courtisanes à la mode, les unes sur le théâtre, les autres dans la salle, alternativement...

Pour obliger les derniers hésitants — peu nombreux — à se convertir au nouveau culte, l'habile organisateur faisait répandre à tous les échos les noms de ceux qui « honoraient de leur haute présence la Plage Fleurie » (style à une drachme la ligne...)

D'innombrables villas, surgies comme par enchantement, autour des deux hôtels

grâce au zèle opportun d'avides mercantis, étaient audacieusement louées à prix d'or.

Retenues longtemps à l'avance, elles faisaient l'objet de maintes communications dans *Le Chariot de Thespis*, feuille prétendue théâtrale qui réalisait une appréciable fortune en exploitant t tarifant la soif de folle réclame dont brûlaient les moindres personnages de cette époque.

Une ingénieuse trouvaille, que l'astucieux animateur de Phalère fit lancer subrepticement par Hippocrate, parla d'héliothérapie et des cures merveilleuses dues aux bains de soleil. Cette heureuse initiative permit aux béats habitués de trouver une apparente explication à leur snobisme collectif et une excuse à la vie exagérément oisive qu'ils menaient sur leur chère plage.

De fait, certaines présences avaient de quoi surprendre les gens avertis... On connaissait, à peu de chose près, les possibilités financières de chacun et l'on se demandait comment tel personnage, qu'on ne se gênait pas pour nommer, pouvait bien tenir le coût en ces lieux où le moindre réduit, noir et sans air au sixième sur la cour, se louait jusqu'à cinq cents drachmes par jour (1).

Les autres tarifs étaient, comme bien l'on pense, à l'avenant, indépendamment des taxes variées mais multiples que le Gouvernement prélevait sur ces dépenses effrénées.

Aussi, pour nombre d'hôtes qui ne payaient pas de « mines » — leurs revenus quotidiens s'élevant à peine à quelques drachmes — avait-on coutume de dire :

— Pas possible, ils ont des « talents » cachés !...

On ne croyait pas si bien dire.

Nul ne soupçonna jamais la vérité, qui était cependant bien simple : il y avait des figurants à Phalère !

Eh oui ! De même que le théâtre employait dans les chœurs des comparses chargés de commenter l'action, d'en plaindre, louer ou blâmer le héros, de même l'ingénieux fondateur de la Plage Fleurie faisait chanter partout le los de son œuvre.

Ce diable d'homme avait pensé à tout.

Les premiers installés à Phalère, y demeurant les derniers, ces figurants faisaient la foule tant que se déroulaient les fastes de la Grande Saison. Le reste du temps ils s'employaient, en tous lieux et à tout moment, à se répandre en louanges sur les attraits de la célèbre station.

____

(1) A cette folle époque, la location des chambres ne se comptait en effet que par jours ; on n'avait d'ailleurs pas à parler des nuits puisqu'on les passait régulièrement au cercle, à jouer des fortunes aux dés...

Ils réalisaient ainsi une sorte de publicité parlée, moins coûteuse — quoiqu'il y parût — que celle des papyrus publics. Ceux-ci, en effet, demandaient maintenant des sommes fabuleuses pour la moindre ligne laudative.

Pouvait-on les en blâmer ? N'établissaient-ils pas, en quelque sorte, une taxe sur cette déplorable vague de paresse, de jouissance et d'orgueil qui, dès la fin de la guerre, avait déferlé sur les Athéniens vainqueurs ?

Comme, par ailleurs, ces racoleurs étaient déjà solidement introduits et reçus — pour des motifs divers — dans tous les milieux aristocratiques, mondains, littéraires ou artistico-politiques, ils pouvaient y tenir leur rôle sans trop attirer l'attention, Phalère faisant alors, dans les moindres salons, l'objet de tous les entretiens...

Il fallait pouvoir dire, dès la mi-juin (1) :
— J'y vais !...

Ou, tout au moins, déclarer fin septembre (1) :
— J'en viens !...

Un tel engouement explique que, bientôt, les habitués — quelle que fût leur fortune — ne suffirent plus à la gloire de la Plage Fleurie...

Son fondateur, décidé à frapper un grand coup, eut une nouvelle idée de génie...

Il offrit à Alcibiade le séjour gratuit pour la saison.

Alcibiade, jeune et déjà célèbre général, s'était couvert de gloire pendant la dernière guerre. Héritier d'un nom illustre, propre neveu de Périklès, orateur apprécié, poète à ses heures, il jouissait à Athènes d'une vogue considérable.

En gratitude des services qu'il venait de rendre à la patrie, on lui pardonnait les folles excentricités par quoi il avait maintes fois scandalisé la ville. Les Athéniens, loin de lui reprocher ses orgies et ses mœurs efféminées, allaient même jusqu'à donner son nom à des rues, des stades, voire aux objets les plus divers, tels que : ceintures, écharpes, cothurnes, où boîtes à parfums, dont le couvercle portait son effigie...

Son succès fut donc prodigieux à Phalère. La foule y suivit son idole, assurant ainsi à la plage des bénéfices d'autant plus appréciables que tous les prix avaient été doublés.

Mais, l'année suivante, il devint nécessaire de trouver autre chose...

L'animateur, qui — on le reconnaîtra —

ne manquait pas d'imagination, ne se laissa pas prendre de court.

On voulait du nouveau ? Il y pourvoirait !

Et, bientôt, il faisait annoncer triomphalement que Phonsodon, roi d'Hispania, passerait trois mois de villégiature à Phalère...

Le monarque vint, en effet, accompagné d'une cour brillante mais restreinte, car il tenait à passer inaperçu et les voyages étaient alors fort coûteux.

En même temps qu'il réalisait un coup de maître pour ses propres affaires, le fondateur de la Plage Fleurie servait les intérêts de sa patrie.

Rome, en effet, qui, suivant la forte parole d'Hérodote, « commençait à ne pas faire bon ménage avec Athènes » et qui, d'autre part, tenait sous sa dépendance la plus grande partie de l'Hispania, vit d'un assez mauvais œil le déplacement de Phonsodon.

Celui-ci s'en souciait d'autant moins que son pays, déjà empêtré dans une malencontreuse expédition coloniale, se trouvait, par surcroît, en proie depuis quelque temps à de sérieux troubles intérieurs...

Le roi n'était donc pas fâché de se distraire un peu, et il n'y manqua point.

Sa réussite dépassa les prévisions les plus optimistes, y compris les siennes. Comme il avait amené les meilleurs coursiers de son écurie, il glana aux réunions hippiques de nombreux prix, qui lui permirent d'améliorer l'état de sa cassette personnelle, laquelle en avait fort besoin.

Alcibiade, d'abord très vexé de se voir ainsi détrôné, sut cependant s'arranger pour qu'on ne l'oubliât pas trop. C'est, en effet, en cette circonstance qu'il fit couper la queue de son chien favori — un superbe animal de sept mille drachmes ! — afin d'obliger ses concitoyens à parler encore de lui, quand même !

Ces incidents, grands ou petits, qui défrayèrent en leur temps la chronique athénienne, étaient régulièrement relatés par les petites feuilles que les mœurs de l'époque avaient fait naître, telles que le *Cri d'Athènes*, la *Lampe*, le *Rouleau de la Semaine*, dont quelques exemplaires sont heureusement parvenus jusqu'à nous.

Grâce à ces documents, nous savons que le concours de princes ou de souverains étrangers continua par la suite à être sollicité pour la Grande Saison. (Curieuse coïncidence : tous ceux qui y participèrent possédaient une écurie de courses.)

Certains descendants de ces hauts personnages, séduits par les joies qu'ils connurent à Athènes, s'y fixèrent.

Ce fut le cas, précisément, du prince Ardimédon, que nous avons déjà eu l'honneur de vous présenter.

---

(1) C'est volontairement que nous désignons ces mois sous leurs noms modernes. Nous n'ignorons pas qu'ils correspondaient respectivement, chez les Grecs, à *seirophorion* et *boédromion* ; nous venons, en effet, de consulter sur ce point le *Grand Larousse*, ah !

Les détails historiques ci-dessus — qu'il nous a paru nécessaire de relater scrupuleusement — nous ramènent donc à nos personnages, que nous retrouvons précisément à Phalère. Qu'il nous soit permis d'en louer les dieux !...

Tous les cadrans solaires — avec un ensemble qui ne leur était pas coutumier — marquaient la seizième heure du jour...

Bien que l'on fût à peine à la première semaine du printemps, quelques nageurs fervents s'étaient déjà plongés dans l'onde amère, non sans avoir rapidement murmuré l'habituelle invocation :

— *Donnez-nous aujourd'hui notre bain quotidien !...*

D'élégants oisifs, en toilette claire, déambulaient sur « les planches » ; d'autres, nonchalamment assis dans des sièges à bascule, buvaient des liquides glacés, en compagnie d'hétaires de marque...

Seules, en effet, les courtisanes se montraient à Phalère en dehors de la Grande Saison.

L'histoire soupçonne que certains maris n'avaient pas été étrangers à l'établissement de cette rituelle coutume ; du moins leur permettait-elle de n'être jamais dérangés quand ils se trouvaient en parties fines...

Un brouhaha agita soudain les tables — ou, plutôt, ceux qui les occupaient. Deux hommes arrivaient causant avec animation : deux généraux vainqueurs de la dernière guerre.

Le « vieux père » Thémistocle — comme l'appelaient familièrement ses nombreux admirateurs — fidèle aux tenues militaires de jadis, arborait un peplos gros bleu, dont les manches portaient chacune onze étoiles d'or brodées ; une superbe écharpe de soie pourpre à glands d'or barrait diagonalement son large torse, tandis qu'à son casque flottait le friselis blanc d'une plume d'autruche.

Son compagnon, le jeune et sémillant Alcibiade, vêtu avec la suprême élégance qui lui était particulière, différait quelque peu de son glorieux aîné. Trois étoiles seulement — et d'argent — ornaient ses manches ; le peplos, d'un bleu très tendre qu'on appelait alors « horizon », était très ajusté à la taille, moulant délicieusement le bassin. L'écharpe le rayait d'un bleu plus cru, et la plume dont s'adornait son casque était noire.

Thémistocle semblait s'efforcer, vainement d'ailleurs, de tempérer l'exubérance de son interlocuteur :

— Calmez-vous, mon cher Alcibiade ! lui disait-il ; vous êtes jeune et impétueux ! Mais la paix est faite, les Perses ne sont plus à craindre...

— Pensez-vous ! Ils ne songent qu'à prendre une prochaine revanche, et ils la préparent dans l'ombre !... Vous, parbleu ! vous n'avez plus rien à désirer : on vous a reçu en grand tralala chez Akadémos... Les lauriers de Miltiade ne vous empêchent plus de dormir !... Je comprends que vous n'aspiriez qu'à la retraite !...

— Pardon, je n'ai pas encore atteint la limite d'âge...

Une voix aigre les interrompit.

Diogène était devant eux :

— Vous, à Phalère, grands héros ? s'écriait-il ironiquement... La plage m'est heureuse à vous y rencrrer !...

— Te voilà donc, Cynique ! fit Thémistocle... Que peux-tu bien faire en ces lieux de plaisir ?

Le philosophe éleva sa lanterne :

— Je cherche un homme ! déclara-t-il... Je cherche un homme, et je ne vois que deux ambitieux !...

— Mais... protesta Alcibiade.

— Tais-toi donc !... Pour acquérir votre gloire, vous ordonnez et dirigez des massacres !

— Bah ! Une nuit d'Athènes réparera cela ! ricana le jeune homme en riant...

« Ah ! daigne reconnaître que ma réponse ne manque pas de sel !

— Du sel ? bougonna Diogène... Peuh !... du chlorure de Sodome, tout au plus !

— Cynique, glapit Alcibiade, je vais te jeter un cil !...

Et, d'un geste efféminé, il lança puérilement sa main devant le visage du philosophe. Celui-ci, haussant les épaules, le regardait avec mépris...

— A la bonne heure ! reprit l'éphèbe, taquin... tu ne dis plus mot... Je savais bien que tu n'étais pas *meuchant !...*

Diogène, outré, riposta insolemment :

— Retournez-vous, de grâce, et l'on vous répondra !

Mais, déjà, Alcibiade ne l'écoutait plus. Pirouettant sur les talons, il avait entraîné Thémistocle, et tous deux, maintenant, recevaient les congratulations d'un groupe d'admirateurs...

— Platitude !... Platitude !... grommela le Cynique en reprenant sa promenade.

Comme il allait quitter la plage, un taxi-char s'arrêta à sa hauteur... Phi-phine, l'œil étincelant et le visage pourpre, en descendit.

— Tiens ! fit Diogène, Mme Phidias... Je parie que, vous aussi, vous cherchez un homme ?

« Seulement, je suis tranquille : vous, vous finirez pas le trouver... Tandis que moi...

« Mais, j'y pense : l'homme que vous cherchez, ce n'est pas votre crétin de mari ?

Elle évita de répondre directement :

— Pourquoi ?... L'auriez-vous, par hasard, rencontré ?

— C'est-à-dire qu'il m'a semblé l'apercevoir tout à l'heure par là, s'ébattant comme un jeune canard dans l'onde amère...

« Je lui ai même crié : « Petit enfant, prenez garde aux flots bleus... »

Mme Phi-phi n'entendit pas la suite. Elle venait de se précipiter, tel un zèbre lancé d'une main sûre, dans la direction indiquée.

Arrivée sur les planches, elle porta une lorgnette à ses yeux et s'efforça de distinguer les nageurs, maintenant plus nombreux, qui évoluaient parmi les vagues...

Elle ne discerna rien, tout d'abord ; il y avait trop de monde autour d'elle, trop de baigneurs en face, trop de soleil au-dessus.

Elle s'obstina cependant.

Pour mieux voir, elle monta sur une chaise...

Ce mouvement, trahissant sa présence, la priva du plaisir de découvrir son époux.

Celui-ci, en effet, nageait près d'Aspasie, qu'il aidait à faire la planche... Soudain, il aperçut sur la plage une forme qui lui sembla s'élever miraculeusement.

Cette étrange particularité attira ses regards, les fixa :

— Zeus me pardonne ! gémit-il... Ma femme !... Elle me cherche !...

Phi-phine, effectivement, scrutait toujours le groupe des baigeurs.

Phidias béait de stupeur, ce qui eut pour résultat de lui faire ingurgiter une forte lampée d'eau de mer

Mais il n'avait plus le temps de se montrer difficile ; il cria à Aspasie, qui paraissait s'amuser follement :

— Viens me rejoindre à l'atelier !...

Après quoi, plongeant brusquement, il disparut aux regards. Nageant entre deux eaux aussi longtemps qu'il put retenir sa respiration, il ne reparut, terriblement essoufflé, qu'une centaine de brasses plus loin...

Du coin de l'œil, il chercha son épouse et s'assura qu'elle regardait toujours du côté opposé. Prenant alors vivement terre, il se précipita dans sa cabine...

Il se rhabilla en hâte, tout en grommelant :

— Par Neptune !... Comment ma femme a-t-elle pu savoir que j'étais ici ?... Car, visiblement, c'est moi qu'elle cherchait... du moins je veux le croire !... Les dieux seraient-ils contre moi ?...

« Ce n'est pas tout ça... Que vais-je faire ? Rester ici jusqu'à la nuit ?... Heu, c'est une cabine charmante... charmante, mais qui manque un peu de confort !

« Et puis, il vaut peut-être mieux que je sois rentré à Athènes avant Phi-phine.

Prudemment, il entr'ouvrit la porte.

Sa femme, descendue de la chaise, se dirigeait maintenant vers la mer.

— Elle me tourne le dos, murmura-t-il... Chouette (1), alors !

Il mit à profit cette heureuse circonstance.

Avec la rapidité de l'éclair, il s'éloigna de la plage et se précipita à la station des chars à compteur. Sautant dans le premier qui lui tomba sous le pied, il jeta son adresse.

— Ventre à terre ! ajouta-t-il.

Le véhicule s'éloigna aussitôt dans un nuage de poussière.

Il était temps ! Mme Phidias, furieuse et dépitée de n'avoir pu découvrir son volage époux, revenait du côté des cabines.

Elle semblait hésiter sur le parti à prendre, quand, soudain, un baigneur surgit devant elle : vêtu d'un maillot de soie noire, monocle à l'œil, une superbe rose épinglée au côté gauche de son costume de bain, c'était le prince Ardimédon.

Elle poussa un léger cri de surprise et tenta de s'éloigner. Mais le jeune homme se campa devant elle, en bredouillant :

— Madame, daignez m'écouter, je vous en prie !

Phi-phine n'était pas en humeur de rire ; ses soucis conjugaux lui en ôtaient le loisir et l'envie. Elle tourna brusquement le dos au soupirant, et se dirigea vers son char...

Pour une fois, le prince fit preuve de décision. Faisant un crochet qui lui raccourcissait le chemin, il courut à grandes enjambées et se retrouva bientôt devant sa belle...

Otant de son maillot la magnifique rose qui s'y épanouissait, il la tendit à Mme Phidias, en même temps qu'il disait, d'un ton enfantin et monocorde :

Acceptez cette belle fleur
Dans laquelle j'ai mis mon cœur ;
Si vous me faites cet honneur,
Vous ferez aussi mon bonheur...

Puis, souriant béatement, il attendit.

Phi-phine, stupéfaite, le regardait.

« Tiens ! pensa-t-elle, il parle, maintenant ? »

Mais, sans s'arrêter à approfondir ce miraculeux changement, insensible aussi à la poésie qu'elle venait de subir, elle arracha des mains d'Ardimédon la fleur — qu'il tenait toujours, à la façon d'un cierge — et la lui jeta violemment au visage.

<hr>

(1) *Chouette :* nom de la monnaie courante à Athènes. Si l'on admet que, pour certains, l'argent fait le bonheur, on conçoit que les Grecs se trouvaient d'autant plus heureux qu'ils possédaient plus de « chouettes ». Aussi, quand le sort les favorisait, s'écriaient-ils : « Chouette ! », en témoignage d'allégresse.

Indignée, sans même accorder un dernier regard à l'impudent, elle s'apprêtait à monter en voiture. Le prince qui, décidément, se révélait ce jour-là plus audacieux qu'on n'eût pu le soupçonner, osa la retenir par sa tunique ; la frêle étoffe craqua, se déchira, découvrant une épaule nue propre à affoler l'ascète le plus austère.

Furieuse, Mme Phidias voulut protester..

— Ecoutez, mon cher...

— Oh ! ma chair !... coupa le séducteur, que la vue de cette blanche rondeur faisait pâmer d'admiration...

Il n'eut pas le loisir d'exprimer davantage son sentiment : Phi-phine, courroucée et exaspérée, venait de lui envoyer à toute volée sa main sur la figure...

— Hou là ! fit Ardimédon, chancelant... Quel coup, madame ! J'en vois trente-six chars !...

Il n'en vit d'ailleurs bientôt plus aucun : celui de Mme Phidias, enlevé par de fringants coursiers, venait de disparaître au tournant de la route.

Le prince demeurait sur place ; ahuri, se frottant la joue, il murmurait, extasié quand même :

— Et une telle femme ne serait pas à moi ?... Par Aphrodite, cela est impossible !

Il réfléchit cependant, contrairement à son habitude...

— C'est entendu : je l'aime, et il faut qu'elle m'aime !

« Tout ça ne me dit pas comment je pourrai obtenir qu'elle m'accueille favorablement.

Soudain, il s'asséna une claque sur le front.

— Par Cupidon, j'ai trouvé le moyen !...

« Comment n'y ai-je pas pensé plus tôt !... Pour arriver à la femme, il faut devenir l'ami du mari !...

« Dès demain, je serai l'ami de Phidias... Et alors, les amies de nos amis étant nos amies, les dieux feront le reste !

Satisfait de sa décision et rassuré sur l'avenir, il revint vers sa cabine.

Des quolibets accueillirent son retour ; tout le monde l'avait vu recevoir le plus magistral soufflet qui soit...

— Hé ! hé ! répliqua-t-il d'un air fat... qui aime bien châtie bien...

Alcibiade, éclatant d'un rire sarcastique, ricanait, en prodiguant les gestes menus qui lui étaient chers :

— Les mains de femmes, je le proclame, sont des bijoux dont je suis fou !... Hou !...

Mais Ardimédon, en se rhabillant, gardait un souci : il ne s'expliquait pas la présence de sa bien-aimée sur la Plage Fleurie...

Comment, pourquoi était-elle venue en ces lieux décriés ?

Et, à son tour, il murmura cette phrase, qui semblait devenir le leitmotiv de tant d'aventures :

— Que diable allait-elle faire dans cette Phalère ?

A cet instant précis, Phi-phi, revenu dans ses ateliers, se posait exactement la même question...

CHAPITRE VIII

LA SCÈNE DÉBORDE

Ce n'est qu'en arrivant à son atelier que Phidias commença à respirer un peu...

Il se félicita chaudement de son sang-froid, puis il réfléchit.

De toute évidence, sa femme, ne l'ayant pas aperçu à Phalère, passerait voir s'il était au travail. Or, il avait donné rendez-vous à Aspasie ! Une rencontre entre Mme Phi-phi et cette aimable personne ne risquait-elle pas de compliquer encore les choses ?

Bah ! il présenterait sa jeune amie comme candidate à la Vertu. Phi-phine avait déjà vu défiler tellement de modèles... un de plus, un de moins... Pffût !... Tout au plus se contenterait-elle, à son habitude, de dévisager Aspasie d'un air méprisant, et de déclarer qu'il « aurait tout de même pu trouver mieux » !

La charmante gamine, qui n'était point sotte, se bornerait à sourire et saurait se garder de répondre. De ce côté, donc, tout irait pour le mieux.

Par ailleurs, n'ayant pas été pincé à Phalère, il jugeait que lui seul aurait la partie belle, au cas — maintenant peu probable — où son épouse prétendrait soulever une discussion à ce propos.

Au surplus, ne serait-il pas couvert par son ami Périklès ? Le président de la République athénienne, qui ne détestait pas le fruit vert, serait le premier à approuver les distractions extra-conjugales du statuaire...

— Décidément, se dit Phidias, l'amitié d'un grand homme est un bienfait des dieux !

« Je lui téléphonerai...

« Entre hommes, ne se doit-on pas de ces menus services ?

« Le Pirée lui-même ne manquera pas de soutenir les intérêts de son bon maître... Ce n'est pas un mauvais diable, au fond... Et puis, on a souvent besoin d'un plus petit que soi !...

C'est sur ces pensées aimables et optimistes que Phi-phi, qui s'était attardé à scruter vainement l'horizon, pénétra dans ses ateliers...

S'il fut stupéfait de constater que tout y était dans le plus grand désordre, il le fut bien plus encore de découvrir le Pirée qui, enlaçant une femme à demi nue, — ou à moitié vêtue, comme il vous plaira, — s'ingéniait à lui faire boire à même le flacon des liqueurs fortes et variées.

Tous deux, assis très près l'un de l'autre, devant une table surchargée de fruits et de gâteaux, mais en complet désarroi, semblaient parfaitement détachés des choses d'ici-bas...

Phidias poussa un véritable rugissement d'indignation...

Au bruit, Cynthia se leva brusquement, s'efforçant, sans y parvenir, de dissimuler un sein appétissant, mais résolument enclin à la liberté.

Le Pirée, en homme du Midi, ne perdait jamais le nord... A la vue de son patron, il s'était précipité.

— Maître, déclara-t-il, je salue avec joie, émotion et reconnaissance, ton heureux retour parmi nous !... Loués soient les dieux, qui n'ont semé ta route d'aucune embûche fâcheuse... Je te présente mes hommages, et demeure fidèlement à tes ordres, avec lesquels j'ai l'honneur d'être ton très humble, obéissant et dévoué serviteur.

Et il se prosterna respectueusement en terminant ce petit discours, qui avait été débité avec tant d'assurance volubile que Phi-phi, quoi qu'il en eût, n'avait pu placer le moindre mot.

Revenu enfin de son ahurissement, il parvint tout de même à déclarer, d'une voix étranglée par la colère :

— Non, mais dis-moi... tu ne te gênes plus !

Son geste courroucé désignait en même temps la table bouleversée et la malheureuse Cynthia, qui, n'ayant pu vaincre les récalcitrances de sa poitrine, se contentait maintenant de croiser pudiquement ses bras...

Le Pirée prit l'air le plus naturel du monde.

— Quoi ? fit-il... ça ?... Oh ! moi, vous savez, je suis un disciple d'Aristippe de Cyrène : dans la vie, faut pas s'en faire... moi, je ne m'en fais pas !...

A cette heureuse époque, où les études comptaient deux mille ans de moins que de nos jours, en complications historico-géographiques, tout le monde pouvait s'adonner à la philosophie, même les serviteurs. Du reste, les domestiques n'ont-ils pas de tout temps été des raisonneurs ?

Phidias ne s'étonna donc point de voir évoquer les penseurs contemporains par son humble employé, qui reprenait d'ailleurs aussitôt :

— Ne dois-je pas, au surplus, prendre exemple sur mon bon maître ?... Vos joies ne sont-elles pas mes joies, vos soucis, mes soucis...

— Et mes liqueurs, tes liqueurs ? gronda le statuaire.

— Justement, patron !... Et comme je pensais bien que vous n'alliez pas passer la nuit à Phalère pour enfiler des perles... si j'ose risquer cette dangereuse image...

— Heu !...

— Votre fidèle serviteur, ayant enfin trouvé la Vertu que vous lui aviez ordonné de vous quérir, a préféré lui tenir compagnie jusqu'à votre retour plutôt que de la voir vous échapper !

« Ce n'est donc qu'en votre nom, de votre part, que je l'ai reçue et traitée...

— Et je vois, ironisa Phi-phi en regardant alternativement le divan et la table, que j'ai largement fait les choses !...

— Noblesse oblige ! dit gravement le Pirée en baissant les yeux.

La cynique subtilité de ces explications finissait par amuser le sculpteur, qui, déjà, avait dressé l'oreille à la première allusion faite à son fameux groupe.

— Ah ! ah ! dit-il... Vous voulez faire la Vertu, mademoiselle ?

— Tout ce que vous voudrez, monsieur ! balbutia Cynthia, rougissante...

— C'est gentil, ça !... Eh bien, pour commencer, cachez ce sein que je ne saurais voir !

— J'ai essayé, mais il ne veut rien savoir ! avoua-t-elle piteusement.

— Ah ! ces robes courtes ! fit Phi-phi.

Il examinait la jeune fille.

— Pas mal, évidemment, pas mal ! murmura-t-il... peut-être un peu trop de hanches ..

— Voulez-vous voir ses hanches tenantes ? proposa impétueusement le Pirée.

— Non, non... ça me suffit... Croupe excessive... Décidément, pour la Vertu... ce n'est pas ce qu'il me faut... J'ai mieux !...

Au souvenir d'Aspasie, ses yeux clignotèrent.

Le Pirée, fort vexé, déclara :

— Si vous n'aimez pas ça, n'en dégoûtez pas les autres !

Phidias allait lui répliquer vertement, mais il songea qu'il devait se concilier les bonnes grâces de son serviteur.

Aussi, est-ce d'un ton galamment aimable et quelque peu protecteur qu'il dit à Cynthia :

— Vous m'intéressez tout de même, mon enfant ; je vous ferai revenir pour me poser autre chose...

— Bientôt, monsieur ?

— Peut-être jamais, peut-être demain... Mais pas aujourd'hui, c'est certain...

Les deux jeunes gens se regardèrent avec une moue si désappointée que Phi-phi, compatissant, crut devoir ajouter :

— Mais ce sera sûrement dans le plus court délai.

Le petit domestique sursauta :

— Le plus court des laids ? murmura-t-il en regardant sa belle avec quelque in-

Photo : Isis-Film.

— Maître, disait audacieusement le Pyrée, je tenais compagnie à la Vertu... jusqu'à votre retour...

Photo : Isis-Film.

Malgré sa sottise, Ardimédon sentait toute l'éloquence d'un tel regard.

XV.

— Je te sacre Cupidon, dieu de l'Amour et fils de Vénus.

— Ardimédon! criaient les modèles en riant et en tournant autour de lui dans une ronde folle.

quiétude... Maître, c'est pour moi que vous dites ça ?

Phidias éclata de rire.

— Jeune homme, si vous ne passiez pas votre temps aux places populaires de l'Odéon, pour y écouter des sornettes d'actualités, vous n'auriez pas la manie de ces déplorables calembours !...

— Hé ! maître... vous-même...

— Pardon ! coupa superbement le sculpteur... Quand j'en fais, moi, ce sont des mots d'esprit !

Sans laisser à son serviteur le temps d'apprécier cette subtile distinction, il constata aussitôt :

— Ah ! Mademoiselle a revêtu un manteau qui lui donne une allure plus discrète... Eh bien, mon enfant, j'ai à m'entretenir sérieusement avec ce drôle... A un de ces jours !

Le ton était sans réplique. Cynthia esquissa un salut au statuaire, puis, en passant derrière lui, elle appuya un pouce sur le bout de son nez en écartant et agitant les doigts de sa main ouverte, tandis qu'elle tirait de sa bouche une exquise langue rose, digne d'un meilleur sort...

Elle vint ensuite au Pirée, qui boudait, et, l'embrassant rapidement, elle lui glissa : A ce soir, mon petit lapin bleu !...

Puis, espiègle et rieuse, elle disparut en criant à Phi-phi :

— Vous, je vous retiens !

— Eh bien, moi, je ne vous retiens pas ! lui répondit-il avec d'autant plus d'assurance qu'elle était déjà sortie...

Il regarda alors son domestique, dont la mine renfrognée l'inquiéta.

Paternellement, pour arranger les choses, il lui dit :

— Puisque je te promets de la prendre pour d'autres groupes !... Tiens, j'ai justement l'idée d'un sujet assez original, qu'on n'a pas encore traité : *Jeune Bacchante surprise par un Satyre* !... Elle sera la bacchante, et toi le satyre !

Le Pirée n'était pas en humeur d'entendre la raillerie. D'un ton rogue, il répliqua :

— Pour les satyres, voyez Ménippe...

Phidias voulut continuer à plaisanter

— Tes nippes... tes nippes ! fit-il... Elles sont encore bien !... Enfin, je te paierai une chlamyde neuve pour la circonstance !

Le petit bonhomme ricana :

— Ménippe, tes nippes... Alors, ça, c'est un mot d'esprit ?

— Voilà ! Et puis, je me moque de tes boniments, j'en vends !

Un léger froid succéda à cette passe d'armes.

Phi-phi, craignant d'irriter contre lui son serviteur, ne savait comment reprendre la conversation...

Ce fut heureusement le Pirée qui le tira

de cette situation gênante... Peut-être eut-il pitié de l'embarras de son maître... Peut-être aussi comprit-il que ce n'était pas le moment de se brouiller avec lui... Où pourrait-il voir, recevoir et avoir Cynthia, sinon dans ces confortables ateliers qu'on laissait si facilement à sa disposition ?... D'autre part, n'aurait-il pas besoin de quelques drachmes pour réaliser la fortune qu'il escomptait d'une victoire de « Ptolémée » ? A qui soutirerait-il les avances indispensables, si ce n'est à ce patron, en somme, bienveillant ?

S'efforçant de dissimuler ses rancœurs, il demanda donc, d'un air négligent :

— Alors, maître, comme ça, vous l'avez trouvée, votre Vertu ?

Phidias, ramené au seul sujet dont son esprit fût véritablement occupé, devint dithyrambique.

— Oui, mon cher, j'ai trouvé la femme sans pareille !

— A ce point ?

— Mieux encore que cela !... Des yeux !... qui lui font le tour de la tête ! Un petit nez à rendre folle de jalousie Junon elle-même !... Et une bouche !... Une pêche qui sourirait avec une fraise !... Et si fraîche qu'on pourrait, l'approchant, prendre un rhume de cœur !...

— Mazette ! s'exclama le Pirée, quel enthousiasme !

— Ah ! soupira Phi-phi, tu ne peux pas savoir !

Et, plus lyrique que devant, il continua :

— Un piège de nature !... une rose muscade dans laquelle l'amour se tient en embuscade !... Qui connaît son sourire a connu le parfait !... Elle fait de la grâce avec rien !... Elle fait tenir tout le divin dans un geste quelconque !... Que t'en dire encore ?...

— Ça va ! N'en jetez plus !... La cour que vous lui faites me paraît pleine !

— Et pourtant, les mots me manquent pour louer ses charmes.

— Sans blague ?... Eh bien, qu'est-ce qu'il vous faut !

— Ne blasphème pas !... L'idéal, te dis-je !...

Le Pirée, résigné, témoigna du geste qu'il était prêt à confirmer désormais tout ce que dirait son maître...

Celui-ci, triomphalement, reprit donc ses dithyrambes, le serviteur se contentant d'y répondre en échos approbateurs.

— C'est une gamine charmante !

— ... charmante...

— Elle possède une âme innocente !...

— ... innocente...

— En elle, tout est poésie !...

— ... poésie...

— Elle répond au joli nom d'Aspasie !...

Le Pirée fit la moue.

— Je vois, dit-il, votre gamine charmante, votre Aspasie... c'est une midinette !

— Et quand cela serait ? protesta Phidias... Il ne faut pas mépriser les midinettes : elles sont tout à la fois la grâce et la vertu d'Athènes, à qui elles donnent les plus rares exemples du travail honnête et de l'abnégation désintéressée... Tiens, le *Petit Pharisien* d'hier citait le cas d'une toute jeune fille qui, du seul produit de son labeur, nourrit un aïeul paralytique, une grand'mère impotente, un père paresseux, quatre sœurs en bas âge dont une alcoolique, un frère débauché et l'hoplite qu'elle doit épouser !...

— Ce n'est pas une femme, ça, c'est une hôtellerie ? remarqua l'irrévérencieux domestique.

— Raille toujours, mon bonhomme !... N'empêche qu'on vient de lui décerner la médaille de l'Encouragement au Bien !...

— Voilà qui lui fait une belle jambe !... Et puis, quelle idée d'encourager au bien ceux qui passent leur temps à le faire ? Qu'on donne cette médaille aux paresseux, aux dévoyés, aux méchants... c'est eux qui ont besoin d'encouragement au bien !

— Pour ce que ça servirait !

— Peut-être... Mais, en attendant, la jeune personne du *Petit Pharisien*, si elle avait moins de vertus, aurait probablement des rentes !...

— Les rentes, ça passe... dit sentencieusement Phi-phi.

— Hé ! la vertu, ça passe encore plus vite !... Au premier coup, pffût !... plus personne !...

— Oui, enfin... le principal est que j'aie trouvé la mienne...

Le Pirée se rembrunit.

— Alors, quand vient-elle, cette fameuse Vertu ?

— J'espérais la voir ce soir même... répondit le sculpteur avec mélancolie... L'heure est trop avancée maintenant... Elle se présentera sans doute demain matin... Si je n'étais pas encore là, reçois-la avec les plus grands égards...

Dans le trouble où le jetait la seule évocation d'Aspasie, Phidias avait complètement oublié sa femme.

Il y repensa soudain :

— A propos, cria-t-il, tu as bien prévenu mon épouse que j'étais chez Périklès, tantôt ?

Le domestique fit claquer ses doigts.

— Sapristi ! fit-il... ça m'est totalement sorti de la mémoire... J'ai eu tant à faire...

— Misérable gredin !

Le Pirée baissait piteusement la tête.

Ainsi aperçut-il, gisant au milieu de l'atelier, le message de son patron, roulé en boule. Il le ramassa.

— Voici justement votre petit mot, dit-il... Vous voyez, il est encore là...

— Mais, s'indigna Phi-phi, il est tout froissé !... Qui donc s'est permis... ?

— Peuh ! C'est si susceptible, le papyrus... ça se froisse pour un rien !

— Ma femme n'est pas venue ici, au moins ?

— Oh ! voyons, se récria audacieusement le domestique, je le saurais !... Alors, je vais tout de suite lui faire votre commission...

— Inutile, maintenant... il est beaucoup trop tard !... Ah ! ta négligence va me mettre dans de beaux draps !

Le Pirée n'eut pas la peine de chercher de vagues excuses : son maître, lui tournant le dos, s'était plongé en de graves réflexions.

« Du moment que Phi-phine n'est pas venue ici, songeait-il, tout peut encore s'arranger...

« Le hasard, seul, l'amenait à Phalère... C'est égal, voilà un bien curieux hasard !... Ne serais-je pas en droit de le soupçonner ?

« En tout cas, je puis me disculper avec assurance !

« Au besoin, je prendrai les devants et lui ferai moi-même une scène !

« Et pour ne pas risquer de l'oublier, je vais la lui faire tout de suite ! »

Cette décision acheva de le rasséréner. C'est d'un ton presque joyeux qu'il dit :

— Bonsoir, le Pirée, à demain !... Et tâche de mettre un peu d'ordre, n'est-ce pas ?

Dès qu'il fut sorti, son serviteur esquissa joyeusement quelques pas de danse fantaisiste en chantonnant :

— Compte là-dessus !... Compte là-dessus, et tu verras le mont Hymette !

Et le plus rapidement qu'il put, il quitta à son tour l'atelier dans le but louable, à son sens, de se mettre à la recherche de Cynthia...

Phidias, lui, s'était hâté vers son logis...

Il y trouva sa femme, qui, mollement étendue, semblait — du moins en apparence — profondément plongée dans la lecture d'un roman populaire.

— Bonjour ! fit-il, d'un ton qu'il voulut rendre assuré... ou plutôt, bonsoir !...

— ... soir ! répondit-elle négligemment, comme en écho.

Evidemment, cet accueil manquait d'enthousiasme, et le sculpteur fut bien obligé de le constater.

Néanmoins, il reprit d'un air détaché :

— Alors, tu as reçu le message que je t'ai adressé tantôt ?

— De chez Périklès ? demanda Phi-phine avec un imperceptible mais ironique sourire... Ma foi, non... je n'ai rien vu...

— Hein ! sursauta Phi-phi... Dans ce cas, comment peux-tu savoir... ?

L'espiègle épouse, accentuant légèrement

encore son air moqueur, porta son index à son front :

— Je sais tout ! dit-elle...

Cette plaisanterie, qui pouvait n'être qu'enfantine, troubla fort le statuaire, dont la conscience avait quelque raison de n'être pas en repos.

Il perdit un peu de sa belle assurance.

— Tu sais tout ? répéta-t-il, décontenancé... Quoi ?

Son inquiétude était telle qu'il ne se rendit même pas compte qu'elle pouvait le trahir. Aussi, quand sa femme eut déclaré d'un ton parfaitement calme, mais toujours énigmatique :

— Je sais tout ce que je voulais savoir !

— C'est-à-dire ?... interrogea-t-il, sans parvenir à dissimuler l'angoisse qui commençait à l'assaillir...

Phi-phine, posément, se débarrassa de son livre et se leva.

— Ecoute-moi, mon ami, fit-elle gravement : tu sais ce que je t'ai dit, quelques jours après notre hymen...

— Heu !... tu m'as dit tant de choses... aimables, d'ailleurs, du moins pour la plupart...

— Il sied donc que je te rafraîchisse la mémoire ; je t'ai déclaré ceci :

« — Phidias, j'entends être une épouse scrupuleusement fidèle... sous réserve de ta propre constance !... »

« J'ai même ajouté :

« — En cas de besoin, je n'hésiterai pas à t'appliquer la peine du talion... Si tu me trompes, je te rends aussi la pareille, et avec intérêts !... Œil pour œil, dent pour dent... »

— C'est bon, n'insiste pas ! bougonna Phi-phi, qui craignait de voir sa femme établir d'excessives équivalences entre leurs respectifs attraits physiques.

— Tu as compris ? Tant mieux, ça m'évite la peine d'insister... Mais il était bon que je te renouvelle cette promesse !

Le sculpteur tenta de se draper dans une apparente dignité.

— Madame, déclara-t-il pompeusement, de semblables menaces dans votre bouche, c'est... c'est une trirème qui sombrera sans laisser de traces dans les flots calmes de mon indifférence !

Cette emphase n'émut en rien la soupçonneuse Phi-phine.

— Cause toujours, dit-elle en souriant, tu m'intéresses !

Phidias, maladroitement, s'emporta :

— A la fin, madame, s'écria-t-il, ne seriez-vous plus une femme honnête ?

— Pardon, monsieur, répliqua-t-elle, non sans hauteur, je le suis encore... tout au moins jusqu'à nouvel ordre !

— Ce qui veut dire ?...

— Rien, pour le moment...

Et, prenant à son tour la direction de l'entretien, elle ajouta, péremptoire :

— Il y a des heures où l'on ne trouve pas toujours la Vertu... facile...

Le statuaire bondit :

— Quoi ? hurla-t-il...

Mais Phi-phine, de plus en plus à son aise, terriblement calme, posait maintenant une question précise :

— Es-tu allé à tes ateliers, tantôt ?

— Moi ?... J'y ai passé ma journée !... Parfaitement !... Un travail fou ! Périklès, que j'ai encore vu cet après-midi, exige que je lui présente au plus tôt la maquette de mon groupe... Il va falloir que j'y passe mes nuits !... Et quand je pense que le peuple réclame la journée de huit heures !...

Il en fut pour ses frais de grandiloquence.

Sa femme interrompit net cette belle tirade en déclarant froidement :

— Phi-phi, tu es un menteur !

— Oh ! s'indigna-t-il... Si tu étais venue à mes ateliers, tu aurais vu...

— J'y suis allée ! coupa-t-elle... et j'ai vu...

— Quoi donc ?

— Ton domestique, et une inclinée de bas étage... tous deux à peu près nus... dans une posture qui ne laissait aucun doute possible sur leurs relations !... Et j'ai vu... bien d'autres choses encore !...

Phidias blêmit :

« Pas de doute, pensa-t-il, elle a lu mon papyrus... C'est elle qui, l'ayant réduit en boule dans un mouvement de rage, l'a projeté à terre après l'avoir froissé... »

Plus froissé encore que son message, il décida de frapper un grand coup : à son tour, il allait se faire accusateur !

Prenant le taureau par les cornes, — si l'on peut ainsi dire, — il se redressa fièrement.

— Madame, fit-il en enflant la voix, que faisiez-vous à Phalère et à la seizième heure de ce jour ?

— Je cherchais mon mari !

— A d'autres !... Vous aviez un rendez-vous !... Les femmes honnêtes ne fréquentent jamais cette plage en dehors de la Grande Saison !

— C'est pourquoi tu t'y croyais bien tranquille !...

— N'égarez pas ma justice !... Vous avez un amant !

— N'avez-vous pas une maîtresse ?

— Le nom !... le nom de cet homme ?...

— Donnant donnant !... Le nom de votre Vertu... facile.

— Ce n'est pas la même chose !... J'ai besoin d'un modèle pour ce groupe que l'Etat me réclame, et sur le prix duquel j'ai déjà touché des avances !...

« Et puis, vous êtes là, à me traiter

comme le dernier des derniers!... Ne suis-je pas un artiste... un grand homme ?... Que suis-je pour vous ? Moins que rien !... Alors que je devrais être votre dieu !...

— Pardon !... Quand on est dieu, ça n'est plus la même chose !

Phi-phi, déconcerté par le calme de son épouse, se ressaisit pourtant, et reprit de plus belle :

— En tout cas, madame, vous n'aviez pas le droit d'aller à Phalère sans m'en aviser !...

— Aussi n'est-ce pas en vertu d'un droit, mais d'un devoir que je m'y suis rendue, contre mon gré !...

— Qu'osez-vous insinuer ?

— Ne fais donc pas le malin !... Je sais que tu sais que je sais que tu sais !... Lorsqu'il nous a unis, l'archonte a déclaré :

« — La femme doit suivre son mari partout ! »

« Tu es allé à Phalère, je t'y ai suivi !... La loi ne me l'ordonnait-elle pas ?

— Balivernes !... L'archonte a dit aussi :

« — La femme doit à son mari respect, obéissance et fidélité ? »

— N'ai-je pas toujours été fidèle, obéissante ?

— Et respectueuse, peut-être ?... Tu ne peux tout de même pas te vanter de ça ?... Il y a des cas où tu t'es montrée avec moi d'une familiarité !... Combien de fois m'as-tu manqué de respect !

— Je n'ai pas compté !... Mais si c'était à recommencer... Malheureusement, ce n'est plus à recommencer...

Phi-phine ne put retenir un soupir de regret...

— Hé ! quoi ! vas-tu me reprocher les égards que je te témoigne ?... J'ai pour toi les plus délicates abstentions... Puis, daigne le reconnaître, nous ne sommes plus de la première jeunesse...

— Dis donc, parle pour toi !... Et d'ailleurs, quand on aime, on a toujours vingt ans !...

— Oui, et plutôt deux fois qu'une ! grommela méchamment Phidias... Avec de pareilles idées, que n'as-tu épousé un lutteur ?... Les femmes ne pensent qu'à chercher l'époux dans l'athlète !...

« Ah ! vous ne dites plus rien, madame !

Phi-phine, songeuse, ne daigna pas répondre... Triomphant, il reprit :

— Qui ne dit mot consent !... Votre silence prouve que j'ai raison... Vous reconnaissez implicitement m'avoir manqué de respect... Vous convenez que vous avez eu tort d'aller à Phalère sans me consulter... et que votre fidélité vacille sur la corde raide de la tentation !

« C'est bien !... Je sais ce qui me reste à faire !...

— Que vas-tu faire ? demanda Mme Phi-phi, soudain inquiète.

— Ce que je vais faire ? tonna-t-il, farouche... Je vais me coucher !... Bonsoir !

— Sans dîner ?

— Je n'ai plus faim, votre conduite m'a coupé l'appétit. Et puis, qui dort dîne, ça fera des économies !...

Sur le seuil, il se retourna :

— Ce n'est pas tout, dit-il... Désormais, je coucherai dans la chambre verte... Chacun chez soi !... De cette façon, vous garderez vos distances, et ne serez plus tentée de me manquer de respect !...

— Tu exagères ! dit Phi-phine d'une voix où tremblait une pointe de menace.

— Pas du tout, madame, c'est vous qui avez commencé !... Depuis quelques jours, votre attitude n'est pas catholique... Aussi, ne puis-je la juger qu'en protestant !

Et, très digne, Phidias se retira...

Mme Phi-phi le regarda partir.

Furieuse et vexée, elle sembla réfléchir un instant, les yeux fixés sur la portière...

Mais le sculpteur ne revint pas...

Alors, retrouvant son indéfinissable sourire, Phi-phine murmura :

— La chambre verte ?... Pourquoi pas la jaune ?...

CHAPITRE IX

UN HOMME A VERTU EN VAUT DEUX

Phidias n'avait pas fermé l'œil de la nuit...

Non point que le moindre remords fût venu le visiter, mais l'amoureux statuaire n'avait cessé de songer à Aspasie...

Il attendit le jour avec impatience, et se leva dès l'aube, pour ne pas risquer d'être en retard quand la gamine charmante se présenterait à l'atelier.

A vrai dire, Phi-phi, qui n'avait plus guère de matins triomphants, savait qu'il lui faudrait un certain temps pour recrépir sa personne, en ravaler la façade et donner l'apparence du neuf à ses traits fripés.

Suivant sa pittoresque image, il devait se plonger en de sérieuses réfections...

Il apporta donc les plus grands soins à sa toilette, s'inonda de parfums, se saupoudra de nuages de poudres variées, et choisit sa plus belle tunique.

Il la revêtit avec satisfaction, en fredonnant sur un air populaire :

> Voilà ma tuniqu',
> Ma tuniqu' (*bis*),
> C'est ça qu'est chic !
> C'est ça qu'est chic !...

Enfin, il tira du tiroir secret d'un coffre précieux, la perruque acajou qu'il réservait aux grandes circonstances.

Il se para coquettement de ces cheveux supplémentaires qu'on appelait alors, suivant le cas : moumoute, poils mobiles ou réchauffante.

— Antinoüs est sous les armes ! murmura-t-il modestement en contemplant avec satisfaction l'image que lui renvoyait un miroir complaisant.

D'un pas léger, il se dirigea vers le mont Hymette...

Sans s'en rendre compte, il avait, dans sa joie, fait un bruit excessif en quittant son logis...

Phi-phine, qui, tourmentée par la scène de la veille, avait été longue à s'endormir, en fut tirée de son sommeil.

Comprenant aussitôt ce qui se passait, soucieuse, elle sonna ses servantes...

Phidias était déjà arrivé à ses ateliers.

L'amour lui avait donné des ailes...

Sans même s'attarder à répondre aux saluts que lui prodiguait le Pirée, il demanda tout de suite :

— *Elle* n'est pas encore venue ?

— Pas encore, maître... Il est de si bonne heure !

La sonnerie retentit...

— C'est elle ! exulta le sculpteur... Mon cœur a reconnu son coup de timbre !...

« Précipite-toi donc, maraud !... Et des égards, n'est-ce pas ?... Sinon, je te chasse !...

Tandis que le serviteur courait au vestibule, Phi-phi, gamin, se dissimulait derrière une statue...

Le Pirée reparut bientôt, précédant obséquieusement Aspasie, devant qui il multipliait exagérément les courbettes et autres marques extérieures de respect...

— Si Mademoiselle veut bien daigner prendre la peine d'entrer ! disait-il... Le maître est là... Le maître attend Mademoiselle avec une impatience que je n'hésite pas à qualifier de fébrile !...

Aspasie, minaudant et se dandinant, pénétra dans l'atelier, jetant autour d'elle des regards curieux...

Elle ferma sa mignonne ombrelle, et assura sur son avant-bras le carton dont elle était porteuse...

Le Pirée, qui l'examinait du coin de l'œil, manifestait par une moue de désappointement qu'en somme, autant qu'il lui était permis d'en préjuger, les attraits de Cynthia pouvaient se comparer sans inquiétude à ceux de cette gamine, que son maître trouvait si fameusement charmante.

Mais Phidias, apparemment, se souciait fort peu de ces restrictions ancillaires :

— Coucou ! fit-il gaîment...

Abandonnant sa cachette, marchant à pas étouffés, il se glissa derrière Aspasie et lui déposa brusquement sur la nuque un tendre baiser...

— Oh ! s'écria la belle enfant, simulant l'effroi... Vous m'avez fait une peur bleue !

— Le bleu te va si bien ! répliqua galamment Phi-phi...

Plus entreprenant que jamais, il tenta de la prendre dans ses bras. Se dégageant prestement, la gamine — montrant le domestique qui semblait, attendant des ordres, fort embarrassé de sa personne, — déclara :

— Taisez-vous... Méfiez-vous... Des oreilles ennemies vous écoutent !...

Phidias, furieux de devoir interrompre des élans qu'il n'était pas autrement sûr de retrouver, gronda aussitôt :

— Hors d'ici, le Pirée !... Allez nous préparer des rafraîchissements !... Et n'oubliez pas que je n'y suis pour personne !

— Même pas pour M. Périklès ? demanda, narquois, l'irrespectueux serviteur...

— Maroufle ! tonna Phi-phi, faisant mine de courir sus à l'insolent. Mais celui-ci avait déjà disparu, en esquissant une aile de pigeon...

— Enfin, seuls ! murmura le statuaire en se rapprochant de son aimable compagne, qu'il essaya de reprendre dans ses bras.

Elle recula à nouveau, le menaçant gentiment du bout de son ombrelle :

— Allons, dit-elle, tenez-vous un peu tranquille !... Ignorez-vous que l'homme descend du sage ?...

— Ça dépend des circonstances... bredouilla Phidias, assez penaud.

Aspasie, cependant, le dévisageait

— Oh ! fit-elle, surprise... Qu'avez-vous donc de changé depuis cette nuit ?... On dirait que vous avez bruni !

Phi-phi se rengorgea, agita d'un mouvement de tête les boucles abondantes mais postiches dont il avait recouvert son crâne :

— C'est ça !... expliqua-t-il...

— En effet, vous ne les aviez pas, hier...

— Parce que je n'espérais pas le bonheur de te rencontrer.

— Je me disais aussi... Vous voici rajeuni de quarante ans !...

Le sculpteur eut quelque peine à dissimuler une grimace ; il trouva pourtant la force de sourire :

— De cette façon, dit-il, je représente pour toi deux hommes différents...

— Chic ! s'écria Aspasie en battant des mains, ça fera deux fois plus d'amour... et deux fois plus d'argent !...

— Heu !... n'exagérons rien ! protesta Phi-phi, que l'une et l'autre alternative semblaient inquiéter également.

« En tout cas, ajouta-t-il plus aimablement, ceci te prouve qu'en ton absence... je me suis fait des cheveux !

— Ou bien que vous ne voulez pas montrer que les vôtres sont blancs !

— Peuh ! Des cheveux blancs ? Tous les hommes en ont, aujourd'hui... C'est un signe des tempes !

Aspasie, mutine, se leva sans attendre la fin de la phrase ; laissant son carton sur un tabouret, elle s'était remise à examiner autour d'elle les statues qui avaient assuré la gloire de Phidias...

— C'est pas mal, chez vous ! déclarat-elle avec importance... On peut visiter ?.. J'adore les bibelots !

« Bibelots ! pensa le sculpteur... Elle est adorable ! »

Il la regardait, charmé, qui allait et venait parmi les marbres et les plâtres.

Elle se trouvait pour l'instant en contemplation devant une magnifique Vénus qui, les bras étendus en un geste harmonieux, semblait inviter quelque Adonis à se blottir contre son sein...

Phi-phi, très émoustillé, voulut saisir Aspasie par la taille...

— A bas les pattes, cria-t-elle, ou je tape !

Elle leva brusquement son ombrelle... et brisa net les deux bras de la belle Vénus !

— Oh ! soupira le statuaire, navré...

Aspasie, un peu déconcertée, regardait le désastre...

— On ne pourrait pas faire un stoppage ? suggéra-t-elle timidement.

Phidias ouvrit des bras désolés.

— Oh ! reprit alors l'aimable enfant, après tout, ça n'en est pas plus mal !... Vous direz que c'est fait exprès pour lancer un nouveau genre !

— Pourquoi pas ! La postérité s'y accoutumera peut-être. On dira que ce sont les méfaits du temps ! Voilà que je fabrique de l'antique par anticipation !... Ce sera un faux !...

— Attention : au bout du faux, c'est la culbute !

— Eh bien, culbutons ! déclara Phi-phi, rasséréné... N'est-il pas juste que tes jolis bras assument maintenant le rôle de ceux qu'ils ont brisés !

Ayant fait disparaître dans un grand coffre les membres de la statue, il cria :

— Rends tes charmes !

— Viens les prendre !... riposta Aspasie.

Et elle se mit à courir à travers l'atelier. Phidias la poursuivait, en prenant toutefois bien soin de ne pas s'essouffler.

Elle s'abritait derrière une *Victoire ailée*, destinée à accompagner le gigantesque *Zeus* que projetait le statuaire. Il bondit soudain, croyant déjà enlacer l'espiègle enfant... Mais elle sauta vivement de côté, faisant avec son ombrelle un menaçant moulinet en criant :

— Kss !... Kss !... Apporte !

Phi-phi, amusé, se baissa ; l'ombrelle tournoya... et, brusquement, la tête de la *Victoire* alla rouler à vingt pas !

Cette fois, Aspasie fut décontenancée .. Elle regardait piteusement son œuvre, et n'osait plus lever les yeux sur le sculpteur qui semblait fort embêté...

— Pardon, maître, murmura-t-elle... je ne l'ai pas fait exprès !

— Evidemment ! bougonna Phidias...

— Et puis, quoi : elle est comme vous, elle a perdu la tête !

— Mais je ne te reproche rien !

— Il ne manquerait plus que ça ! déclara cyniquement la fillette, à qui l'indulgence de Phi-phi rendait toute son audace...

Elle daigna cependant proposer :

— Il y a de la glaise ici... on pourrait peut-être...

Le sculpteur avait bondi...

— Une *Victoire* en glaise ? s'indigna-t-il. Merci... ça coûterait trop cher !...

— Enfin, vous ne m'en voulez plus, maître ?

Enjôleuse, elle s'approcha de lui, avec une moue délicieuse d'enfant grondée, et cacha câlinement sa tête sur la poitrine de Phidias....

Pouvait-il résister à de tels arguments ? Le jury appréciera.

— Tu sais bien que je suis incapable de te faire la moindre remontrance ! avouat-il... Seulement, mon petit lapin, je t'en supplie, ne m'appelle plus maître...

— Comment, alors ?

— Peu m'importe ! Appelle-moi Phi-phi, Coco, ça m'est égal, mais pas maître !...

— Pourquoi ? demanda-t-elle ingénument.

Se penchant sur elle, il lui murmura à l'oreille :

— Ça me coupe tous mes moyens !...

Aspasie, éclatant de rire, lui tendit ses lèvres :

— Tiens, dit-elle, voici qui te les rendra

Extasié, le sculpteur se baissa sur la jolie bouche...

— Boum ! hurla une voix perçante, ces messieurs dames sont servis.

Le Pirée apportait, en effet, des boissons au gingembre...

Cette arrivée intempestive, qui sembla amuser énormément la jeune femme, eut, par contre, pour effet de mettre Phidias dans une rage folle :

— Ah çà ! cria-t-il à son serviteur, es-tu devenu fou ? Qu'es-tu donc à brailler de la sorte ?

Le Pirée, très digne, se tenant droit et immobile, répondit :

— Monsieur n'ignore pas que je suis d'origine phocéenne... Alors, naturellement, j'ai une voix de Phocée !...

Avec zèle, il se mit en devoir d'accorder les derniers soins aux consommations qu'il avait disposées sur une petite table.

Comme, à l'aide d'un tube de verre, il agitait consciencieusement son mélange, le statuaire l'interpella à nouveau, s'écriant :

— Qui te rend si hardi de troubler mon breuvage ?

— Mais...

— Tu seras châtié de ta témérité !.. Allez, ouste ! débarrasse-nous le plancher, et va voir dehors si j'y suis !

— Et si Monsieur n'y est pas ?

— Tu attendras que j'y sois, triple sot !

L'infortuné domestique, extrêmement vexé, se retira :

— Ah ! murmura-t-il... il a **de la** chance que j'aie besoin d'argent !... Mais je prendrai ma revanche !...

Aspasie et Phidias n'avaient du reste prêté aucune espèce d'attention à cette mauvaise humeur : des flacons les sollicitaient. Phi-phi, ayant réparti la liqueur épicée, tendit une coupe à sa compagne en ténorisant :

— O coupe des aïeux, qui tant de fois fut pleine !

Aspasie, en riant, lui mit une main sur la bouche.

— Ça va, mon vieux... sans musique !

— A nos amours ! corrigea le sculpteur.

— A la tienne, Etienne ! répondit-elle poliment.

Cela suffit cependant pour emplir d'aise le cœur ardent de Phidias.

Prenant sur les genoux la gamine charmante, il truffa de baisers fous sa nuque et ses épaules...

— Ah ! murmura-t-il, passe-moi la main dans les cheveux, et dis-moi que tu m'aimes !

— Voui ,m'sieu ! fit-elle d'une voix enfantine...

Arrachant brusquement la perruque du statuaire, elle se mit à en séparer les mèches une à une, tandis qu'elle psalmodiait au fur et à mesure :

— Je t'aime !... un peu !... beaucoup !...

Phi-phi riait aux larmes.

N'y tenant plus, il enlaça avec fougue la blonde enfant.

— Bon appétit monsieur ! cria soudain une voix courroucée, qu'il ne reconnut que trop bien...

Phi-phine venait de faire irruption dans l'atelier. Tenant encore relevée la tenture du salon où se dévêtaient les modèles, elle demeurait sur place, rigide et indignée. On eût dit une Junon offensée surprenant Jupiter aux bras d'une serveuse d'ambroisie.

Aspasie avait immédiatement compris ce qui se passait ; la situation lui semblait fort drôle ; elle commençait par en rire, se réservant de prendre par la suite les décisions que comporteraient les événements.

Phidias, lui, était d'abord demeuré anéanti.

« Nom d'un chien ! avait-il pensé, ce n'est plus une tuile, ça, c'est une toiture entière !... »

Cette constatation l'avait écroulé...

Mais le silence général, lourd d'orages et de menaces, l'obsédait. Il se sentit obligé de le rompre, ne fût-ce que pour dissiper au moins sa propre confusion...

— Heu ! bredouilla-t-il... ma chère femme... Tu as bien dormi, j'espère ?... Je n'ai pas osé t'éveiller, je suis parti de si bonne heure !.. Je suis débordé.. pour mon fameux groupe, tu sais ?... C'est pourquoi j'avais rendez-vous avec... avec Mademoiselle, pour ma *Vertu*... Il me faut, n'est-ce pas, quelque chose de beau, de très beau... Alors, je cherche, je tourne...

— Il ne s'agit pas de tourner autour du beau ! cingla Phi-phine, qui avait écouté sans broncher cette explication plus qu'embarrassée, prenant un malin plaisir à laisser son mari s'y enferrer...

— Le torchon brûle ! ne put s'empêcher de remarquer Aspasie...

— Taisez-vous, inclinée ! fulmina Mme Phidias, hors d'elle.

— Ah ! n'insultez jamais une femme qui tombe ! s'écria lyriquement la gamine... C'est ma raison d'être : je penche, donc je suis !...

Mais Phi-phine était déjà revenue à son mari :

— Ainsi, vous me trompez ! dit-elle... Et où vous retrouvé-je ?... Sur ce divan où, déjà, votre domestique...

— Heu ! bafouilla le statuaire, les divans, tu sais, c'est fait pour ça !...

— Fort bien, monsieur ; je me le rappellerai chez vous, quand j'aurai quelque visiteur !... Et je ne le choisirai pas, comme vous, au berceau...

Toisant dédaigneusement Aspasie, elle déclara :

— Une gamine !

— La valeur n'attend pas le nombre des années ! riposta fièrement celle-ci...

— C'est une gamine charmante ! eut la sottise d'ajouter Phidias, que cette appréciation semblait décidément séduire d'une façon toute particulière...

Mme Phi-phi éclata :

— Taisez-vous, misérable !... Vous n'allez pas, je pense, m'imposer les louanges de cette petite pas grand'chose... de cette rien du tout !...

— Oh ! ça va, hein !... J'en ai assez de vos boniments à la graisse d'oie !... Passez la main !... Non, mais quelle barbe !... Ma parole, on lui a vendu des pois chiches qui ne voulaient pas cuire !...

Ramassant vivement son carton, elle prit son ombrelle et la direction de la porte qu'elle gagna aussitôt, avec un air des plus impertinents...

— Vous oubliez votre torchon ! lui cria Phi-phine, désignant d'un doigt méprisant un adorable mouchoir de dentelle...

Aspasie, vexée, le ramassa et, par-dessus

Mme Phidias, le jeta au sculpteur ; puis elle s'enfuit en riant aux éclats...

Avant de sortir, elle déclara, superbe :

— Madame, vous m'avez insultée !... Je ne vous provoque pas en champ clos, mais je tiens à vous dire un mot, un seul :

— La garde meurt et ne se rend pas !...

Et la gamine charmante disparut, éprouvant à part soi la double joie du devoir accompli et de la vengeance satisfaite...

Phidias, sans plus réfléchir, avait attrapé au vol le petit mouchoir qu'elle lui avait lancé.

Phi-phine en fut exaspérée.

— Jette cette loque ! ordonna-t-elle.

— Jamais de la vie !

Sa femme, hors d'elle, bondit alors sur lui, essayant de lui arracher l'objet de ce nouveau litige. Elle en saisit une extrémité et tenta de l'attirer à elle.

De son côté, le sculpteur, cramponné farouchement à l'autre bout du mouchoir, mettait toutes ses forces à reprendre ce cher souvenir...

A ce jeu, le frêle tissu se trouva bientôt littéralement écartelé : un bref, mais sinistre craquement marqua son sort.

Le lien fragile ainsi rompu, Mme Phi-phi, perdant l'équilibre, alla s'écrouler sur le divan. Son mari, trébuchant également, s'empêtra les jambes dans un escabeau et, en dépit de ses efforts, tomba à la renverse sur le sol de l'atelier. Dans sa chute, il avait entraîné, en tentant vainement de s'y cramponner, une statue d'Amphitrite qui profita de l'occasion pour se briser.

— Allons, soupira Phidias, jamais deux sans trois !... Voilà décidément une fameuse journée !

Or, tandis que les deux époux, se disputaient si âprement son mouchoir, Aspasie gagnait tranquillement la rue.

Devant le porche, elle croisa un élégant jeune homme qui, à travers son monocle, laissa tomber sur elle un regard parfaitement froid.

Il n'en fut pas de même pour la gamine. Se retournant, elle détailla d'un œil connaisseur l'ensemble impeccable de ce promeneur indifférent et, avec un petit sifflement admiratif, pensa :

« Cristi !... Le beau môme (1) !... »

Ardimédon — pourquoi vous cacher plus longtemps que c'était lui ? — daigna sourire aimablement, mais n'en poursuivit pas moins sa route. Que lui importait l'admiration d'un trottin !...

Aspasie le vit s'arrêter à la porte de Phi-phi et carillonner de l'air déterminé du monsieur qui tient à être reçu.

Riant sous cape, elle pensait en s'éloignant :

« Eh bien, il arrive à pic, celui-là ! »

Le Pirée, qui, en face des ateliers, jouait aux dés sur le comptoir d'un débitant de boissons, se précipita vers le prince :

— Vous désirez, monsieur ? dit-il avec importance.

— Faire passer ma carte à Mme Phidias !

— C'est que je ne crois pas qu'elle soit là...

— Moi, j'en suis sûr, rétorqua Ardimédon ; je l'ai suivie.

« Tiens ! tiens ! pensa le Pirée... La patronne se dessale ! »

Il n'ignorait pas que Phi-phine se trouvait là ; tout en se livrant à sa passion pour le jeu, il n'avait pas perdu de vue la porte de son maître.

Il s'était même trouvé un peu embarrassé en voyant Mme Phi-phi surgir à l'horizon... Devait-il prévenir le sculpteur ?... Il y songea... Mais celui-ci ne lui avait-il pas interdit de reparaître ?

Le Pirée opta pour la neutralité, qui conciliait pour une fois sa rancune et son relatif sentiment du devoir ; avec le geste auguste des semeurs, il se lava les mains de ce qui pourrait advenir...

En voyant Aspasie quitter l'atelier, il avait à peu près deviné ce qui s'était passé...

C'est à quoi il songeait en écoutant le prince, dont l'assurance lui en imposait d'autant plus que ses élégantes façons révélaient un homme riche, susceptible par conséquent de rétribuer généreusement les services rendus.

D'ailleurs, la sévère consigne que lui avait imposée Phidias ne concernait vraisemblablement que la gamine ; celle-ci n'étant plus là, la situation redevenait normale.

S'étant fait *in petto* ce raisonnement, le Pirée n'hésita plus :

— Si Monsieur veut bien me donner sa carte, dit-il à Ardimédon, je vais voir...

Il déposa sur un plateau l'élégant papyrus et pénétra dans l'atelier.

— Il y a... commença-t-il.

Mais il n'eut pas le loisir d'achever. D'un même mouvement, Mme et M. Phi-phi — qui avaient heureusement repris un digne équilibre — s'étaient précipités sur la carte du visiteur. Sous leurs avidités contraires, le papyrus, tout comme le petit mouchoir, se trouva partagé par le milieu.

Les deux époux, en dépit de leur dépit, lurent, chacun de son côté, le morceau qui lui était échu.

Phi-phine, intriguée, se disait :

— Ardimédon ?... Connais pas !

— Le prince ? s'inquiétait Phi-phi... Quel est ce prince ?

Bien qu'il n'eût proféré ces derniers

<hr>

(1) Dans l'antiquité, ce terme, aujourd'hui disparu, semble avoir indifféremment désigné tout être vivant. On le retrouve dans l'expression *momie*, qui s'applique précisément à des personnages ayant vécu.

mots qu'à mi-voix, sa femme les entendit et cela lui suffit pour l'éclairer.

Mais elle détourna aussitôt la discussion.

— Quelle est, riposta-t-elle, cette fille qui se prétend la Vertu ?

— Madame ! cria Phidias d'une voix étranglée...

— Môssieu ?...

Le domestique crut devoir s'interposer :

— Je demande pardon à Madame et à Monsieur de m'immiscer dans leurs ébats ; mais, outre qu'il y a dans le vestibule un visiteur qui doit commencer à trouver le temps long, je dois rappeler à Monsieur que M. Périklès attend Monsieur...

Le statuaire adressa au rusé serviteur un regard éperdu de reconnaissance, auquel le Pirée répondit par un clin d'œil complice.

Phi-phi avait maintenant le moyen de couper court à la scène orageuse qu'il redoutait :

— C'est vrai ! confirma-t-il... Vos ridicules algarades me feraient, pour un peu, négliger mes plus sacrés devoirs... Je sors donc, madame... Mais nous reprendrons cet entretien !

— Quand il me plaira, monsieur !

Phidias suivit son serviteur dans une pièce voisine, où il se disposa à attendre patiemment le départ de son irascible épouse.

Mais celle-ci ne semblait nullement disposée à céder la place... Elle avait percé à jour les projets de Phi-phi et n'entendait point lui en faciliter la réalisation...

Rageuse, elle s'installa sur le divan, bien résolue à ne pas quitter l'atelier...

Un instant, elle songea...

A quoi, à qui pensait-elle ?... Au prince ? Ce n'était pas impossible, mais nous nous garderons de l'affirmer : ces choses-là sont si délicates !...

Soudain, elle perçut derrière elle un bruit de pas. Persuadée que Phi-phi tentait un retour diplomatique, elle se garda bien de bouger.

« Attends un peu, mon bonhomme !... » se dit-elle.

Les pas s'étaient rapprochés...

Une voix étouffée murmura à l'oreille de Mme Phidias :

— Serez-vous toujours aussi cruelle ?

Sans même prendre la peine de regarder, Phi-phine envoya sa main à toute volée dans la direction du quémandeur.

— Oh ! encore ? gémit celui-ci...

Elle se dressa brusquement :

— Oh ! encore ! fit-elle à son tour... C'était donc vous ?

Elle venait de reconnaître Ardimédon qui, s'efforçant de sourire, frottait une joue devenue écarlate...

Confuse, elle balbutia :

— Pardonnez-moi... je croyais que c'était mon mari...

— Ah ! s'écria le prince, cette maîtresse gifle était destinée à M. votre époux ?... En ce cas, il y a erreur sur la personne !... Je suis ravi, ravi, ravi, ravi !...

— Vous ne m'en voulez pas ?

Pour toute réponse, l'ardent jeune homme s'empara de la main coupable et y posa tendrement ses lèvres.

Mme Phidias, furieuse d'avoir trouvé quelque charme à ce baiser et ne voulant pas trahir son impression, fronça ses jolis sourcils et s'écria, le plus dignement qu'il lui fut possible :

— Monsieur... je vous prie de vous retirer !... Je ne suis pas celle que vous croyez...

Ardimédon, un instant décontenancé, murmura naïvement :

— Oh ! moi qui vous supposais la plus vertueuse des femmes !

— Précisément !... répliqua Phi-phine, qui crut devoir ajouter :

« Partez, vous dis-je !... Mon mari est dans la pièce à côté... S'il vous trouvait ici...

— Que m'importe votre mari !

— Comment ?

— J'adore le danger, qui est le meilleur piment du plaisir... A vaincre sans péril, on triomphe sans gloire !...

— Mais vous êtes fou !

— Fou de vous, parfaitement !

— Encore une fois, monsieur, je vous somme de partir !

— Pas si bête ! J'ai eu trop de mal à pénétrer ici... J'y suis, j'y reste !...

— Restons-en là, soit !

Mais le prince, complètement déchaîné, répliqua, avec une ardeur qui stupéfia sa belle interlocutrice :

— Non, madame !... Je vous aime, moi, je vous adore... Et il y a assez longtemps que j'espère cette minute pour avoir le droit de la faire durer toute ma vie !...

— A la fin, mon mari...

— Je m'en bats l'œil ! vous dis-je... D'ailleurs, s'il prétendait se mettre en travers de mes amours...

Ardimédon exprima la suite de sa phrase en prenant un air tragique et menaçant.

Phi-phine s'y laissa prendre.

— Malheureux ! s'écria-t-elle, éperdu... Que feriez-vous ?

— Ce que je ferais, madame ?... Ce que je ferais ?... Je commencerais par devenir l'ami de Phidias !...

L'épouse du sculpteur ne put réprimer un éclat de rire.

Qui dira jamais les vrais motifs d'une gaîté féminine ? Mme Phi-phi s'esbaudissait-elle à constater le parfait grotesque de son adorateur ?... Sa joie n'était-elle pas plutôt nerveuse, détente consécutive aux inquiétudes qu'elle avait pu un moment concevoir ?...

« *Chi lo sa ?* » comme disent périodiquement certains auteurs...

Quoi qu'il en soit, le prince ne voulut voir dans cette folle hilarité qu'un signe annonciateur des plus heureux présages :

— Ah ! s'écria-t-il avec ivresse... Si vous aviez pour moi l'amour que j'ai pour vous !...

Il la prit dans ses bras...

Phi-phine le repoussa, tout en s'étonnant de n'y pas mettre l'énergie qu'elle eût souhaitée...

Inquiète, elle tenta de se dégager.

— Calmez-vous, de grâce ! implora-t-elle..

Craignait-elle de faiblir ?

Soudain, elle poussa un cri d'émoi :

— Ciel !... Le Pirée !... l'âme damnée de mon mari !

Le domestique venait, en effet, de reparaître...

Envoyé par Phidias avec mission de constater si « Madame » était toujours là, il était entré à pas de loup, et, depuis quelques secondes, assistait à la scène. La découverte d'un nouveau secret ouvrait au rusé compère un horizon de bénéfices supplémentaires, qu'il entendait bien réaliser dès la première occasion.

En attendant, il regardait, se réservant d'intervenir au moment opportun.

Se voyant découvert, il s'avança entre le prince, ahuri, et Mme Phi-phi, troublée, qui s'était vivement éloignée en apercevant le serviteur.

Celui-ci prit son air le plus aimable :

— Eh quoi ! dit-il, vous voici embarrassée comme une génisse qui aurait trouvé un peplos !... Mais ne craignez donc rien !...

« Je ne vous trahirai pas ! ajouta-t-il à voix basse en regardant Phi-phine... je vous sauve, au contraire !

Et tandis qu'elle ouvrait de grands yeux, incompréhensifs, il s'adressa à Ardimédon :

— Monsieur, demanda-t-il en haussant le ton, ne viendrait-il pas pour acheter quelqu'une de nos statues ?

— Heu !... c'est-à-dire... bredouilla le galant, extrêmement gêné:

Mme Phidias saisit au vol la branche de salut qui lui était offerte :

— Mais oui ! affirma-t-elle effrontément. Monsieur m'exposait justement l'objet de sa visite, mais je ne suis pas compétente. Présentez-le donc à mon mari...

Elle esquissa un salut correct et, légère comme une gazelle, disparut aussitôt derrière une tenture qu'elle ne laissa pas retomber tout de suite...

Le prince, qui la dévorait des yeux, eut la joie d'un tendre regard dont, malgré sa sottise, il ne pouvait pas ne pas comprendre l'éloquence...

Le Pirée le tira de sa douce rêverie.

— Si Monsieur, dit-il, veut bien me dire ce qui l'intéresse particulièrement ?

— Ah ! oui, fit Ardimédon, d'un air ennuyé, il faut que je décide moi-même !... Quelle corvée !

• Enfin, voyons...

Le domestique, ayant passé un rapide plumeau sur les statues, cria gaîment en tapant dans ses mains :

— Allons, mesdames, en place pour le choix !...

« Voulez-vous cette Vénus ? proposa-t-il. Nous vous ferons un rabais de cent drachmes...

— A cause des bras cassés ?

— Précisément : une femme sans bras, outre qu'elle ne peut plus vous embrasser, se trouve également inapte à vous rendre mille petits services utiles ou agréables.

— Et ceci ?

— C'est une Victoire...

— Sans tête !

— Je dois le reconnaître !... Aussi né la vendons-nous qu'avec une majoration de deux cents drachmes !

— Cependant...

— Elle est décapitée ?... Eh bien, c'est tout bénéfice ! Une femme sans tête n'a plus de dépense à faire pour ses fards, son dentiste ou son coiffeur ! De plus, elle ne peut pas parler, ce qui est appréciable !

« Alors, monsieur, je vais chercher le maître !

Il planta là le prince qui, ravi d'échapper un peu à cet inlassable bavard, rajusta son monocle et se mit à examiner les œuvres de Phidias.

A ce même moment, le sculpteur, soulevant avec précaution une tenture, passait prudemment sa tête et scrutait l'atelier.

Constatant l'absence de Phi-phine, il poussa un soupir de soulagement et, souriant, murmura :

— Enfin, partie ! Ouf !...

Il se décida donc à reparaître et se heurta à son domestique, en même temps qu'il découvrait Ardimédon en muette contemplation devant les statues.

Le Pirée, un doigt sur les lèvres, recommandait le silence à son maître.

Celui-ci, légèrement inquiet, demanda à voix basse, en désignant le visiteur :

— Quel est cet olibrius ?... Que vient-il faire ici ?

— L'amour ! répondit insidieusement le matois serviteur, souriant d'un air ambigu...

Phi-phi, à cent lieues d'y entendre malice, pensa aussitôt à son groupe, avec un empressement d'autant plus vif que cela lui fournissait une occasion inespérée d'évoquer le souvenir de sa chère Aspasie.

« Au fait, se dit-il, en attendant le retour de la Vertu, je puis commencer par l'Amour... »

Se dirigeant vers le prince, il appela :

— Pstt !... hé ah !...

Ardimédon se retourna ; reconnaissant le statuaire, il se précipita :

— Monsieur, fit-il en saluant très bas, que Zeus soit loué...

— Oui, oui, ça va ! interrompit Phidias. Je n'ai pas de temps à perdre à écouter vos balivernes !

« Laissez Zeus en paix, et venons-en à ce qui nous intéresse...

« Alors, comme ça, vous venez pour faire l'Amour ?

— Mon Dieu !... balbutia le prince, littéralement abasourdi...

— Oui... vous n'avez pas l'air particulièrement intelligent... mais, pour faire l'Amour, point n'est besoin d'être un génie, n'est-ce pas ?

« Déshabillez-vous !

Le Pirée eut beaucoup de mal à réprimer le rire qui le gagnait...

Ardimédon, éperdu, bredouillait :

— Que je !... que je ?...

— Oh ! s'impatienta Phi-phi... j'ai horreur des chichis... Dévêtez-vous... ou alors, fichez-moi le camp !...

« Pirée, mon ami, aidez donc cet imbécile à retirer sa chlamyde, et plus vite que ça !

Le prince, complètement ahuri, se laissait faire.

Incapable de comprendre ce qui lui arrivait, dans l'impossibilité où il se trouvait de deviner la méprise du sculpteur, il se sentait envahi par une terreur sourde...

Ses deux genoux entamaient une frénétique partie de castagnettes.

Il se demandait avec épouvante :

« Serais-je tombé dans quelque guetapens ?... Où donc veut en venir ce diable d'homme qui me regarde d'un air si narquois ?... A-t-il soupçonné mes intentions ? Quel supplice raffiné, quelle torture projette-t-il de m'infliger ? »

Phidias interrompit cette méditation angoissée :

— Allons, jeune homme, fit-il d'un ton sarcastique, déshabillez-vous sans crainte ! Vous allez figurer dans un groupe commandé par l'Etat, votre anatomie passera à la postérité... et malgré ces appréciables avantages, je paie la pose au tarif syndical !...

« En somme, je puis presque affirmer qu'en venant ici, c'est vous qui avez trouvé la bonne affaire !...

— Je l'espère, monsieur, répondit modestement Ardimédon...

CHAPITRE X

UN PRINCE MODÈLE

La méprise de Phidias, si elle demeurait incompréhensible pour son modèle improvisé, avait du moins l'avantage d'amuser follement le Pirée.

Celui-ci, à plusieurs reprises, avait failli avaler l'immense mouchoir à carreaux qu'il mordait à pleine bouche pour étouffer ses rires.

Il n'osait même plus lever lss yeux ni sur le prince, ni sur Phi-phi, tant leur attitude respective augmentait son hilarité.

Le coup d'œil était, il faut le reconnaître, des plus comiques.

Le sculpteur contemplait son modèle avec une pitié ironique. En hochant la tête, il ricanait parfois :

— Est-il possible, par les dieux, d'avoir l'air si bête !

Sous ce regard obstiné, Ardimédon, dont l'inquiétude croissait, ne parvenait pas à recouvrer son sang-froid.

Tel était même son désarroi que pas une seconde, il n'envisagea l'éventualité d'échapper, par une fuite rapide, aux dangers dont il se croyait menacé.

Un vieux dicton macédonien lui revenait obstinément à la mémoire, qui le faisait frissonner de terreur :

« On est toujours puni par où l'on a péché ! » se disait-il.

Mais, en réfléchissant, il considérait qu'en somme il n'avait pas encore été un bien grand coupable... Tout au plus pouvait-il craindre pour ses yeux ou ses mains... à l'extrême rigueur pour sa bouche, et encore... si peu !...

Quand il ne fut plus vêtu — ou presque — que de sa seule pudeur, le Pirée le poussa vers Phi-phi.

N'ayant plus sur lui que le petit caleçon, ridicule et exagérément court, que tous les hommes portaient alors sous leur tunique, le prince faisait vraiment piteuse mine...

Phidias éclata de rire, et prenant son domestique à témoin, répéta :

— Non, mais crois-tu qu'il a l'air moule !

Ardimédon se rappela opportunément que les « moules » jouaient, en sculpture, un rôle important, ce qui lui épargna la maladresse de se froisser...

Le statuaire continuait à l'observer.

— Pas mal tout de même, daigna-t-il enfin déclarer...

« Evidemment, les mollets sont plutôt réduits à leur plus simple expression... Mais ça s'explique, en somme : l'Amour est essentiellement marcheur, si ce n'est coureur... Rien d'étonnant, donc, à ce qu'il ait les jambes un tantinet usées...

— D'ailleurs, un bon coq n'est jamais gras ! ponctua sentencieusement le Pirée.

— A part ce léger détail, du reste secondaire, l'ensemble peut aller...

Le prince se rengorgea...

Mais déjà Phidias reprenait :

— Ce qui me plaît, dans ce modèle, ami Pirée, c'est la stupidité irrémissible de son expression...

« Vois ce regard : ne dirait-on pas les yeux d'une jeune volaille défunte ?

Et, s'adressant à Ardimédon, il lui dit, jovial :

— Ce n'est pas avec de pareilles boules de loto que vous nous ferez croire que l'Amour est aveugle !...

« Heureusement, vous témoignez surabondamment qu'il est bête, et c'est le principal...

Avant que le prince, suffoqué, eût trouvé quelque chose à répondre, Phi-phi lui demanda soudain :

— A propos, mon garçon, pour quoi avez-vous déjà posé ?

L'infortuné, cette fois, protesta :

— Mais, monsieur, je ne suis pas un poseur !

Le statuaire et son serviteur éclatèrent de rire :

— Décidément, il est complètement idiot ! pouffa le maître...

Ardimédon perdit tout sang-froid :

— A la fin, s'écria-t-il, courroucé, ce n'est pas une raison parce que vous êtes Monsieur Phidias...

Celui-ci l'interrompit :

— Oh ! ça va, jeune homme !... j'ai horreur des discussions ! D'ailleurs, je sors d'en prendre !

« Allons, ouste ! Montez sur ce socle !...

— Pourquoi faire ?

— Vous le verrez bien, triple animal !...: Ne faut-il pas que je me rende compte, que je juge à la fois des détails et de l'ensemble ?... Alors, je vais tout de suite vous prendre...

— Me prendre ?

— Vous croquer, quoi !

— Me... ? Me croquer !...

— Oui... vous allez me servir d'ébauche.

— Quelle débauche ?

— Ah ! non, s'impatienta Phi-phi, a-t-on jamais vu être aussi stupide ?... Ce n'est pas encore celui-là qui inventera la poudre !

Le prince fut tellement vexé qu'oubliant toute prudence il allait répliquer...

Mais le Pirée, le saisissant aux épaules, le poussa sans ménagements vers le petit piédestal destiné aux modèles, en chantant à perte de souffle :

> Mont' là-d'sus ! Mont' là-d'sus,
> Mont' là-d'sus,
> Et tu verras mon maître !

sur un air à la mode qui l'obsédait et dont il modifiait quelque peu les paroles suivant les circonstances.

Puis, saisissant dans le coffre aux accessoires une couronne de roses artificielles, il en ceignit le front d'Ardimédon, étendit pompeusement les bras au-dessus de sa victime, déclamant avec onction :

— Je te sacre Cupidon, fils de Vénus et dieu de l'amour !

« C'est un petit dieu malin, ajouta-t-il tout bas, alors tu n'as rien à y perdre !...

« Et maintenant, sautissez !...

D'un doigt impératif, il désignait le socle.

Un peu rassuré, le prince se décida.

Fléchissant légèrement les jarrets, il fit un bond d'une prodigieuse souplesse et retomba, les deux pieds joints, sur le piédestal où il garda, sans apparence d'effort, une attitude élégamment dégagée.

Le statuaire ne put se défendre de manifester son admiration :

— Ventre ceint gris (1) ! s'exclama-t-il, vous avez du ressort !

— Champion de saut ! murmura Ardimédon...

— Champion de sots ? ricana Phidias, je m'en doutais !... A propos, comment vous nommez-vous ?

— Ardimédon...

— Hein ?

Le Pirée intervint :

— Il doit vouloir dire : Pyramidon, c'est un patronyme d'origine égyptienne...

— Mais non, protesta le prince : Ardimédon !

— Ardimédon ? articula Phi-phi, ce n'est pas un nom, ça, c'est une devise... une fière devise, même !

« Mais... mais... fit-il soudain, je connais quelque chose dans ce goût-là, moi !... N'y a-t-il pas un Ardimédon dans le *Potin mondain*, qui collectionne les snobs d'Athènes ?

« Seriez-vous son parent ?...

« Si j'en crois certains échos, cet Ardimédon ne serait qu'un personnage assez falot : pâle noceur, fils à papa, enfin un doux crétin...

Le prince, flatté que sa réputation — on a la gloire qu'on peut — fût parvenue au célèbre artiste, faillit répondre :

— C'est moi, le doux crétin dont parlent vos histoires !

Mais à ce moment, une tenture se souleva en face de lui, derrière Phidias...

---

(1) *Ventre ceint gris !* Juron très répandu chez les Grecs, à cette époque où les couleurs grises étaient à la mode pour les ceintures. (61 av. J.-C.)

Si, beaucoup plus tard, Henri IV renouvela cette expression il fut obligé, à cause de sa récente conversion au catholicisme, de la prononcer : *Ventre-Saint-Gris !* (1592 ap. J.-C.)

Cf. — Ponson du Terrail : *La Genèse du roi Henri.*

Phi-phine, souriante, apparut, un doigt posé sur ses lèvres...

Dès la plus haute antiquité, un tel geste a toujours signifié :

— Fermez ça !

Le raisonnement même d'un enfant de six mois l'eût parfaitement compris. Ardimédon, qui ne se haussait guère au delà de ces limites intellectuelles, put donc se traduire assez judicieusement la recommandation muette de sa belle...

Transporté de joie, les yeux plus clairs de l'avoir vue, il voulut cependant manifester son ravissement...

Oubliant la présence du mari, il porta tendrement ses deux mains à sa bouche, et envoya un ardent baiser vers la tenture, qui retomba aussitôt...

Phi-phi et le Pirée avaient surpris le geste du « modèle ». Etonnés, ils se retournèrent en même temps, mais, naturellement, ne virent rien...

Le sculpteur, dans l'impossibilité de comprendre ce qui venait de se passer, demanda :

— Ah çà ! mais qu'est-ce qu'il vous arrive ?... C'est à moi que vous envoyez des baisers ?

— Jamais de la vie ! protesta le prince avec force, tant cette idée lui semblait bouffonne...

— C'est un tic, alors ?... ça vous prend souvent ?

— Heu !... oui... non... je ne sais pas, moi !...

— Ce doit être nerveux, expliqua le domestique qui avait fini par deviner... Ou bien, Monsieur, parce qu'il est à Athènes, se croit-il obligé d'avoir l'esprit à tics...

— Ne plaisante donc pas avec ça ! fit sévèrement Phidias... Il y a des tics dangereux...

« J'ai connu, pour ma part, un type qui, toutes les cinq minutes, se frappait la narine droite avec l'index gauche en s'écriant : Cocorico !

« Au demeurant, ce détail excepté, c'était un garçon fort intelligent... dans le genre de Monsieur !

Il désignait Ardimédon, qui, se rengorgeant, crut devoir manifester quelque intérêt :

— Qu'est-il advenu de lui ? demanda-t-il.

— Il est mort... dans un accident de char !

— En luttant vaillamment, aux Jeux olympiques ?

— Non, en traversant bêtement la place de l'Agora avant que l'hoplite à cheval y eût arrêté les voitures !...

« Mais laissons là ces sujets d'affliction ! poursuivit le statuaire... On n'est pas ici pour s'amuser !...

« Vous aviez tout à l'heure une charmante expression en envoyant votre baiser ; je vais tâcher de fixer cette attitude... Reprenez la pose !...

Rapidement, Phi-phi se mit à crayonner, tandis que le prince, immobile, tournant fiévreusement les yeux vers la tenture, portait ses doigts à sa bouche...

Il put bientôt se convaincre qu'il y a un dieu pour les amants...

L'adorable visage de Phi-phine se montrait de nouveau... La vertueuse épouse du maître semblait se complaire à détailler — et non sans émoi — l'impressionnante académie du séduisant Ardimédon.

Hélas ! la chère vision disparut tout à coup...

Un essaim de jeunes et jolies filles, riant et criant, venait d'envahir l'atelier, vociférant d'une seule voix :

> C'est Phi-Phi ! C'est Phi-Phi !
> C'est Phi-Phi qu'il nous faut !

C'étaient les petits modèles si désinvoltement récusés l'avant-veille par le Pirée qui venaient en appeler de sa décision par devant Phidias lui-même.

En quelques mots, l'une d'elles exposa au sculpteur les motifs de leur intrusion :

— C'est bon, mes enfants, leur dit-il d'un ton paternel et sans s'interrompre de dessiner, je vous verrai tout à l'heure... Le temps d'achever ce croquis...

« Nom de Zeus ! fulmina-t-il soudain... allez-vous vous tenir tranquille, l'Amour ? Si vous bougez encore, je vous colle mon pied au derrière !

Le prince, qui se tortillait en vaines contorsions pour voir le groupe des modèles, n'entendit sans doute pas la menace, ou peut-être ne la prit-il pas pour lui...

Phidias bondit, furieux :

— A la fin, cria-t-il, est-ce que vous comprenez le grec, môssieu Ardimédon ?

— Ardimédon ! Ardimédon ! répétèrent aussitôt, joyeusement, les jeunes filles...

Egayées par ce nom, qui leur semblait plein de sous-entendus prometteurs, elles le chantaient sans interruption, lui donnant par une euphonie imprévue les plus étranges significations.

Puis, oubliant la présence du maître, elles se prirent par la main et, autour du prince maintenant immobile, se mirent à tournoyer dans une ronde folle.

Phi-phi, impassible, continuait son croquis, tandis que le Pirée, toujours prêt aux plus irrévérencieuses fantaisies, scandait le rythme de la danse en tapant dans ses mains et chantait de sa voix acide :

> D'vant ce bon Ardimédon
> On y danse, danse, danse !
> D'vant ce bon Ardimédon,
> On y danse tous en rond !

Phidias mit bientôt fin à cette bruyante

gaîté. Il se leva brusquement et, jetant son crayon avec rage, déclara :

— Assez ri !... ça ne va pas !... Décidément, je n'ai pas la main à l'Amour, aujourd'hui !...

« Ecoutez, mes petite chattes... revenez donc un autre jour !...

— Quel jour, maître ? demandèrent-elles en chœur...

— Heu ! je ne sais plus, moi... Voyons... Demain, je ne travaille pas... Aprèsdemain, je me repose !... le surlendemain, c'est le Grand Prix...

« Eh bien, revenez, c'est ça... le jour qui suivra le Grand Prix...

« Je vous emploierai certainement... A quoi ?... Je ne sais pas encore au juste... Mais on fera sûrement quelque chose ensemble...

— Merci, maître ! crièrent les fillettes d'une seule voix.

Et elles quittèrent l'atelier dans un grand fracas de cris aigus et de rires chatouillés.

Phi-phi revint au prince, qui, n'osant plus bouger, demeurait sur son socle :

— Fini pour aujourd'hui ! lui dit-il ; vous pouvez vous rhabiller... Revenez également après le Grand Prix... à la première heure !

« Et tâchez de penser un peu à votre personnage, nom d'un petit bonhomme !...

— Oui, maître ! fit respectueusement Ardimédon, heureux de se voir libéré.

Ramassant ses vêtements, il courut, sous prétexte de les revêtir, derrière le rideau qui lui avait par deux fois révélé une troublante apparition...

A son grand regret, l'idole était disparue ! Elle venait, en effet, de s'enfuir précipitamment en voyant le prince se diriger de son côté.

Mais elle avait eu le temps, à son tour, de faire des comparaisons anatomiques qui n'étaient certes pas à l'avantage de son époux.

Ardimédon lui avait semblé séduisant en tous points, depuis le serre-tête d'or qui ceignait son front jusqu'à l'extrémité de ses cothurnes vernis.

Peut-être se rappelait-elle, en s'éloignant, certain dicton populaire qui disait alors : « Un homme à vernis en vaut deux ! »

CHAPITRE XI

DANS LES GRANDS PRIX

C'était à l'aube du grand jour...

Les ateliers de Phidias étaient déjà fort animés ; toutefois celui qui y eût pénétré à cet instant se fût trouvé étrangement surpris du spectacle inattendu qu'il lui eût été donné de contempler.

Assis devant une table, le Pirée, un crayon à l'oreille, un petit marteau dans la main droite, surveillait les allées et venues de personnages bizarres, qui s'agitaient autour de lui aussi librement que s'ils eussent été chez eux.

Ces hommes, à qui un grand nez uniformément recourbé donnait comme un air de famille, semblaient commander à une douzaine de citoyens qu'on reconnaissait tout de suite pour des déménageurs.

Leur bonnet phrygien, tombant jusque sur le cou, était rayé de bleu, ainsi qu'une sorte de tunique sans manches qui recouvrait leur large poitrine, tandis qu'une ceinture rouge entourait leur taille.

Présentement, suivant les ordres successifs qu'ils en recevaient, ces employés clouaient des caisses, que leurs bras musclés transportaient ensuite en de vastes chars fermés qui stationnaient devant la porte (1).

Un des personnages qui dirigeaient cette manœuvre, dont le nez plus fortement busqué que celui de ses compagnons semblait vouloir affirmer quelque supériorité hiérarchique ou sociale, venait de s'accouder à la table ; accusant un accent caractérisque, il disait au serviteur de Phiphi :

— Hein, mossié le Birée, récartez-moi ça si c'est de l'oufrache bien faite !. . Té l'ordre, té la brécision !...

Avec un rire trop bruyant, il ajouta :

— Ah ! ah !... On tirait la Redraide tes Tix Mille !...

L'outrecuidance habituelle à sa race l'incitait à évoquer des faits que l'Histoire ne connaîtrait guère avant deux siècles.

Mais M. Jacob Lévy, israélite de naissance et bibeloteur de profession, n'était pas homme à s'inquiéter d'aussi puériles contingences !

Aussi, comme le Pirée répétait machinalement, semblant poursuivre une idée fixe :

— Dix mille ?

— Hé foui ! insista l'antiquaire, che vous dis que ça ressemble à la Redraide tes Tix Mille !...

Le Pirée frappa la table de son petit marteau.

— Dix mille ! glapit-il... On a dit dix mille !... On l'a même dit deux fois : deux fois dix, ça fait vingt !...

---

(1) A la réflexion, ces voitures, arrêtées au seuil des ateliers de Phidias, n'eussent pas manqué d'être remarquées par le visiteur éventuel dont nous supposions plus haut l'arrivée inopinée. Celui-ci n'eût donc pas, en entrant, été aussi « étrangement surpris » que nous avions cru pouvoir l'affirmer et le spectacle lui eût été beaucoup moins « inattendu ». C'est pourquoi cette rectification nous a paru nécessaire.

« On a dit vingt mille !... J'ai preneur à vingt mille !... Personne ne monte au-dessus ?...

« Une... deux... trois ! compta-t-il en scandant chaque nombre d'un coup sec...

« Adjugé à M. Jacob Lévy !... Vint mille drachmes ! Avec les frais, ça nous donne vingt-deux mille deux cents drachmes et cinq oboles !

« Voyez caisse !...

— Foyons, foyons, mossié le Birée, discuta le juif... fous tescentrez pien à fingt-teux mille, chuste ?

— Je ne diminuerai pas d'un pélo (1) ! déclara péremptoirement l'ami de Cynthia.

« Allons, vieux crocodile, vous n'allez pas marchander ? Aujourd'hui, c'est jour de Grand Prix ! Alors, vos tarifs réduits, ça n'a rien à faire !...

— Che fais gonsulder Issac et Apram, voulut protester Jacob...

— Laissez donc Issac et Abraham tranquilles... Pas de coupures ! dit nettement le Pirée... Vos deux complices ne feront que ce que vous déciderez... Alors, aboulez la somme !... Sinon, je reprends mes statues !

— Fos statues !... fos statues ! ricana Lévy... Fous foulez tire : celles de Mossié Vitias !

— Oui... heu... Enfin c'est la même chose ! bredouilla le domestique, soudain gêné... En tout cas, c'est pas vos oignons !...

Devant cette attitude résolue, l'antiquaire, après avoir eu un court entretien de pure forme avec ses deux compagnons, se décida à aligner des rouleaux de drachmes sur la table...

Comme s'il eût voulu calmer la visible douleur que lui causait cette opération, il s'étourdissait lui-même par un flot de paroles, sans oublier cependant de compter :

— Teux mille... drois mille...

« Alors, gomme ça, mossié le Birée, ce baufre mossié Vi-Vi... six mille... sept mille... il est un beu chêné en ce moment ?... Neuf mille...

— Peuh ! Ennuis passagers... Il est tellement joueur ! La vérité, c'est qu'il a un tuyau épatant pour tantôt, et qu'il veut y mettre le maximun !...

— Touze mille cinq cents... Dreize

mille... Ah ! le cheu ! le cheu ! Quelle filaine bassion !... Quinze mille cinq... Zeice mille... Alors, fous groyez qu'il a un duyau sûr !...

— C'est-à-dire qu'il va gagner une fortune !

— Ah !... ça n'est chamais cerdain !... tix-huit mille cent... teux cents... droits cents...

« Fous ne bourriez pas me tonner ce duyau ?.... Gomme brime !

— Je croyais que vous ne jouiez jamais ?

— Oh ! ça non !... le cheu est un derrible encrenache !... neuf cents... tix-neuv mille !... Seulement, n'est-ce bas, guand le renseignement est caranti, c'est audre chosse... fingt mille quatre cents... ça tefient une ponne bedide avaire... fingt et un mille...

— Oui, mais pas de blagues, hein, vieux grippe-oboles !... Si vous gagnez, il me faut ma part...

— Fingt et un mille six cents... sept cents... ch'allais me dromber, moi !... Fingt-deux mille... Si che cagne, pien sûr...

— J'aurai ma petite commission ?

— Aussi bedide gue fous foutrez !... Alors... le nom du jefal ?...

Et Jacob Lévy, cessant d'aligner ses drachmes, se rapprochait...

— Minute ! fit le Pirée, aussi rusé que le brocanteur.... Quand vous aurez fini de me compter la somme convenue !... Les courses, c'est un autre rayon...

L'antiquaire, quelque contrit qu'il fût de se voir deviné, dut cependant s'exécuter.

— Cent... deux cents...

Maussade, devant la mine renfrognée de ses deux acolytes, il hésitait...

— Allons, encore cinq oboles ! insista le féroce créancier, c'est pour mes pauvres !...

D'un geste brusque, Lévy jeta en maugréant le modeste appoint qu'on lui réclamait. Aussitôt, il demanda, fiévreux :

Alors, maindenant, le nom du jefal ?

— Eh bien, cria le Pirée...

— Jut ! Jut ! interrompit Jacob en agitant éperdument ses bras affolés... Che ne suis bas sourd !...

« Et buis, ajouta-t-il à mi-voix, ce n'est bas la beine qu'ils endendent !

— Soit !... En ce cas, c'est une drachme, payable d'avance.

— La foici ! fit le brocanteur avec un empressement tel que le domestique en fut à la fois charmé et surpris.

— Ptolémée ! glissa-t-il dans l'oreille tendue de son client.

« Seulement, ajouta-t-il, je vous conseille de le jouer placé, la cote sera plus intéressante...

— Pien, pien ! murmura Jacob Lévy... Bdolémée ! Ch'ai gombris !...

____

(1) Le *pélo* dont il n'est plus guère question aujourd'hui que dans les transactions de certains numismates amateurs, semble avoir été la monnaie courante de la presqu'île de Pélops, d'où il tire son nom, de même que la France comptait jadis par francs.
Cette monnaie, très appréciée, causa les plus graves conflits, qui eurent tous pour base la possession de *pélos* et qu'on appela pour cette raison : Guerres du Péloponèse.

« Alors, fous fenez, Issac, Apram ? On bart !...

Tandis qu'il entraînait les deux compagnons, le Pirée lui cria :

— Et n'oubliez pas nos conventions : défense de mettre les statues en vente avant huit jours !... Mon maître se réserve le droit de vous les racheter d'ici là, avec l'argent de...

— De Ptolémée ! crièrent en chœur les trois juifs en se retournant...

Le petit bonhomme, d'abord interdit, finit bientôt par comprendre : Jacob Lévy avait déjà revendu le « tuyau » à ses acolytes, et vraisemblablement avec bénéfice.

« Vieille ficelle, va ! » pensa-t-il...

Revenant vers sa table, il contempla avec amour les rouleaux de monnaie extorqués à l'antiquaire et il murmura :

— Tout ça, joint à mes économies et la vente des pronostics, va filer sur Ptolémée, lequel filera au poteau !... Trois cents mines, à peu près... La cote est ce matin à 35/10... C'est cent mille drachmes que je gagne...

« Même plus ! réfléchit-il : tout le monde le jouera gagnant, moi je ne le prends que placé... Comme ça, le tuyau est increvable !... Soyons modeste, je dois rapporter au moins cent cinquante mille drachmes !

« Je rachète tout de suite les statues du patron à cette vieille canaille de Jacob Lévy... je donne mes huit jours... et je vis de mes rentes !...

« Je mets Cynthia dans ses meubles... je m'installe dans les meubles de Cynthia... et à nous la grande vie !

« A moi les chlamydes en soie de Cos !... les peplos en velours de Smyrne et les cothurnes vernis ! Ohé ! ohé !...

Et il esquissa une joyeuse aile de pigeon.

Mais ses regards tombèrent sur les socles vides.

Il ne restait plus dans l'atelier l'ombre d'une statue... Toutes les œuvres de Phidias étaient maintenant aux mains avides des brocanteurs...

Le Pirée, tout à coup, sentit une folle terreur l'envahir :

« Et si Ptolémée était battu ? » pensa-ll...

Son rêve affreux des jours précédents obsédait sa mémoire, des choux, des choux, des choux...

Il se ressaisit pourtant bien vite :

— Allons, allons ! je divague !... Imbattable, un canard comme ça !... Et puis, je ne joue que placé, ça me donne trois chances !... une certitude !...

« Pas d'erreur, c'est du couru !

« Et maintenant, à Longstade !...

S'étant ainsi réconforté, c'est avec le plus complet optimisme qu'il partit pour le célèbre champ de courses.

Ce fameux hippodrome, un des plus beaux de l'époque, était universellement réputé. Comme il assurait aux plus modestes épreuves de somptueuses allocations, on était certain de n'y voir que des représentants d'écuries fastueuses, des propriétaires richissimes et une clientèle aristocratique.

Des journées spéciales étaient même réservées aux snobs, en dehors des dimanches et fêtes où il eût été impossible d'éviter la cohue populaire.

Telles courses, comme le prix des Drachmes ou le prix de Diane notamment, faisaient partie de la vie élégante au même titre que les bals de la présidence, la saison estivale de Phalère ou les créations de pièces au théâtre de Dionysos.

Exceptionnellement, le jour du Grand Prix les mondains consentaient à se mêler au peuple. Aussi y avait-il en cette occasion une foule considérable autour des pistes de Longstade.

Toutefois, la véritable cohue ne commençait qu'à partir de la troisième épreuve ; il était de bon ton, en effet, chez ces riches oisifs soumis aux plus absurdes règles d'un protocole ridicule, de n'arriver qu'avec un grand retard aux cérémonies qu'ils daignaient honorer de leur présence.

D'autre part, le président de la République athénienne, qui assistait rituellement au Grand Prix, n'arrivait à Longstade que peu d'instants avant cette course, et repartait dès qu'elle était terminée.

Aussi, ce qu'on appelait « la haute société » suivait cet exemple qui lui permettait de satisfaire son habituel snobisme tout en paraissant faire escorte au chef de l'Etat.

Le début de la réunion appartenait donc au peuple et aux Grecs moyens. A l'encontre des éléments mondains, ceux-là venaient plutôt en avance et, en attendant de pouvoir acclamer Périklès, ils se régalaient des trois premières courses, comme d'un gala qui leur eût été personnellement offert.

On suppose bien que le Pirée avait tenu, lui aussi, à ne pas arriver en retard. Non qu'il portât le moindre intérêt aux épreuves qui commençaient le programme — ne réservait-il pas toutes ses drachmes pour Ptolémée ? — mais il voulait s'assurer une bonne place, aussi près que possible de l'arrivée.

Sans hésiter, il avait fait la dépense d'une carte de pesage :

— Bah ! pensait-il, ce n'est pas tous les jours le Grand Prix !

Les deux premières courses : le prix Hippolyte et le prix de Marathon, ne l'intéressèrent pas. Il avait repéré un bon

Photo : Isis-Film.

— Alors, mossié Birée, disait Chule-Léphi, fotre maître est un beu chéné ?

— Vous triompherez et vous serez heureuse, prédisait Mme de Thèbes à Aspasie.

— *Ptolémée... dans les choux ! gémissait le Pyrée... Un tuyau increvable !*

— *Parfait, déclarait Phidias en examinant le groupe. Ça va être épatant.*

coin où il était sûr de pouvoir se glisser en temps voulu et, pour le moment, il paradait devant les tribunes.

Un étui de jumelles en bandoulière, son programme en main, la carte de pesage dûment accrochée au col de sa chlamyde, le serviteur de Phidias avait, ma foi, fort grand air.

Si grand air même que les profanes, nombreux encore, le pouvaient prendre pour quelque entraîneur ou tout au moins pour un riche commerçant.

Le Pirée, tout fier de l'impression qu'il produisait, se dirigea à pas mesurés vers le terre-plein où l'on promenait les pur sang qui devaient se mesurer dans le Grand Prix d'Athènes.

D'un œil qu'il voulait rendre connaisseur, il les admira, affectant de supputer judicieusement les chances de chacun d'eux. Mais, en réalité, il n'avait d'yeux que pour Ptolémée qui, amené dans une condition superbe, était véritablement d'un aspect éblouissant. Et le numéro qu'il portait à la couverture placée sous sa selle obsédait le Pirée :

— Le 9 ! murmurait-il... le 9 !...

Contemplant le jockey, qui surveillait farouchement sa précieuse monture, il s'hypnotisait sur les couleurs bien connues du propriétaire : tunique cerise, manches et bonnet phrygien couleur maïs...

Il songea à l'étrange destinée de ce nabab des courses : Prophitès, qui, pauvre marchand ambulant quelques années plus tôt, avait trouvé moyen de s'enrichir pendant la dernière guerre, au point d'être aujourdd'hui le plus riche capitaliste de la cité...

« Un tel homme, pensait le Pirée, est marqué pour la réussite... il ne peut pas être vaincu... Imbattable ! »

Et comme, grisé de son propre enthousiasme, il répétait à mi-voix :

— Imbattable !... imbattable !...

— Lequel est imbattable ? demanda soudain un chœur frais et joyeux.

D'aimables donzelles, subjuguées par l'allure sportive du domestique, l'avaient suivi et maintenant l'entouraient en chantant :

> Ptolémée sera-t-il vainqueur ?
> Dites-nous le vite !
> Toutes, nous sentons notre cœur
> Qui, très fort, palpite !...

Ce refrain n'avait rien de nouveau. Lancé quelques années auparavant par un adroit faiseur de chansons, il avait eu bien vite un succès facile, puis durable, parce qu'il était composé de telle façon qu'on y pouvait indéfiniment, pour toutes les courses présentes ou à venir, incorpo-

rer le nom du cheval dont on souhaitait la victoire (1)...

Le Pirée eut quelque peine à se dégager.

Il n'accorda nul sourire, même pas un regard aux aimables personnes qui l'assiégeaient, quémandant un tuyau pour l'obtention duquel elles s'affirmaient implicitement prêtes aux ultimes sacrifices.

Peut-être y avait-il parmi cette bande joyeuse quelques-uns des modèles qu'il avait traités avec tant de désinvolture, mais l'idée ne lui en vint même pas.

Tel était en effet l'émoi du petit bonhomme qu'il ne pensa pas davantage à pratiquer auprès des jolies joueuses son fructueux système de vente de pronostics, qui lui eût cependant permis de récupérer la totalité de ses dépenses.

Il laissa donc ces jeunes personnes admirer les pur sang et s'étonner qu'ils ne changeassent jamais leur robe, surtout pour une aussi brillante réunion.

Quand le Pirée reparut au pesage, la foule élégante commençait d'y arriver. Le peuple commentait le passage des célébrités, qu'il accueillait suivant ses opinions par des vivats, des lazzis ou des injures.

Thémistocle parut :

— Tiens, le Père la Victoire ! lança une voix...

Le vieux général, acclamé, fêté de toutes parts, traversa le flot d'admirateurs, la main à son casque sans pouvoir cesser de saluer.

Un hourvari soudain vint heureusement faire diversion : une femme très mûre, outrageusement maquillée, mais surchargée de bijoux lourds et voyants, descendait d'un taxi-char. Très populaire à Athènes où elle avait jadis tenu le haut du pavé (2). Myrrhine Lakès, à l'heureuse époque de son lointain printemps, était l'initiatrice officielle des fils de famille riches, des rejetons de l'aristocratie, voire des héritiers royaux qui visitaient la Grèce.

Ses anciens « élèves », comme elle se plaisait à le dire, devenus les uns généraux, d'autres chefs d'Etat, certains simplement gâteux mais tous, également caducs, l'appelaient maintenant « notre jeunesse ». La foule, elle, disait plus familièrement : « la mère Lakès ». Nul i'ignorait que l'ex-belle Myrrhine, à qui il était

---

(1) C'est de ce genre de production que dut naître ce qu'on appelle aujourd'hui, souvent bien à tort, la chanson d'actualité. Ceux qui les commettaient accusaient déjà une telle négligence dans le renouvellement de leur répertoire que l'opinion publique créa pour eux l'expression ironique et péjorative : *C'est de la roupie de chansonnier.*

(2) Soulignons l'élégance de cet euphémisme : *Tenir le haut du pavé* exprime ici l'idée de *faire le trottoir*

devenu impossible de commercer de ses charmes, trafiquait quelque peu de ceux d'autrui et que son « Ecole de courtisanes » était particulièrement florissante.

La mère Lakès demeurait, d'ailleurs, sympathique, surtout dans le monde des courses où l'on savait qu'elle venait perdre régulièrement, en cette seule journée du Grand Prix, tous ses bénéfices de l'année.

L'arrivée d'un brillant équipage détourna bientôt l'attention de la foule :

— Les Danaïdes Sisters (1) ! murmurait-on...

Les deux célèbres sœurs, étoiles du casino d'Athènes, descendaient, en effet, d'un élégant tonneau, qui n'avait pas peu contribué à leur gloire.

— Voici Lysistrata ! cria un employé des Galeries Miltiade.

— Comment, elle vit encore ? s'étonna un loustic.

Aristophane, qui passait, répondit :

— N'est-ce pas une viveuse éternelle ?

— Tu devrais bien la railler dans une de tes pièces ! conseilla quelqu'un.

— Pas encore ! Elle commence à peine à entrer dans l'Histoire... Plus tard, quand elle sera tout à fait périmée, elle pourra affronter « les feues de la rampe ».

Chacun s'empressa de rire bruyamment, car tout ce que disait le célèbre ironiste — même quand il était gris, ce qui lui arrivait souvent — devait immédiatement être compté comme trait du plus génial esprit.

Un vrombissement, coupant court à cette liesse servile, fit lever toutes les têtes. En un impeccable vol spiraloïdal, Icare venait de se poser sur le champ de courses, salué par d'unanimes applaudissements.

Mais dès qu'il eut touché terre, le célèbre navigateur aérien, détachant ses ailes faites de plumes d'oiseaux réunies par de la cire, s'efforça de gagner rapidement le pesage, sa modestie coutumière l'incitant à se dérober sans retard à l'enthousiasme populaire.

Il fut aussitôt abordé par Prométhée, directeur de *L'Homme Enchaîné*, qui venait lui demander quelques confidences sur son prochain raid Athènes-Phalère sans escale...

Des murmures flatteurs : Phidias arri-

____

(1) Il n'y a peut-être pas lieu de s'étonner de trouver ici cette expression.

Ce doit être en effet une déformation du mot *sistres*, instrument de musique dont se servaient les célèbres sœurs Danaïde au cours de leurs numéros.

On écrivait sans doute *sisters* tout en prononçant *sistres*, de même que certaines langues modernes écrivent *theater* et le prononcent *théâtre*.

De nos jours, quand on voit le mot *un auteur*, on traduit généralement, suivant le même principe, par *un autre*.

vait, accompagné de sa femme, dans un magnifique char sans compteur qu'il avait loué pour la circonstance et pour la journée.

Une immense clameur annonça l'arrivée de Périklès. Le président de la République athénienne était venu, suivant l'usage, dans son char de gala, traîné par quatre chevaux attelés sans volée, montés par deux postillons que précédait un piqueur.

Cramoisi de plaisir, arborant son plus aimable sourire, le chef de l'Etat saluait, à droite et à gauche, du casque et de la main. Sa cuirasse d'étoffe, qui imitait l'acier, étincelait au soleil, barrée par une large écharpe écarlate, insigne de fonctions qui ne l'étaient pas moins.

La foule, délirante criait :

— Hip ! hip ! hourra !...

— ... ou il n'pourra pas ! chantonnait Aristophane dans des groupes.

Derrière Périklès, précédant les archontes du grand conseil, on remarqua un consul romain, Marc Chéopus, spécialement délégué par la nation provisoirement amie, qui avait engagé dans le Grand Prix *Ad Patres*, son meilleur pur sang.

Le consul, conformément à son protocole, était précédé de douze licteurs sur qui il posait, par instants, un regard bienveillant et attendri.

Un archonte, qui l'observait, opina :

— Voici un adroit politique... Il a raison : soignons les licteurs, messieurs, soignons les licteurs !...

Le cortège était enfin arrivé au pied des tribunes officielles ; parmi une débauche de fleurs, de plantes vertes et de tapis de Smyrne, Périklès dut subir une interminable harangue de l'archonte préposé aux travaux de Cérès et les salutations ampoulées du président dela Société des courses. Cette petite cérémonie lui parut d'autant plus insipide qu'on la lui imposait chaque année, dans la même circonstance, avec des phrases rigoureusement identiques.

Aussi n'écoutait-il que d'une oreille fort distraite cette fastidieuse éloquence, encore qu'il affectât d'y être très attentif et d'y prendre un extrême plaisir. Enfin, débarrassé de ces inlassables bavards, il se dirigea vers le fauteuil de velours cramoisi réservé à son auguste postère.

A ce moment, fendant le flot obséquieux des officiels, un homme s'élança, la canne haute et, avant qu'on l'en pût empêcher, la lança violemment vers le casque en zinc doré qui ornait le chef de celui de l'Etat.

Le coup passa si près que le casque tomba et que Périklès fit quatre pas en arrière. Heureusement il n'avait pas été atteint, si ce n'est dans sa dignité qui eut quelque peu à souffrir de l'aventure.

L'agresseur, vivement maîtrisé par les assistants, fut remis aux hoplites ; ils eurent bien du mal à le soustraire aux vindictes de la foule. Amené aussitôt devant le magistrat, on s'aperçut que c'était un pauvre déséquilibré — l'agresseur, pas le magistrat ! — A toutes les questions qu'on lui posait, il se bornait à répondre :

— C'est à la tête qu'il faut frapper !

— Mais pas à celle du président !

— Si, déclara-t-il avec feu, car elle est pareille au buste dont parle Esope :

« *Oia ! kefalé, ouk enkefalon ekheï !*...

« Autrement dit : c'est une belle cafetière, mais il n'y a pas de café dedans !

Malgré l'intérêt évident de cet entretien, le magistrat s'empressa de le clore. Remettant son client aux hoplites de garde, il le fit conduire en un lieu sûr où la vue des grands de ce monde ne risquât plus de l'indisposer.

Pendant ce temps, Périklès, vite remis de son émotion, se montrait au bord de sa tribune à la foule qui n'avait cessé de l'acclamer. Imposant, d'un geste noble, silence à cette multitude hurlante, il déclara, d'une voix ferme où s'attestait son parfait sang-froid :

— Messieurs, la course continue !...

Paroles d'autant plus remarquables que ladite course, en l'espèce le Grand Prix, n'était pas encore commencée.

Le public manifesta néanmoins son enthousiasme par une allégresse homérique, marquant ainsi l'affectueuse sympathie qu'il portait à son jovial président.

Tous les chroniqueurs présents se hâtèrent d'aller répandre dans Athènes le récit de ces incidents.

La hâte qu'ils apportèrent à les communiquer à leurs journaux respectifs, joints à l'incurable besoin qu'éprouvent les gazetiers d'ajouter aux moindres choses des faits ou des mots de leur invention, fit que les relations, si elles différaient entre elles, n'en furent guère plus conformes à la vérité.

C'est ainsi que la *Liberté*, dans son édition du soir, fit dire à Périklès :

— Qu'importent de vagues humanités, pourvu que le geste soit beau !

L'*Athènes-Sport* affirma que le président s'était écrié :

— Il faut savoir tout prendre avec le sourire !

D'après l'*Aube*, il aurait déclaré :

— La grosse légume est souvent entourée de poireaux !

Tandis que l'*Homme Enchaîné* lui prêtait cette modeste exclamation :

— L'Etat, c'est moi !

Enfin, le *Petit Pharisien* soutenait que le sage Périklès avait plusieurs fois invoqué Pallas, et qu'il était d'ailleurs *the right man in the right Pallas*.

Nous devons reconnaître que nul ne protesta contre ces évidentes contradictions,

et que chaque lecteur se déclara satisfait.

Quoi qu'il en soit, le président ayant affirmé que la course continuait, elle allait commencer.

Une énorme cloche d'airain l'annonça à la foule, maintenant impatiente, qui se rua vers la sortie des chevaux.

Le Pirée, après être revenu à trois reprises admirer son cher Ptolémée, décréta qu'une telle bête était décidément invincible. Il se précipita vers la petite baraque dont l'écriteau annonçait :

UNITÉ : 1.000 drachmes.

— Vingt-trois tickets ! demanda-t-il fièrement.

— Gagnant ou placé ?

— Gagnant !

Et il appuya sa conviction de tous les rouleaux de drachmes qu'il avait récupérés en vue de ce beau jour.

Puis, se souciant fort peu d'être surpris par Phidias à jouer aussi gros jeu, il rejoignit la place qu'il s'était choisie contre la balustrade, juste devant le poteau d'arrivée ; il se faufila devant deux matrones — dont une d'Ephèse — entre lesquelles sa petite taille lui permit de s'assurer un coin confortable et suffisamment rembourré.

Le Pirée était cependant soucieux

N'avait-il pas, en quittant les guichets du Mutuel, croisé ce butor de Diogène, qui, le voyant ranger soigneusement ses tickets, lui avait décoché ce trait :

— Prenez garde, jeune homme : le jeu de jockey appelle la mise en boîte !... Et la passion du turf peut entraîner aux pires turfitudes !

Le Cynique aurait-il deviné les coupables agissements du domestique ? Sa voix lui donnait-elle un avertissement des dieux ?

Pour la première fois, l'impudent serviteur s'avisait de réfléchir aux suites possibles de ses audacieuses machinations. Fort heureusement le défilé des concurrents, qui commençait, vint le tirer de ses tristes pensées.

Une annonce, écrite à la main au tableau des partants, provoque des murmures : *Ptolémée*, vendu la veille, a changé de propriétaire et fait maintenant partie des écuries d'Augias, sous les couleurs de qui il va courir : tunique orange, bonnet phrygien gris !...

Le Pirée se sent pâlir : ces manœuvres de la dernière heure lui semblent de fâcheux présage... Mais il se rassure bien vite.

« Bah ! pense-t-il... Augias est un malin... S'il a racheté le cheval, ce qui doit lui coûter gros, c'est qu'il est sûr de sa victoire...

« D'ailleurs, je ne vois pas bien dans ce lot celui qui pourrait le battre !... »

Ce sont d'ailleurs là, nous semble-t-il, des choses dont on ne se rend généralement compte qu'à la fin d'une course. Mais le petit bonhomme, qui avait mille raisons de fortifier son espoir, ne songeait pas à s'encombrer de telles subtilités. C'est donc avec autant d'assurance que de dédain qu'il regarda défiler les autres concurrents...

La foule admirait cependant l'état magnifique des pur sang qu'on lui présentait.

Ad Patres, le coursier romain, trouvait des partisans ; ses couleurs : tunique verte, écharpe blanche et toque rouge, devenaient sympathiques.

Alcibiade surveillait son poulain *Adonis*, dont le jockey éthiopien, tout d'azur vêtu, était fardé et parfumé à l'égal d'une courtisane.

Deux écuries s'annonçaient redoutables, celle, notamment, du calife Baroun-al-Roschild, nabab oriental, tunique bleue, bonnet jaune, qui mettait deux cracks en ligne : *Anacharsis et Assurbanipal*, celui-ci monté par le célèbre cavalier Mac-Gôs, ce qui semblait au public indiquer la confiance du propriétaire.

Il y avait aussi des amateurs pour le groupe *Solon*, *Cothurne*, et *Lazzarone*, portant tous trois la tunique blanche, brassards et bonnet rouge. Ces superbes animaux appartenaient à un certain Kôtys, descendant authentique d'un roi de Thrace déchu. Il avait rapidement échafaudé une fortune colossale dans la fabrication et le commerce des produits odorants. Aristophane l'avait raillé dans une revue, le surnommant « un monsieur qu'on suit à la Thrace ».

Le reste du lot semblait moins brillant.

Daphnis, *Belvédère*, *Petit Salé* et *Mathusalem* trouvaient cependant quelques preneurs, enragés chercheurs de rapports fabuleux...

Deux forfaits seulement avaient été déclarés sur les quatorze engagements prévus. Ce qui, chez tous les assistants, avait suggéré la même pensée :

— Deux partants de moins ? deux chances de plus !

— La cote jaune ! demandez la cote jaune !... glapit un camelot.

Le Pirée bondit sur le précieux papier, et se plongea fiévreusement dans la lecture des signes cabalistiques qui s'y trouvaient griffonnés au crayon bleu :

« Voyons ! » pensa-t-il.

Ecurie Baroun al Roschild........ 3/1
    d° *Kôtys* 7/2
Ptolémée 4/1

« ... le reste ne vaut pas l'honneur d'être nommé !... A quatre contre un, je touche à peu près cent mille drachmes !... Je... »

Un nouveau coup de cloche vint heureusement lui rappeler que le Grand Prix n'était pas encore couru ! On s'apprêtait seulement à donner le départ de cette magnifique épreuve : douze pur sang de classe allaient lutter de vitesse pendant trois milles, pour tenter de ravir une magnifique allocation de plus de dix talents d'or, environ six cent mille drachmes...

Et chacune de ces magnifiques bêtes portait sur sa chance des fortunes énormes, gages d'espoirs farouches et d'aspirations inassouvies.

Un silence soudain, impressionnant, tragique...

Le dernier coup de cloche venait de retentir...

A cette minute, les milliers de cœurs de cette foule angoissée se mirent à battre précipitamment... On les eût sans doute entendus palpiter comme un sourd galop si les concurrents n'avaient pas, à la même minute, commencé leur canter...

Les passages les plus remarqués — ainsi qu'écrivent habituellement les chroniqueurs hippiques — furent ceux de *Ptolémée*, salué d'une acclamation unanime, de *Lazzarone*, d'*Anacharsis* et d'*Ad Patres*, celui-ci accueilli par un murmure flatteur.

Adonis, portant les couleurs d'Alcibiade, se livra à mille acrobaties qui furent jugées du plus mauvais goût.

Mathusalem gagna le départ — la seule chose qu'il dût gagner — d'un pas lent et tranquille.

— Il est déjà fatigué, celui-là ? grommela un joueur inquiet.

— Hé, *Mathusalem !* cria le Pirée, attention, tu vas te casser !...

On rit autour de lui, mais les chevaux ayant enfin rejoint les rubans, « le départ fut donné dans d'excellentes conditions » (1).

Ce départ magistral fut salué d'une clameur immense, unanime. Elle ne pouvait évidemment rien signifier encore, mais elle permettait à chacun de délasser des nerfs trop tendus et, surtout, de céder à ce besoin de hurler qui a toujours été l'apanage des foules.

— Ils sont partis ! crièrent les spectateurs, d'une seule voix, chacun supposant sans doute que les autres n'avaient pas remarqué cet important détail...

Dans la tribune officielle, le consul romain murmura, résigné :

— *Alea jacta est !*

— Les dieux vous bénissent ! crut devoir répondre poliment Périklès.

____

(1) *Athènes-Sport.* — 2ᵉ année — N° 177 — 27 juin 459 av. J.-C.

Une batterie de jumelles se braquaient sur la piste...

Il était encore impossible de rien distinguer. Les concurrents, en peloton compact, filant un train d'enfer, donnaient l'impression d'un bolide roulant dans un arc-en-ciel imprécis...

Le premier mille fit cependant des victimes : *Mathusalem*, écœuré par l'excessive vitesse de ce début, s'arrêta bientôt et n'accepta de se remettre en marche que pour rentrer au pesage, où il fut copieusement hué. Son jockey, entouré par les parieurs déçus, partagea cette avanie :

— Descends donc de ton cheval, hé, feignant ! lui cria une voix menaçante.

Pendant cet incident, un premier groupe passait en trombe devant les tribunes : sept chevaux, dont on ne put préciser les noms qu'en tenant compte de ceux qui suivaient, à la traîne :

Belvédère, visiblement à bout, continuait pourtant avec courage.

— T'excite pas, *Belvédère*, lança un loustic, tu vas tomber sur un bec de gaze (1) !

Cothurne et son compagnon d'écurie *Solon*, botte à botte, semblaient échanger des impressions intimes sur leur infortune. Aux huées de la foule, les deux animaux s'ébrouèrent, mais, tandis que *Cothurne* s'arrêtait net, l'autre poussait une pointe de vitesse d'autant plus ridicule qu'elle s'avérait désormais parfaitement inutile.

— Le *Solon* des humoristes ! fit une voix.

Enfin *Daphnis*, hors de cause maintenant, parut au petit galop de chasse.

— *Daphnis* est cloué ! murmura un preneur de *Lazzarone*...

Ces plaisanteries cessèrent bientôt : en face, la partie se dessinait...

Petit Salé, qui commençait à perdre du terrain, se débarrassait soudain de son cavalier et repartait de plus belle à la poursuite du peloton de tête... Peut-être l'eût-il rejoint et — qui sait — distancé si, par un nouveau caprice, il ne s'était à son tour arrêté.

Tournant la tête à droite et à gauche, d'un air surpris, il semblait se demander ce qu'il était advenu de son jockey. Puis il revint tranquillement vers celui-ci... Voulait-il s'inquiéter de ses nouvelles ? lui faire des reproches ou, au contraire, présenter des excuses ?... Plus simplement entendait-il être ramené sans retard en son écurie ? On ne le sut jamais, la dernière

phase de la course se jouant maintenant, palpitante.

— Ils arrivent ! hurla le chœur frénétique.

Effectivement, les concurrents entraient dans la ligne droite...

On vit tout d'abord, légèrement détachés, *Ad Patres*, *Anacharsis*, *Assurbanipal* et *Lazzarone*...

Les quatre étrangers de l'épreuve !

Une stupeur se peignit sur maints visages. La foule, consternée, se tut brusquement.

Partout, les spectateurs grimpaient sur des chaises... des femmes étaient perchées jusque sur les balustrades des tribunes... Tout ce monde, oppressé, suant d'angoisse, suivait, les traits contractés, la tragédie épique qui se jouait sur la piste...

Seuls, quelques amateurs de plaisirs gratuits s'étaient adossés au bas des gradins, levant les yeux, dans le secret espoir que, par cette chaleur, les élégantes hissées au-dessus d'eux auraient simplifié leurs dessous...

Le désespoir public engendrait des paroles amères :

— Alors, ils viennent chez nous rafler notre argent ! murmura un superpatriote, d'ailleurs métèque...

— Si seulement ça faisait remonter le change ! dit un autre, d'un ton déjà plus agressif...

La colère, d'abord sourde, montait rapidement...

Des mots regrettables, certaines manifestations déplacées pouvaient créer des incidents diplomatiques. N'en fût-il pas résulté une nouvelle guerre, contre Rome, la Perse ou la Thrace ?

Sait-on jamais, avec les foules !

De plus petites causes ont déjà, dans l'Histoire, engendré de pires effets...

Soudain, une clameur de joie, délirante, folle, ébranla l'espace :

— *Ptolémée* en tête !...

Le représentant des écuries d'*Augias*, en effet, d'un effort admirable, avait pris le premier rang, et courait au poteau...

— *Ptolémée* ! *Ptolémée* ! criait la multitude...

— *Ptolémée* ! *Ptolémée* ! hurlait le Pirée...

Exultant, le petit bonhomme, voyant son idole assurée de la victoire, ne regardait même plus les chevaux et dansait un pas frénétique sur les pieds de la matrone d'Éphèse...

Mais il eut tout à coup l'impression qu'il se passait quelque chose d'étrange...

— Oh ! oh ! faisait le public, frappé de stupeur...

Le Pirée, vaguement inquiet, cessa de se trémousser et regarda, le cœur un peu serré...

---

(1) Cette expression n'avait pas chez les Grecs le même sens que de nos jours (et pour cause). Quand on saura, comme nous, que la *gaze* était une monnaie perse de valeur infime, on comprendra que les Athéniens l'aient tenue doublement en mépris.

Il vit...

Il vit *Adonis*, à qui personne ne pensait plus, surgir comme une flèche de la queue du peloton, remonter successivement *Anacharsis*, *Assurbanipal*, *Lazzarone*, puis *Ad Patres*, et se glisser à la corde...

— Trop tard ! crièrent quelques voix, assez mal assurées.

— *Ptolémée* gagne ! affirmait une autre... la queue en trompette !...

— Parfaitement : *Ptolémée* !... les doigts dans le nez... insista un convaincu.

— Et Alcibiade, qu'est-ce que vous en faites ? gouailla son voisin...

Le jockey noir, en effet, poussant sa monture, avait rejoint *Ptolémée* à un stade à peine du but, et les deux coursiers se livraient maintenant une lutte homérique...

La foule, frémissante, ne disait plus mot...

Pendant quelques secondes, le duel demeura indécis... Les manches azurées de l'Ethiopien, parallèles aux bras maïs de son concurrent, le synchronisme de mouvement des pattes des chevaux évoquaient les plus stupéfiants numéros des Danaïde Sisters...

Le Pirée, exsangue, les yeux dilatés, regardait...

L'excessive tension de tous les nerfs réveilla chez les spectateurs le besoin de parler...

— *Ptolémée* ! cria-t-on encore, avec — toutefois — moins de conviction.

— *Adonis* ! hurlaient les rares partisans du cheval, d'autant plus enthousiastes maintenant qu'ils avaient plus longtemps supposé sa défaite.

— Taisez-vous donc ! leur intima un Ptolémiste entêté... *Ptolémée* l'aura, votre carcan, comme il voudra... dans un fauteuil !...

— Pensez-vous !... *Adonis* n'en fait qu'une bouchée !... En pétant, monsieur, en pétant !

— Comme il voudra, que je vous dis !...

Quelques pieds à peine séparaient encore les concurrents du poteau... Les deux chevaux étaient toujours nez à nez, les jockeys botte à botte... La foule haletait...

Pour les plus désintéressés, cette fin de course devenait passionnante...

Le cavalier de *Ptolémée* leva sa cravache.

— Ne frappe pas ! Sauvage !... crièrent mille voix...

Le nègre, lui, ne bronchait pas.

— Cravache donc, imbécile ! hurla un autre groupe...

Soudain...

Tous deux venaient de passer le but... L'arrivée semblait indécise...

— *Ex æquo* ! murmura le consul romain...

Nul ne s'intéressa aux exploits de *Lazzarone* et d'*Ad Patres* qui, à quelques pieds des premiers, venaient « se placer dans l'ordre précité, séparés par la plus courte des têtes » (*Athènes-Sport*).

L'affichage du gagnant tardait... Le public, impatienté, discutait ferme...

Ceux qui, tels le Pirée, étaient au pesage, croyaient dur comme fer à la victoire des écuries d'Augias...

A la pelouse, on n'affirmait pas avec moins d'assurance le triomphe d'Alcibiade...

Et les deux camps hurlaient, mêlant leurs voix têtues, sur ce vieil air des *Lampas* qu'affectionnent particulièrement les masses quand elles réclament, avec leur passion coutumière, la plus banale des satisfactions :

— *Ptolémée* !... *Ptolémée* !...

— *Adonis* !... *Adonis* !...

D'autres désignaient leur champion par le numéro qu'il portait au programme, toujours sur le même rythme :

— C'est le 9 !... C'est le 9 !...

— Vingt et un !... Vingt et un !...

Enfin, l'on afficha :

```
GAGNANT : ....................  21
PLACES : I ...................  21
         II ..................   9
         III .................  13
```

— *Adonis*... *Ptolémée*... *Lazzarone* !... murmura-t-on...

Le juge aux arrivées étant arbitre souverain, ses décisions se trouvaient sans appel...

D'ailleurs, bien que la défaite de *Ptolémée* ruinât la majeure partie des joueurs, la foule, avec son habituelle mobilité d'opinion, acclamait déjà le vainqueur.

Cette formalité accomplie, de vives discussions éclatèrent :

— C'est une honte ! disait-on... il n'y a ni vainqueur ni vaincu !

— Comme pour la dernière guerre, alors ? ricana un heureux preneur d'*Adonis*...

— Vous n'avez pas besoin de charrier (1), vous ! Si votre canasson n'avait pas tiré la langue, il était dans les choux !

— La course n'est pas régulière ! affirmait un grincheux : le jockey d'*Ad Patres* a retenu son cheval !...

— Il a eu peur de se faire conspuer, pardi !

— Si *Lazzarone* avait voulu ! assurait un Phocéen...

---

(1) *Charrier*, chez les Grecs, signifiait : railler le vaincu, à cause de la coutume qu'on y avait de faire défiler dans un char, livrés aux quolibets de la populace, ceux à qui les armes avaient été contraires.

— Glorieuse incertitude ! remarqua un philosophe.

— Dire que j'ai donné le gagnant à des camarades de bureau ! soupirait un fonctionnaire...

— En attendant, ça va faire cher !

— Je vous crois, il était à 120/1 ! fit amèrement un partisan de l'écurie Baroun-al-Roschild...

— Pas plus ?... Il me semblait...

— Qu'est-ce qu'il vous faut !... Vous, au moins, vous touchez !

— Justement, j'aimerais mieux toucher davantage !

— Si vous n'aimez pas ça, je vous ferai monter de l'hydromel !... Donnez-moi donc vos tickets, je les toucherai pour vous...

— Pas si bête !...

Une exclamation formidable jaillit du public : on venait d'afficher les rapports :

```
21 GAGNANT  ......  1398 drachmes
21 PLACÉ  ..........   257 d. 50
 9    d°   ..........    26 d.
13    d°   ..........   159 d. 50
```

Les heureux preneurs d'*Adonis* se précipitèrent aux caisses de paiement ; ils n'étaient pas nombreux.

Les autres, pour masquer leur dépit, se consolaient par les suppositions les plus gratuites...

— Si *Ptolémée* avait gagné, disait l'un, il faisait tout de même 58 drachmes !

— Si je l'avais joué placé, expliquait un autre, je gagnais mille drachmes... C'était pourtant ma première idée !

— C'est égal, c'est la première fois qu'on voit un pareil rapport au Grand Prix !...

— Bien sûr, d'habitude, c'est toujours le favori qui gagne...

— Il y a certainement eu combine !...

— Dans quel siècle vivons-nous !...

— Dire que je l'avais dans la tête, ce sacré *Adonis* ! affirmait audacieusement un brave citoyen.

— Penses-tu ! riposta aigrement sa femme, tu voulais jouer *Petit Salé*, qui n'a même pas pu faire la moitié du parcours !

— Et toi ! qui t'emballais sur les chevaux de Kôtys, parce que tu aimes ses parfums !

Et tout le long du pesage, aussi bien qu'à la pelouse, s'éternisaient de stériles controverses.

Mme Phi-phi, triomphante, montrait à son époux ahuri un ticket de cent drachmes, portant le numéro 21.

Phidias ne s'intéressait jamais financièrement aux courses. Il n'y venait en général que par officielle obligation et ce jour, en particulier, dans l'espoir d'y apercevoir Aspasie.

— Tu as joué Alcibiade ? demanda-t-il, stupéfait... Je t'en félicite... mais sur quoi as-tu basé ton choix ?

— Le bleu d'azur de sa tunique me plaisait... dit Phi-phine.

Ce qu'elle n'ajoutait pas, c'est que le nom d'Adonis, porté par le cheval, éveillait en elle l'idée charmante d'un beau garçon, propre à inspirer l'amour...

Seul, le Pirée ne prenait point part à ces inutiles échanges de vues... La gorge sèche, ayant avalé toute sa salive pendant la fin de la course, il eût été d'ailleurs fort incapable de prononcer le moindre mot...

A l'affichage du gagnant, qui lui confirmait son indubitable ruine, le malheureux serviteur s'était effondré. Mais, se relevant aussitôt, il avait disparu avec une telle rapidité, que la matrone d'Ephèse eut un moment l'impression qu'il venait de commettre quelque larcin...

Les commentaires de la foule cessèrent enfin...

Le public se portait maintenant derrière les tribunes, où le propriétaire du cheval vainqueur allait être présenté au président de la République.

— Il va être content, suggéra quelqu'un, de féliciter son neveu...

— Détrompez-vous, fit un renseigné, il n'y a pas d'oncle pour le protocole...

En effet, Périklès et Alcibiade, maintenant face à face, semblaient véritablement se rencontrer pour la première fois.

Le directeur de la Société des Courses, grave et guindé, disait :

— Monsieur le président de la République, daignez m'accorder l'honneur de vous présenter le général Alcibiade, propriétaire du cheval *Adonis*, qui vient de remporter le Grand Prix.

Périklès, très amusé au fond, faillit s'écrier :

— Mais je l'ai connu tout petit !

L'inquiétude manifeste de son chef du protocole l'empêcha heureusement d'en rien faire.

Déjà Alcibiade, réprimant difficilement une folle envie de rire, déclarait, imperturbable :

— Monsieur le président de la République, c'est pour moi un très grand honneur dont je vous prie respectueusement d'être assuré que je sens tout le prix !...

Périklès répondit aussitôt, avec un bienveillant sourire :

— Monsieur, je suis très heureux de vous adresser, au nom de la République athénienne, mes très sincères félicitations...

« Je sais que vous êtes accoutumé à cueillir des lauriers, mais c'est là une brillante victoire...

Comme pour lui-même, il murmura :

— Et au moins, elle rapporte !

Puis, il reprit, plus haut :

— Six cent mille drachmes !... Hé ! hé !... c'est une somme... Je n'oserai pas dire, toutefois, qu'on ne la trouve pas sous les pieds d'un cheval !...

Cette fine plaisanterie, qu'il renouvelait tous les ans à la même occasion, fit rire tous les assistants, autant par habitude que par devoir. Alcibiade se mordait les lèvres pour ne pas pouffer.

Périklès manifesta le désir, spontané en apparence, de féliciter également l'entraîneur et le jockey. Mais la chose était si officiellement prévue et réglée, que les deux hommes se tenaient déjà, raides et compassés, devant le président...

Celui-ci arriva devant l'Ethiopien, qui se prosternait, son bonnet bleu à la main...

Le chef de l'Etat le dévisagea avec quelque surprise :

— Ah ! dit-il, c'est vous, le nègre ?... Eh bien... continuez !...

Le cortège gagna enfin la sortie.

Périklès demanda :

— Tout de même, pourquoi ne me présente-t-on jamais le cheval vainqueur ?... Il est bien pour quelque chose dans ces victoires !

Le chef du protocole s'empressa :

— Nous étudierons la question pour l'an prochain, monsieur le président !

La musique des hoplites républicains entonna bruyamment l'*Athénienne*...

A la faveur du vacarme, Périklès put glisser à Alcibiade, qui le saluait cérémonieusement :

— C'est égal, tu aurais pu me donner le tuyau !... Ah ! tu l'as, toi, le sentiment de la famille !...

Et il remonta dans son char, salué par une longue ovation...

CHAPITRE XII

FAITS DIVERS

Aspasie, gamine charmante, était superstitieuse comme toute femme en général et les Athéniennes en particulier. Elle croyait aux augures et ne prenait aucune décision sans les avoir consultés.

La rencontre simultanée d'un bossu, d'un hoplite et d'un cheval pie mettait en son âme naïve les plus vives espérances.

De même ne manquait-elle jamais, en croisant un char empli de paille, d'en arracher subrepticement un fétu, tandis qu'elle formulait un vœu.

Par contre, si elle coudoyait dans la rue un prêtre d'Isis, si elle voyait des corbeaux voler sur sa gauche, elle se trouvait aussitôt en proie aux plus sombres pressentiments...

Elle avait la terreur du nombre 13, des salières renversées, des couteaux mis en croix et du pain retourné.

Deux lampes brûlant ensemble étaient pour elle un oracle de mort, de même que trois cigarettes allumées par un unique tison.

Ces superstitions jouaient pour elle un grand rôle, et elle se plaisait à répéter, d'un petit air grave et têtu :

— Les présages, les songes ne sont pas des mensonges !

Aussi, depuis qu'elle avait fait la connaissance de Phidias s'inquiétait-elle de ce qui en pourrait résulter... Non qu'elle eût des visées spécialement ambitieuses, mais ne sied-il pas de penser aux lendemains ?...

Précisément ce jour-là, qui succédait au Grand Prix, elle résolut d'aller consulter Mme de Thèbes.

La célèbre pythonisse, dont la réputation était universelle, connaissait à ce moment une vogue sans pareille.

Présidente d'une association professionnelle, qui s'intitulait modestement « Les prévoyantes de l'avenir », elle devait à ce titre flatteur une fructueuse recrudescence de clientèle.

Toutes les classes de la société s'empressaient à ses consultations... La courtisane y coudoyait la plus authentique grande dame, l'une et l'autre trouvant également naturel d'y rencontrer de très humbles ouvrières...

Des auteurs en renom y venaient s'inquiéter du succès de leur prochaine pièce ; tels politiciens connus cherchaient à connaître d'avance le sort que réserverait le peuple à leur fin d'archontat.

Certains gros financiers tenaient à s'enquérir de la réussite de leurs affaires ou, plutôt, de l'impunité qu'ils pourraient attendre des pouvoirs publics.

Tout cela, joint à une adroite publicité et aux prophéties que Mme de Thèbes, au début de chaque année, publiait — au prix fort — dans les feuilles à la mode, conférait à la sibylle une incontestable autorité, en même temps qu'une fortune rondelette.

Ce lundi, donc, Aspasie se risqua pour la première fois chez la célèbre voyante.

Elle avait le cœur un peu serré en tirant le pied de cerf qui tenait lieu de cordon de sonnette... Qu'allait-elle apprendre ?...

Elle n'eut pas le loisir d'épiloguer longtemps sur cette angoissante question : une vieille Egyptienne venait de l'introduire dans le salon, et la priait de patienter quelques instants :

— Madame vient « de suite » ! affirma la servante en se retirant...

A cette heure matinale, les visites étaient rares chez la pythonisse. On y venait de préférence l'après-midi : de trois à quatre, « heure chic », c'était une véritable cohue.

Aspasie ne fut pas fâchée de se voir

seule, encore qu'elle s'en trouvât tout d'abord un peu surprise...

Elle promena ses regards étonnés autour de la pièce.

Devant elle une petite table, recouverte d'un tapis noir brodé de flammes d'argent, supportait divers objets hétéroclites dont il était impossible aux profanes de deviner l'usage... Un énorme chat angora y trônait, procédant à une consciencieuse toilette.

Le matou s'était à peine interrompu, une patte en l'air, pour examiner l'arrivante. Après un bref regard de son œil vert strié d'or, il se remit à lisser avec affectation sa toison noire et brillante.

Sur un trépied d'ébène, un vase de métal ciselé où brûlaient des parfums âcres...

Un immense fauteuil en cèdre du Liban, de style ultra-futuriste, se couronnait, très haut, d'une énorme chauve-souris naturalisée dont les larges membranes, frissonnant au moindre courant d'air, semblaient parfois battre encore leur dernier vol, lourd et hallucinant...

Les murs étaient uniformément tendus de velours noir également brodé d'argent. Les plus étranges animaux paraissaient s'y être donné rendez-vous, depuis l'Hydre de Lerne jusqu'au Dragon des Hespérides, qui voisinait avec le monstre fabuleux de la Toison d'or. Des oiseaux bizarres : chiroptères, rapaces diurnes et nocturnes, dont le dessin ne pouvait être issu que du cerveau de quelque fou, finissaient de mettre une vision d'épouvante dans cette tapisserie fantastique...

A un mince fil d'argent descendant du plafond, se suspendait une gigantesque araignée d'étoffe grise, qui paraissait guetter la chauve-souris empaillée. Ses pattes métalliques, agitées d'un perpétuel tremblement, donnaient une affolante impression de marche...

Aspasie en eut un brusque mouvement de recul.

Avant qu'elle se fût ressaisie, une voix de crécelle lui criait dans le dos :

— Méfiez-vous, fillette !... Les Enfers sont les Enfers !... Je sais que vous êtes jolie... sentinelle, prenez garde à vous !

Dressée d'un seul bond, la gamine s'était retournée aussitôt, terrorisée...

Un gros et gris perroquet jaco, agitant allégrement sa queue rouge, la dévisageait d'un œil rond.

Elle le contemplait de son côté avec effarement. Elle avait peine à croire, en dépit de ce qu'elle avait entendu dire, qu'un tel oiseau pût aussi parfaitement imiter le langage humain !

Comme pour l'en convaincre, il reprit :

— Les hommes font pleurer les femmes... et j'en sais d'immortels qui sont des purs sái...

Aspasie s'était vivement reculée...

Ce qui se passait dans cette étrange maison l'impressionnait désagréablement, et elle commençait à se sentir envahie par l'angoisse...

Un léger frisson, déjà, l'agitait...

Heureusement une porte s'ouvrit, lentement, et Mme de Thèbes parut...

— Ah ! s'écria la jeune fille, avec une telle expression de joie que la chiromancienne s'en trouva secrètement flattée...

La digne personne semblait n'être plus très jeune.

De longs cheveux blancs, épandus sur les épaules, lui donnaient un aspect curieux mais imposant... Un large serre-tête noir les enserrait à hauteur du front...

Son ample robe, conforme à l'agencement du salon, était noire aussi ; les broderies argentées y dessinaient les signes du zodiaque, des étoiles, un croissant de lune et une tête de mort... Sur la poitrine, des paillettes d'acier brun formaient un sphinx funèbre...

D'un bras chargé jusqu'au coude de bracelets lourds et précieux, elle invita sa visiteuse à s'asseoir :

— Que désirez-vous, mon enfant ?... demanda-t-elle... L'explication d'un songe, le raisonnement de quelque oracle ?...

La voix était douce, persuasive et, du moins, rassurante.

Aspasie, un peu moins troublée, était cependant encore trop impressionnée pour pouvoir répondre.

Mme de Thèbes reprit, aimable :

— Préférez-vous le marc de café ?

— Merci bien, madame, j'ai pris mon café en venant, déclara la gamine...

Puis, s'armant de courage, elle déclara d'un trait :

— Voilà... Je voudrais connaître mon avenir... je connais suffisamment le passé et le présent...

— Le présent ? ce n'est qu'un peu d'avenir qui devient du passé ! fit gravement la pythonisse.

« En somme, c'est le grand jeu qu'il vous faut !...

« Eh bien, je vais consulter les tarots, d'après le livre de Thot... S'il y a lieu, nous demanderons ensuite des précisions au sommeil hypnotique...

— Chiqué !... Chiqué !... s'écria soudain le jaco, qu'on eut toutes les peines du monde à faire taire.

Mme de Thèbes prit dans son tiroir un paquet de cartes égyptiennes ; les ayant longuement mêlées, ce qui lui donna le temps d'étudier sa cliente et de tirer de cet examen quelques déductions psychologiques, elle lui présenta les tarots :

— Coupez ! dit-elle... de la main gauche !... là, merci !

Ayant disposé successivement ses cartes

en un nombre de paquets sans cesse renouvelés, elle les aligna en lignes parallèles, puis les remêla, fit recouper, et demeura quelques minutes dans une attitude méditative, les sourcils froncés, comme pour arracher de force leur secret aux inoffensifs cartons...

Elle murmura ensuite quelques nombres, qu'elle accompagnait de commentaires variés :

— 74... un cadeau... 9... en toute justice... trois as... nouvelle favorable... 35... une chute... 2... la générosité...

« 36, 48, 63... mariage... 5... fâcheuses complications...

Aspasie, très impressionnée, observait ce manège sans oser souffler mot. Les quelques paroles qu'elle avait entendues ne lui semblaient d'ailleurs guère pouvoir se rapporter à son humble sort - réserves faites pour la chute et les fâcheuses complications...

Mme de Thèbes refit de nouveaux mélanges, varia le dispositif de ses tarots et commença à donner à leur oracle un sens plus précis...

— As de pique (1)... 8 de trèfle... Roi de trèfle,,, 9 de cœur... 10 de carreau... 9 de trèfle... lut-elle sur une première rangée...

Et elle traduisit aussitôt :

— Succès d'amour qu'un homme brun vous apportera.

Puis, tout d'une traite, elle interpréta les autres groupes de cartes :

— 10 de trèfle... dame de carreau... as de trèfle... 8 de carreau...

« Grand succès pour vos amours et votre fortune ; une femme — une rivale — cancanera sur cette réussite...

« Valet de carreau... roi de cœur... 8 de trèfle... as de cœur...

« Un jeune homme — sans doute un domestique — vous portera une bonne nouvelle sur vos affaires d'argent et d'affection...

« Dame de pique... roi de trèfle... 9 de cœur...

« En dépit d'une rivale, l'homme brun assure votre triomphe...

Aspasie demeurait interdite : tout cela cadrait si peu avec sa situation !

Et puis, elle ne voyait pas d'homme brun dans ses préoccupations actuelles.

« Phi-phi est acajou, pensait-elle... et encore, ses cheveux ne sont pas à lui !... »

Mme de Thèbes résuma l'oracle :

(1) Ce n'est point par ignorance que nous laissons aux cartes leurs noms modernes ; le tome VII du *Larousse* peut du reste en remémorer à chacun l'appellation antique. Mais nous avons pensé que le lecteur suivrait ainsi plus commodément les oracles des tarots, et nous ne sommes pas autrement fâché, par ailleurs, de témoigner de notre rigoureuse documentation en matière de cartomancie. — Consultations à partir de 3 Frs. 75. (*Note du traducteur.*)

— En somme, mon enfant, il y a dans votre vie, un brun, homme de loi ou militaire, peut-être les deux ensemble, qui vous aime et fera votre fortune...

« Il est célèbre !...

— Oh ! oui, confirma la gamine... c'est un grand artiste !

— Voilà : un artiste, grand, mince, avec de longs cheveux noirs !...

— Mais non... il est plutôt bedonnant, et le plus souvent chauve !...

— Parfaitement !... il peut porter perruque... possède une immense fortune !

— Je le suppose, mais je n'en sais rien...

— En tout cas, ça finira par un mariage...

— Pas possible : il est déjà marié...

— Eh bien, ça finira par un hymen avec un autre monsieur !

— Alors, c'est le second qui sera brun ?

— Quand il coiffera sa perruque, oui... Comme ça, tous les hommes sont frères !

— Il y en a tellement qui sont noceurs ! remarqua Aspasie, l'air désabusé.

Avec une moue, elle ajouta :

— Et ce mariage, faut y passer ?

— Tout bonheur que l'hymen n'atteint pas n'est qu'un rêve !... dit sentencieusement la voyante.

L'horoscope était terminé ; Mme de Thèbes se leva :

— Vous voilà renseignée, ma petite, fit-elle... J'espère que votre avenir vous laisse sans inquiétude...

La gamine le reconnut avec admiration :

— Je vous crois !... Vous m'en avez annoncé des belles choses... C'est épatant, ça... C'est magnifique !... c'est...

— C'est dix drachmes, conclut la sibylle en souriant aimablement.

— Les voici, madame !

— Et ne manquez pas de revenir me voir, mon enfant, si vous aviez encore besoin de moi..

Déjà, Aspasie se retirait, heureuse et confiante...

Du palier, elle entendit encore Mme de Thèbes qui, se remettant sans doute un nuage de poudre, fredonnait joyeusement :

— Ah ! je ris de me voir sibylle en ce miroir !...

Et, radieuse, telle une jeune fauvette aux premiers feux de l'aurore, elle se dirigea vers les ateliers de Phidias.

Une femme l'y devançait.

C'était Cynthia, venue pour prendre des nouvelles de son ami le Pirée, dont elle commençait à se trouver inquiète.

Ne lui avait-il pas fixé un rendez-vous pour le soir du Grand Prix au *Psittakos*, la plus élégante boîte d'Athènes ?

Or, elle l'y avait vainement attendu, jusqu'à une heure assez avancée, et ne s'était que difficilement débarrassée d'un vieux monsieur qui s'entêtait à vouloir lui offrir des écrevisses arrosées d'hydromel sec.

Elle ne souçonnaait pas les graves raisons qui obligeaient le Pirée à manquer de parole.

Le malheureux, assommé par la défaite du fameux cheval qui eût dû si sûrement l'enrichir, était rentré seul et piteux à l'atelier de son maître... *Ptolémée* avait anéanti sous son sabot vaincu toutes les félicités entrevues.

— Etre battu de si peu ! soupirait l'infortuné serviteur.

Il en avait les larmes aux yeux.

Mais ce qui l'exaspérait le plus, c'était d'avoir, à la dernière seconde, oublié follement tous les principes de sagesse dont il s'était cuirassé !

— L'animal ! murmurait-il, comme pour se trouver une excuse, il avait si bel aspect !

« Que ne l'ai-je joué placé, ainsi que je me l'étais juré ! J'aurais du moins maintenant trente six mille drachmes de bénéfice !...

Sa ruine personnelle n'entrait cependant que pour une faible partie dans ses inquiétudes. Ne connaissait-il pas mille et une manières de récupérer rapidement de l'argent pour ses menus frais ?

Seulement il y avait — ou, plutôt, il n'y avait plus — les statues de Phidias !

Qu'allait dire le maître, quand il constaterait la disparition de ses magnifiques œuvres, orgueil de l'Hellade ?

Le Pirée n'en répondait-il pas, en quelque sorte, devant la postérité ?... Il commença à connaître le remords !...

La nuit fut affreuse pour lui : incapable de trouver le moindre sommeil, il songea au suicide, puis à la fuite.

Il envisagea la possibilité de solder à Jules Lévy ce qui restait chez Phi-phi, et de s'expatrier avec l'argent de la vente.

— Pendant que j'y suis !... se disait-il...

En désespoir de cause, il grilla coup sur coup plusieurs des cigares de son bon patron et attendit le jour, stoïquement résigné aux catastrophes qu'il pouvait attendre du lendemain...

Enfin, à l'aube, il cessa de penser, il oublia tout...

Il oublia même que le sculpteur avait convoqué pour ce matin-là les petits modèles si délibérément renvoyés par lui...

Ces jeunes personnes n'eurent garde de manquer au rendez-vous. Quand elles pénétrèrent dans l'atelier, elles aperçurent le Pirée qui, assis sur son divan, les mains jointes entre ses genoux, levait au ciel des regards éplorés.

Il était si pitoyable que, sans rancune, elles lui demandèrent avec compassion :

— Eh bien quoi, mon vieux, ça ne va pas ?

Il tourna vers elles ses yeux hagards :

— *Ptolémée*... dans les choux ! gémit-il, effondré.

Elles tentèrent de le consoler :

— Bah ! plaie d'argent n'est pas mortelle !

— Tout ça n'est rien quand on a la santé !...

— Tu seras plus heureux une autre fois !...

D'un geste impérieux, il leur imposa silence :

— La banqueroute est à ma porte, et vous délibérez ? cria-t-il, farouche...

Et, tremblant, lamentable, il fit d'une voix blanche toute sa confession... Parler le soulageait un peu...

Il expliqua comment et pourquoi il avait vendu les œuvres de son maître : l'infaillibilité du tuyau excusait cette petite audace... il aurait tout racheté dès le lendemain... Et puis, l'idée saugrenue qui avait soudain germé en lui de jouer *Ptolémée* gagnant...

Frémissant, il leur raconta la course, mimant son arrivée pathétique, et il s'écroula, bégayant encore :

— Dans les choux !

Maintenant, il pleurait à chaudes larmes, bruyamment, comme un jeune veau trop tôt arraché au sein de sa mère...

Compatissantes et émues, les jeunes filles lui tamponnaient gentiment les yeux avec leurs mouchoirs, cherchant en vain un moyen de le tirer de ce mauvais pas...

— Si l'on faisait une offrande à Minerve ! dit une autre...

— Ne blasphème pas !... Elle est toute sagesse et raison...

— Tu m'énerves, avec ta Minerve ! dit une autre.

— Mais elle a d'autres chiens à peigner !

— Tant pis ! Je l'invoque tout de même !...

La déesse dut être sensible à cette ferveur...

Cynthia entra, en effet, ce qui amena un premier sourire aux lèvres pâlies de son galant.

Epouvantée de le voir ainsi affaissé, elle se précipita vers lui, le prit dans ses bras, et le couvrit de douces caresses et de tendres baisers...

Tandis qu'elle lui prodiguait les noms des oiseaux les plus rares, des fleurs les plus brillantes, ses jeunes camarades lui expliquèrent la situation...

— Je suis déshonoré ! glapit le Pirée... Et encore, ça n'est rien... mais je vais perdre ma place !

— Tais-toi donc ! fit Cynthia... D'abord, ne te plains pas d'avoir perdu : malheureux au jeu, heureux en amour.

Il la remercia d'un affectueux regard, mais, peu convaincu, hocha tristement la tête...

— J'ai une idée ! cria soudain la belle...

— Laquelle ?

— Le plus pressé est de gagner du temps... on habituera peu à peu Phidias à la disparition de ses œuvres... L'essentiel est qu'il les trouve sur leur socle en arrivant !

— C'est impossible, voyons !... Tu penses bien que Jules Lévy, me les ayant payées...

— Et nous ? coupa orgueilleusement Cynthia, ne sommes-nous pas des statues vivantes ?... A partir de maintenant, c'est nous qui sont les déesses !

— Hé !... tu n'es pas de marbre !

— Ferme ça !... Nous prenons leur place, leur pose et, en demeurant soigneusement immobiles, nous ferons illusion au maître !

— D'ailleurs, il ne les regarde jamais beaucoup...

— Parbleu : il les connaît !

— Comme s'il les avait faites !

Joyeuses, les jeunes filles battirent des mains. Cette ingénieuse solution, tout en donnant au serviteur le temps de réparer sa faute leur promettait quelques heures de plaisir.

Le Pirée lui-même, cessant de gémir et de se résigner, murmura :

— Pour une idée, ça, c'est une idée !...

Il bondit sur Cynthia, qu'il serra longuement sur sa poitrine, attestant les dieux que nulle femme n'était comparable à celle-là pour l'astuce et la subtilité.

Puis, subitement, retrouvant tout son sang-froid, il dénoua la douce étreinte :

— Ce n'est pas tout ! cria-t-il, faudrait voir à voir !

Se prenant le menton à deux doigts, il se plongea en de courtes mais profondes méditations, et murmura :

— Ici, les Athéniens s'atteignirent, les Perses se percèrent, les satrapes s'attrapèrent, et les Mèdes...

— Oh ! crièrent les modèles d'une même voix scandalisée.

— Eh bien, quoi ? termina-t-il, très digne. les satrapes s'attrapèrent et les Mèdes m'aidèrent !

— Ah ! soupira le chœur, rassuré.

— Trêve de plaisanteries ! intima le Pirée, tout à fait à son aise maintenant... ça presse !... Balancez-moi vos bas, tuniques, liquettes (1) et tous autres objets incompatibles avec l'état de déesses !

<hr>

(1) *Liquette :* corruption grecque d'un mot latin que l'on retrouve dans l'expression populaire *non liquet*, qui signifie *ça n'est pas clair*. Lorsque le costume d'une femme était *non liquette* cela prouvait, en effet, qu'elle nourrissait de noirs desseins ou, tout au moins, qu'elle avait pudiquement éteint sa lumière.

Quelques fillettes semblaient hésiter :

— Ne vous en faites pas pour vos charmes, dit-il, j'ai été nourri par ma mère... et je ne suis pas encore sevré !

Comme elles paraissaient choquées, il ajouta :

— Mais j'ai souvent changé de nourrice !...

« Toi, la grande, grimpe ici. Tu seras la Vénus Callipyge... la main droite sur ton cœur, l'autre relevée gracieusement au-dessus de l'épaule gauche, comme si tu pressais une éponge pour te fourrer une douche en attendant qu'on invente un appareil spécial !... Les yeux au ciel !... là, parfait !...

« Toi, la blonde, colle-toi là. Tiens-toi raide, les bras au corps, genoux rapprochés, jambes jointes, les talons réunis autant que ta conformation le permet, les yeux fixés à quinze pas devant toi !... Voici !... Ah ! tes cheveux blonds flottant, quelques mèches ramenées sur les épaules... Tu feras une Artémis parfaite...

Reprenant de plus en plus confiance, il se laissa aller jusqu'à fredonner :

Artémis',
Avec quel art t'es mis' !

Successivement, avec une ardeur fébrile, il installa une Athéna majestueuse, une pudique Phryné, une Bacchante échevelée et une Circé ensorceleuse.

Il ne restait plus que Cynthia :

— Alors, demanda-t-elle, espiègle, je ne suis pas de marbre ?

— Si, si ! rectifia vivement le Pirée... Monte là-dessus !

Tandis qu'elle se hissait sur un socle, obsédé par cet air qui, décidément, l'inspirait de façon toute spéciale, il lui chanta amoureusement :

Monte là-d'sus ! Monte là-d'sus !
Monte là-d'sus
Et tu verras mon marbre !...

Il lui indiqua une pose nonchalante et lascive :

— Tu es Galatée ! déclara-t-il...

Et, se laissant tomber sur un tabouret, il ajouta :

— Et moi, je suis Acis !...

— Alors, qu'est-ce que je fais ? demanda Cynthia.

— Rien !... Mais, justement, tu penses : « Ah ! qu'il est doux de ne rien faire quand tout s'agite autour de nous ! »

« Hé là !... Ce n'est pas une raison pour vous agiter comme ça, vous autres !...

« Ne bougeons plus !...

D'un air connaisseur, il examinait l'ensemble :

— Admirable !... Merveilleux ! déclara-t-il.. Si je ne savais pas de quoi il retourne, j'y serais pris moi-même !...

Le carillon de l'entrée retentit :

— Bigre ! murmura le Pirée, il n'était que temps ! V'là le patron !...

D'un dernier regard il embrassa les « déesses » ; d'un ultime geste il implora leur immobilité absolue et, d'un pas rapide, il courut ouvrir.

La stupéfaction et le respect le clouèrent sur place . le président de la République en personne était devant lui...

Le serviteur, saisi, bafouilla :

— Monsieur le président... c'est trop d'honneur...

Puis, d'une voix de tonnerre, il cria, dans la direction des modèles :

— A vos rangs... fixe !...

Périklès, très froid, demanda :

— Phidias est à son atelier ?

— Pas encore, monsieur le président... il ne s'attendait certes pas à votre auguste visite, mais il ne saurait tarder...

— C'est bon !... Je vais l'attendre en admirant ses œuvres... Conduis-moi, je te suis !

Le Pirée, troublé à l'extrême, et contraint d'autre part de passer devant, en oublia de fermer la porte... Il pensait bien à cela, d'ailleurs...

Son audacieuse supercherie n'allait-elle pas être promptement démasquée ?...

Bégayant, saluant jusqu'à terre. il parvint enfin — non sans avoir plusieurs fois trébuché — jusqu'à la salle où les jeunes filles, la curiosité aiguillonnée, se demandaient qui pouvait être le citoyen annoncé à l'extérieur.

L'ordre du domestique leur avait heureusement imposé une prudente immobilité. Le regard suppliant qu'il leur adressa en entrant était, sur ce point, superflu.

Elles avaient, du reste, tout de suite reconnu le président et, fortement impressionnées. se figeaient dans l'attitude indiquée, retenant leur souffle, pour paraître aussi statues que le pouvaient des statues qui n'en étaient point.

Le Pirée, ravi, reprit confiance ; il les remercia d'un imperceptible mais affectueux coup d'œil, et s'empressa auprès de son présidentiel visiteur.

Périklès, tombé en arrêt devant les modèles, semblait pénétré d'admiration...

— Prodigieux !... déclarait-il... Quel génie que ce Phidias !... Il a su donner au marbre les tons mêmes de la chair !

« Que dis-je !... c'est plus beau encore que la nature !

Du bout des doigts, presque timidement, il effleura le mollet d'Aphrodite ; un imperceptible tressaillement sembla parcourir la peau fine de la déesse.

— Oh ! s'extasia le président... l'illusion est si parfaite que l'on croirait voir frémir le marbre dès qu'on le touche !... C'est affolant, en vérité !... Je dirai même plus : c'est affolant !... Quel artiste !

Il manifestait un tel enthousiasme, il semblait vraiment mettre tant de bonne volonté à se laisser abuser que les petites femmes en perdirent soudain tout respect : comme il gagnait un autre coin de l'atelier, elles abandonnèrent leurs poses pour des attitudes que n'avaient apparemment jamais prévues la mythologie ni le génie de Phidias... les unes faisant des pieds de nez, les autres tirant la langue ou grimaçant plus comiquement encore.

Ces gamineries terrorisaient le Pirée.. A la seule idée que Périklès pouvait se retourner, il en était lui-même tout retourné.

Ses supplications muettes eurent cependant raison de l'espièglerie des modèles...

Le président était d'ailleurs en extase devant Cynthia.

— Oh ! murmura-t-il, cette Galatée !... Quelle ligne !... Quelle poitrine... quelles hanches !...

— Hanches pures, hanches radieuses ! ponctua le domestique.

Périklès promenait une main complaisante sur les jambes de la déesse, qui s'en trouva désagréablement chatouillée...

Redoutant une catastrophe — et peut-être vaguement jaloux — le Pirée intervint :

— Ne touchez pas, monsieur le président... le marbre, c'est tellement salissant !...

— Mais, mon ami, je n'ai pas les mains sales !

— Justement, ce Paros pourrait vous les maculer...

Périklès, prudent, se retourna...

Il était temps : Cynthia, énervée par cette séance prolongée de palpations, éprouvait le besoin de se détendre un peu. D'un mouvement brusque, elle lança sa jambe en avant ; le bout du pied nu, accrochant la perruque épaisse du président, la fit sauter en l'air...

Le haut personnage, saisi, s'écria :

— Oh !... ma moumoute !

Celle-ci, déjà, retombait mollement à terre.

Cynthia, épouvantée, avait bien vite repris l'immobilité requise...

— C'est curieux, s'étonna Périklès. j'ai eu l'impression que quelqu'un, passant derrière moi, m'avait soudain enlevé ma réchauffante !

— Erreur ! monsieur le président, déclara effrontément le Pirée, tout en ramassant la toison postiche... Il n'y a personne ici, que vous et moi... et ces statues... Mais n'ont-elles pas les meilleures raisons du monde de se tenir tranquilles !

Un sévère coup d'œil aux modèles donna à ces dernières paroles un commentaire éloquent. Et le domestique conclut avec assurance :

— Pour moi, c'est le vent !

— Il y a, en effet, quelque courant d'air, chez vous, remarqua Périklès, rajustant sa perruque et son bonnet phrygien.

« Et par là, demanda-t-il ensuite, peut-on voir ?

Il désignait une autre pièce, fermée aux regards. Le Pirée se précipita.

— Par ici, monseigneur, nous avons les draperies précieuses, les bronzes rares, toutes les riches collections du maître.

« Et vous savez, ça, c'est pas du faux ! On peut toucher !

« Entrez, entrez ! Spectacle unique, et inconnu jusqu'à ce jour !...

« Entrez, et ne craignez rien : on ne paie qu'en sortant !

Portant sa main à la tenture, il ajouta obséquieusement :

— Si Monsieur le président veut se donner la peine d'entrer... je vais avoir l'honneur de piloter Monsieur le président !...

Mais Périklès, que ce flot de paroles avait sans doute étourdi, protesta doucement :

— Non, non, mon ami... ne vous donnez pas la peine. Continuez votre travail... je visiterai bien tout seul...

Et il entra délibérément, laissant retomber derrière lui la lourde tenture.

Le Pirée se hâta de revenir vers les statues.

D'un plumeau rageur, il affectait de les épousseter, mais ce n'était là qu'un prétexte pour pouvoir leur reprocher, à voix basse, un manque de tenue incompatible avec la dignité bien connue des déesses, leur Olympe fût-il de fantaisie.

La véhémence qu'il mit à proférer ces vérités premières empêcha le serviteur d'entendre un cri de surprise, jailli soudain dans la pièce où s'était aventuré Périklès.

— Oh !... Qu'est ceci ?

« Ceci », c'était tout bonnement Aspasie...

Arrivée depuis quelques instants, elle avait trouvé ouverte la porte de la rue. Un rapide coup d'œil dans l'atelier lui ayant à la fois révélé l'absence de Phi-phi et la présence de gens inconnus, elle s'était discrètement glissée dans cette salle, repérée lors de sa première visite.

Sagement installée sur une banquette, l'esprit tout occupé des prophéties de Mme de Thèbes, elle attendait les événements.

Le président, charmé par une apparition qu'il trouvait d'autant plus exquise qu'elle lui était parfaitement inattendue, vint s'installer sans façon auprès de la gamine, oubliant totalement les buts artistiques de sa noble présence.

Après quelques secondes de silence, où quelques regards, lancés à la dérobée, avaient seuls exprimé ses impressions, Périklès sentit qu'il convenait de rompre les chiens :

— Eh ! eh ! fit-il avec malice.

— Ah ? répondit pudiquement Aspasie.

Après un léger temps de muet recueillement, la conversation s'anima :

— Il fait beau, aujourd'hui ! affirma le président.

— Oh ! oui, monsieur...

— Et il ne pleut pas !

— Ça, c'est vrai : quand il pleut, il ne fait jamais beau ! remarqua judicieusement la jeune fille.

— Voilà !

— Voilà !

Un peu de froid suivit ces intéressants échanges de vues, meublé seulement par les soupirs dont Périklès accompagnait ses œillades...

Aspasie eut pitié de cet embarras.

— Alors, gouailla-t-elle, c'est tout ?

— Pour le moment, oui...

— Ah ! non ! c'est un peu court, jeune homme !

— Oh ! mais j'en pense bien plus long'

Cette naïve réponse dut suggérer à la gamine des sous-entendus dont son interlocuteur était bien innocent :

— Polisson ! fit-elle en éclatant de rire.

Périklès sursauta.

Craignant d'avoir été trop loin, elle reprit aussitôt :

— Comment se fait-il que vous soyez ici ?

— J'attends Phidias...

— Ah ! vous venez pour le maître !...

— Pour causer... précisa vivement l'oncle d'Alcibiade.

Puis, constatant que sa jolie voisine le dévisageait avec quelque intérêt, il lui susurra sans ambages :

— Si je vous le disais, pourtant, que je vous aime... qui sait, blonde aux doux yeux, ce que vous en diriez !...

— Mais, monsieur...

— Vous avez une si jolie bouche, on en mangerait !

— C'est que je ne fais pas le détail : tout ou rien !

— J'aime mieux tout !

— A la bonne heure, vous n'y allez pas par quatre chemins.

— En amour, je n'en connais qu'un !

— Sans doute, mais il y a trente-deux façons de faire le voyage !

— On dit ça !... répondit évasivement Périklès.

Brusquant les choses, il demanda :

— Quand on vous voit, on vous aime... Quand on vous aime, où vous voit-on ?

— Heu !... fit Aspasie, interloquée et

prise de court... je ne sais pas, moi... chez vous, si vous voulez...

Le président parut s'amuser beaucoup à l'évocation d'une telle perspective

— Chez moi ?... dit-il.

Puis, il crut devoir poser une question :

— Savez-vous qui je suis, mon enfant ?

— Un vieux cochon ! affirma-t-elle sans hésiter.

— Peut-être... Mais je suis aussi le chef de l'Etat !

La gamine fut aussitôt debout :

— Périklès ! murmura-t-elle, interdite.

— Soi-même !

— Oh ! je suis honteuse de mon sans-gêne !... Pardonnez-moi !

— Il n'y a aucun mal, voyons !... Vous êtes si jolie !...

Cet échange de congratulations fut brusquement interrompu par le Pirée qui, survenant en trombe, était demeuré sur le seuil.

— Excusez-moi, monsieur le président, balbutia-t-il, stupéfait, je vous croyais seul...

Se tournant vers Aspasie, il demanda sans aménité :

— Ah çà ! par où donc êtes-vous entrée, vous ?

— Pas par la fenêtre, bien sûr !...

« Vous savez bien que je suis convoquée par M. Phidias ! Est-ce qu'il est là ?...

Sans attendre la réponse, elle passa devant le domestique ahuri, et, délibérément, pénétra dans l'atelier...

Périklès s'empressa de l'y suivre, murmurant avec passion :

— Mademoiselle, voulez-vous me permettre ?...

Le Pirée, fermant rageusement la marche, dut brandir un plumeau menaçant vers les modèles, que ce spectacle semblait divertir prodigieusement.

— Mademoiselle, renouvela Périklès à l'oreille d'Aspasie, voulez-vous me faire le plaisir d'assister, en ma compagnie et dans ma loge, à la première de la pièce d'Aristophane ?

— Comment donc, mais tout de suite...

— C'est un peu tôt : elle n'a lieu que jeudi... si on ne la remet pas...

— Réflexion faite, je préfère ça... je ne puis tout de même pas me montrer à vos côtés avec cette pauvre petite tunique de quatre oboles !

— Qu'à cela ne tienne !... Allez de ma part chez « Mylène et Mylène », avenue des Champs-Elysées, et commandez-vous tout ce qu'il vous plaira... Je vais faire donner des ordres !

La gamine, émerveillée, murmura :

— Eh ben ! ça... c'est rudement chic !

« Oh ! ajouta-t-elle soudain en le regardant... vous êtes brun !

— Heu !... heu ! fit modestement Pé-

riklès, sans bien comprendre d'ailleurs l'importance de cette constatation...

Il n'eut guère le loisir d'approfondir la chose: Aspasie, qui venait de lui sauter au cou, déposait sur les joues présidentielles deux baisers sonores.

Son mouvement trop prompt fut fatal à la coquetterie de Périklès : pour la seconde fois, sa chevelure roula sur le sol.

— Oh ! balbutia la gamine, toute saisie... la perruque... Mme de Thèbes...

Le président constata que sa conquête avait décidément des réflexions bien étranges ; mais elle lui plaisait déjà tellement que ce léger détail ne fut à ses yeux qu'un attrait de plus.

Piteuse, Aspasie ramassait le postiche et le tendait à son légitime propriétaire, cherchant en vain quelque phrase d'excuses...

— Ne vous désolez pas, mon petit, lui dit paternellement Périklès, il n'y a pas de mal... au contraire !

— Au contraire ?

— Hé ! oui : je préfère que vous soyez tout de suite fixée à mon sujet... Ainsi, je ne vous cacherai pas plus longtemps que je suis chauve...

— Comme ça se trouve, j'adore ça !

— Chère petite !

— Les cheveux, est-ce que ça compte en amour ?

— Le fait est !... et puis, les chauves se rattrapent par tellement de qualités !

— Bien sûr !

— En général, ils sont intelligents et bons...

— Sympathiques...

— Généreux...

— Et ça, c'est des chauves qu'une femme n'oublie pas ! affirma la gamine, qui était avant tout pratique...

Le Pirée, spectateur muet de cette scène, se cacha la tête dans son plumeau pour pouvoir enfin rire à l'aise...

Périklès l'interpella.

— Jeune homme, fit-il, vous direz à votre maître que, pressé par les affaires de l'Etat, il m'est impossible de prolonger mon séjour ici...

« J'en suis d'ailleurs le premier désolé ! ajouta-t-il en coulant un doux regard vers Aspasie...

« Je téléphonerai tantôt pour lui fixer rendez-vous.

Le domestique s'inclina.

— Allons, reprit le président revenant à la gamine, je dois rentrer, ma toute belle.

Il lui baisa galamment la main.

— Tous mes hommages !... Et à jeudi, si j'étais privé du bonheur de vous revoir plus tôt...

— Ce n'est pas une blague, au moins ? murmura timidement Aspasie... Vous n'allez pas me laisser choir ?...

— Y pensez-vous ! protesta-t-il avec chaleur, quand j'ai encore sur mes joues le feu de vos baisers !

« J'atteste les dieux que ces joues ne me quitteront plus !

Sur ces paroles éminemment profondes, il se retira, accompagné respectueusement par le Pirée, qui lui rendit les honneurs avec son plumeau...

La gamine, songeuse, le suivit du regard :

« Un homme brun, une perruque... riche... et il m'aime... Il m'épousera...

« Mme de Thèbes l'a dit !... »

Sur leurs socles, les modèles, qui souhaitaient depuis un moment le départ de l'importun, étiraient leurs membres engourdis en poussant des soupirs de soulagement .

Aspasie, sans leur prêter autrement d'attention, continuait à songer à l'avenir...

« Fassent les dieux, pensait-elle, que Mme de Thèbes ne se soit pas trompée ... »

Perdue dans son rêve, elle commença tranquillement à se dévêtir : cothurnes, chlamyde et chitonion se rejoignirent bientôt sur un banc...

Les statues, stupéfaites, la regardaient faire...

Le Pirée rentra :

— Ouf ! s'écria-t-il, finies enfin les corvées officielles !

Il découvrit la gamine, au moment où elle était déjà largement découverte ; aussi furieux que surpris, il l'interpella :

— Non mais, ne vous gênez plus, vous ! Ah çà ! qu'est-ce qui vous arrive ?... Les dieux me savonnent, vous êtes en culotte ? En voilà un culot !...

— Puisque je viens pour la Vertu !

— Ah ! oui, j'oubliais... Eh bien, en attendant l'Amour, retournez donc dans la pièce à côté !...

La sonnette de l'entrée s'agita, impérieuse.

— Vous n'aurez pas longtemps à attendre, voici le maître !

Aspasie, à cette annonce, estima qu'elle n'avait plus aucune raison de se cacher.

Le petit bonhomme, qui s'était précipité vers la porte, rentra précipitamment :

— Attention ! cria-t-il, affolé, c'est pas le patron, c'est la patronne ! En place, les statues !

Il y eut un brouhaha indescriptible. Les modèles, en hâte, s'efforçaient à reprendre leurs poses. Le domestique, sous couleur d'affecter une grande application au travail, les stimulait d'un plumeau vigilant. Aspasie, peu soucieuse de se retrouver en présence d'une femme doublement antipathique, faisait un paquet de ses vêtements et courait vers la loge réservée aux modèles...

Trop tard !

Mme Phi-phi, hautaine et menaçante, arrivait déjà devant les statues, à qui la terreur donnait une immobilité inespérée...

Apercevant la gamine charmante, l'épouse du sculpteur rugit :

— Encore vous !...

« Je vous conseille de filer, et tout de suite, si vous ne voulez pas que je vous fasse jeter dehors par ce valet !...

Furieuse, Aspasie laissa tomber son paquet et posa crânement les poings sur ses hanches :

— Ta bouche ! répliqua-t-elle... Et touche-moi un peu, grande sauterelle... Je te ferai voir de quel bois je me chauffe !

— Du bois de lit, sans doute ? ricana Mme Phidias... Retournez donc dans votre quartier !

— Dans mon quartier, madame. on s'en fout !...

La gamine, cessant brusquement d'être charmante, bondit la main levée...

Phi-phine s'arc-bouta, toutes griffes dehors...

Elles se précipitèrent impétueusement l'une sur l'autre... et le Pirée reçut, à droite une formidable gifle tandis qu'à gauche, une main rageuse lui labourait consciencieusement la joue...

L'imprudent, ayant tenté de séparer ces deux furies, s'était inconsidérément fourré entre l'arbre et l'écorce.

Les combattantes, ayant assouvi sur lui le premier feu de leur rage, se séparèrent.

Mme Phi-phi, sans s'inquiéter du sort de l'infortuné serviteur, ordonna :

— Jetez dehors cette inclinée !

Très digne, elle se retira ensuite dans le petit salon, dont la tenture complice lui avait permis un jour de détailler une académie princière et prometteuse...

Aspasie, qui s'était vivement rhabillée, battit en retraite dans le sens opposé. Mais, sans quitter tout à fait la place, elle se dissimula dans le vestibule et dans l'intention évidente de faire part à Phidias, dès qu'il arriverait, des affreux traitements dont elle venait d'être l'objet.

Le Pirée, hébété, frottait ses joues meurtries...

Toute cette scène avait été heureusement assez rapide pour que les statues ne s'y fussent point trahies...

Dès que les deux rivales eurent disparu, les modèles, éclatant de rire, sautèrent à bas de leur socle et se lancèrent dans une danse rythmée, bruyante et joyeuse...

Au milieu, le domestique — qui eût sans doute préféré qu'on le pansât — dut trouver que ce jeu n'était guère qu'un remède en pyrrhique.

Philosophiquement, il murmura :

— On s'amuse, ici... mais on n'y panse pas !

— *Je vous donnerai mes ordres tout à l'heure, disait Aspasie avec emphase.*

La logique spécieuse du domestique n'avait pas convaincu Phi-Phi qui, emporté par la colère, bondissait sur lui.

Ce jour-là, par extraordinaire, le conseil des Archontes était au grand complet.

Nom de Zeus ! rugissait Périklès... Que l'infernal nocher s'empare de toi !

XXV.

CHAPITRE XIII

A LA POSE

Ces incidents avaient fortement impressionné la tumultueuse Mme Phidias.

Une fois dans le petit salon, où la chaleur lui parut plus étouffante encore, elle hésita entre deux alternatives : piquer une crise de nerfs ou, simplement, se mettre à son aise.

C'est à cette dernière solution qu'elle s'arrêta : une syncope sans témoins manquait, au reste, d'intérêt. Et puis, la lourde température ambiante, propre à faire transpirer le plus intime secret, l'obsédait péniblement.

Pensant à Phi-phi, se reprochant presque de lui être demeurée si fidèle, elle murmura non sans quelque amertume :

— Oh ! maris... qu'on sue sans pécher !...

D'un geste à la fois empressé et machinal, elle retira son peplos de soie pourpre brodé d'or ,et poussa un premier soupir de soulagement.

Portant ses mains aux hanches, elle s'étira longuement, devant une psyché qui lui renvoya une attrayante image. Phiphine s'admira complaisamment et, nonchalante, retira sa tunique...

Ses formes souples, dessinées sous le fin tissu de sa légère chlamyde, lui apparurent dans le miroir, séduisantes à souhait...

« Je suis tout de même bien faite ! songeait-elle, si j'en juge par la glace qui me caractérise... »

Elle ne supposait pas, tandis qu'elle se considérait ainsi, que des petits modèles — remontés sur leurs socles à l'ordre inquiet de le Pirée — avaient vue dans sa cachette par-dessus les tentures ; celles-ci, en effet, s'arrêtaient à quelques pieds du plafond.

Les jeunes personnes, ravies du spectacle, ne se privaient point de contempler cette intéressante séance de déshabillé. Elles avaient soin, toutefois, d'observer un prudent silence, se contentant de manifester leur opinion par des coups d'œil éloquents ou des moues significatives.

Dans l'ensemble, nonobstant, elles semblaient partager l'avis de Mme Phidias, qui, décidément, se trouvait belle. Un peu gênée cependant de se sentir si longtemps nue, elle passa une légère gandoura et s'allongea sur le divan...

Un moment, elle rêva, — hélas ! qui ne fait pas de rêves ! — laissant s'égarer sa pensée vers des objets sans doute charmants, car sur ses lèvres errait un heureux sourire.

Cette méditation l'absorbait, au point qu'elle n'entendit pas le soudain remue-ménage des statues qui reprenaient précipitamment leur pose.

Elle ne remarqua pas davantage l'entrée, d'ailleurs *discrète*, du visiteur dont l'arrivée inopinée avait causé tout ce branlebas.

C'était Ardimédon qui, n'ayant **garde** d'oublier la convocation du statuaire, se présentait à ses ateliers...

Le Pirée, bourru, avait grommelé **en** allant ouvrir :

— Il n'y a donc pas moyen d'être tranquille, aujourd'hui ?

Puis, comme le prince avait pénétré directement, en homme qui connaît les aîtres, le serviteur s'était lancé à ses trousses, criant :

— Hé ! là ! Où allez-vous ?

Ardimédon balbutia :

— Mais... je viens pour faire l'Amour !...

Les statues faillirent éclater de rire...

Aphrodite murmura même, l'air offensé :

— Sans blague... il se trompe de maison !

Le Pirée, heureusement, avait déjà reconnu le visiteur.

— Ah ! oui, fit-il, très désinvolte... eh bien, la petite pièce là-bas, près du vestibule, au fond du couloir...

« Allons, ouste !... laissez-moi travailler !

Le ton, plein d'importance, était sans réplique. Le prince, en tant que modèle, ne pouvait protester.

Il se résigna donc, et se dirigea vers la loge indiquée en songeant amèrement qu'il n'avait pas aperçu sa belle depuis la veille, au Grand Prix, où le protocole ne lui avait guère permis de s'en approcher.

Tandis qu'il se laissait aller à ces mélancoliques pensées, il lui sembla, dans l'ombre, entendre un faible bruit.

Il prêta l'oreille...

Des voix, étouffées mais furieuses, discutaient dans le vestibule...

— Mais... mais... se dit Ardimédon, on dirait l'organe de Phidias... Avec qui diable est-il aux prises ?

Comme il ne pouvait songer à regarder, sous peine de se trahir, il écouta... N'était-ce pas, en somme, une distraction inespérée que lui envoyaient les dieux favorables pour charmer sa triste solitude ?

— Oui, mon vieux, grinçait une **voix** féminine, ton dromadaire d'épouse m'a encore une fois traitée comme du hareng pas frais !

« Dans ces conditions, tu m'as vue !...

« Je te laisse à ton antiquité de femme !

— Oh ! antiquité ! murmurèrent en même temps Phi-phi et le prince...

— Quoi ? Tu ne vas pas prétendre qu'elle vient au monde !... Elle est périmée, que je te dis !...

— Il n'y a plus de périmées ! déclara fièrement le sculpteur, sans soupçonner que ce noble langage lui valait de la part d'Ardimédon un regard éperdu de reconnaissance.

La voix aiguë reprit :

— En tout cas, mon petit, j'ai seize ans, moi, et toutes mes dents !... Les vieux marcheurs m'ont surnommée : le Printemps, c'est-à-dire la belle seize ans !

« Alors, tu penses que je sais toujours où aller !...

— Voyons, ma petite Aspasie, il faut que tu restes...

— Non !

— ... Pour me poser la Vertu !

— Fais poser ta femme !...

— Mais je ne peux pas !... Je vais arranger les choses... Tu ne sais pas....

— Je ne veux rien savoir !...

— Ce groupe m'est commandé par l'Etat !... La postérité l'attend !...

— Tu parles si je m'en bats l'œil !...

— Tu y participeras !... Pour l'art, c'est une date !

— Et pour moi, c'est comme des dattes !

— Aspasie !

— Zut ! flûte et crotte !

Après ces paroles énergiques, le prince ne perçut plus rien, qu'un pas menu qui s'éloignait précipitamment et le bruit sec d'une porte que nul amortisseur ne s'était chargé de fermer.

« Décidément, pensa-t-il, les dieux semblent vouloir m'être favorables ; je crois avoir appris là des choses qui pourraient m'être fort utiles à l'occasion !...

« Mais... combien de temps va-t-on me laisser ici ?... »

Il eut la terreur soudaine de se voir oublié et se mit à chercher une idée subtile qui lui permît, le cas échéant, de reparaître chez les mortels...

Nous devons avouer que son cerveau n'enfanta rien de génial...

Phidias, lui, aussi furieux contre sa femme que contre la gamine, était rentré en grommelant dans son atelier...

Il était d'une telle humeur qu'il omit d'y promener son habituel regard circulaire. Pénétrant dans le petit salon des modèles, un spectacle inattendu le cloua sur place dès son arrivée :

Sa femme, complètement dévêtue, prenant des poses avantageuses, se mirait devant une glace. Ayant reconnu le pas de son mari, elle avait, effectivement, retiré le seul vêtement qui la couvrît encore, — sa frêle gandoura, — et maintenant elle s'exerçait à des attitudes provocantes.

Le sculpteur, d'abord ébahi, se récria bientôt :

— Qu'est-ce à dire ... Ma femme en si simple appareil !

— Oh ! mon ami, minauda-t-elle, je ne t'attendais pas si tôt... et tu me surprends ainsi, vêtue de ma seule foi...

— Une foi n'est pas costume ! répliqua sévèrement Phi-phi.

— Cela te choque ?

— Non, bien sûr, mais enfin...

— Tu aurais sans doute préféré trouver dans cette tenue...

— Oh !... pour la tenue !

— ... Ta mademoiselle Aspasie ?

— Ah ! il est bien question d'elle, à présent ! soupira Phidias, pour une fois sincère.

— Parbleu ! je viens de la mettre à la porte !

— Un modèle pareil ! Mais vous êtes folle, madame !... Est-ce vous, maintenant, qui me poserez ma Vertu ?

— Pourquoi pas ?

— Hein ?... Vous dites ?...

— Je dis : pourquoi pas ?... Me l'avez-vous assez demandé de poser pour vous !

— Oui, évidemment... jadis ! décocha le statuaire...

Il corrigea aussitôt :

— Seulement, comme tu as toujours énergiquement refusé... j'ai bien été forcé de m'arranger autrement... On ne s'improvise pas modèle... les débuts sont longs et difficiles... Ce n'est pas du premier essai qu'on arrive à savoir tenir l'attitude...

— L'attitude est une seconde nature ! ricana Phi-phine en se campant dans une pose irrésistible.

Chez Phidias, l'artiste reprit le dessus. Il daigna examiner sa femme, en sculpteur à la recherche de l'idéal :

— Mon Dieu ! avoua-t-il, ce n'est assurément pas à dédaigner...

Mme Phi-phi, comprenant qu'elle gagnait du terrain, déclara, sur un ton moins agressif :

— J'ai refusé quand tu m'as offert de poser des bacchantes, des nymphes folâtrant avec des satyres... mais la Vertu, voyons, n'est-ce pas ma spécialité ?... Je m'y tiens...

« Pour une fois que ça peut être utile...

— Je ne dis pas... concéda-t-il, visiblement ébranlé... Mais, pour mon groupe, je n'ai point prévu une Vertu aussi... aussi déshabillée !

— Si c'était votre midinette, vous trouveriez tout naturel... — et peut-être charmant — qu'elle fût nue !... Eh bien, mon cher, prenez-en votre parti : nue je suis, nue je resterai !

— Peut-on entrer ? demanda une voix timide...

Dans l'encadrement de la portière soudain relevée apparut Ardimédon à peu près complètement dévêtu...

Le spectacle inattendu et enchanteur qu'il lui fut donné de contempler le médusa d'admiration stupéfaite.

Phi-phine, écarlate, se précipita vers un peplos, tandis que Phidias, bondissant, lui faisait de son corps un rempart d'ailleurs insuffisant :

— Dites donc, vous, hurla le sculpteur... avant d'entrer, vous pourriez peut-être frapper !...

— Je ne me frappe jamais ! répondit fièrement l'importun. Du reste, je vous ferai remarquer que je frappe depuis plus de dix minutes à cette draperie... sans succès, je dois le reconnaître !...

— Belle malice, en vérité !... Et puis, que venez-vous fiche ici ?

— L'Amour ! déclara ingénument le prince... Ne m'avez-vous pas convoqué ?

— En effet, oui... je vous reconnais maintenant...

Le statuaire se tourna vers sa femme :

— C'est un modèle ! expliqua-t-il avec importance... Je l'ai retenu pour mon groupe... il y fera Cupidon...

« Pas mal, n'est-ce pas ?

Phi-phine prit un air distant et froissé :

— Je manque de documentation sur ce sujet ! déclara-t-elle...

« Jusqu'ici, je n'avais encore vu que vous en semblable appareil !

« Aussi vous demanderai-je la permission de me retirer...

— Jamais de la vie ! s'écria Phidias, soudain sévère... Vous avez demandé à être la Vertu, vous la serez !

— Oh ! protesta-t-elle, sans beaucoup de conviction...

— Vous la serez, reprit-il superbe... Car tel est notre bon plaisir !...

« Couvrez toutefois vos épaules d'une tunique !...

« Voulez-vous bien ne pas reluquer ainsi, vous ?

Cette dernière injonction s'adressait, on le devine, à Ardimédon, qui ne pouvait détacher de Phi-phine ses regards concupiscents.

— Oh ! répondit-il pourtant, à cette distance — que je n'hésite pas à qualifier de respectueuse — vous ne risquez rien !

— Je vous fais grâce de ce genre de plaisanteries ! fit sévèrement le statuaire...

« Ma femme est là !

— Je l'ai constaté, reconnut le prince... mais ne vous inquiétez pas de mes coups d'œil... ils ne peuvent constituer qu'un hommage !... Et puis, j'en ai vu d'autres !

— Je l'espère pour vous !

— En tout cas, déclara pudiquement Phi-phine, achevant de revêtir une longue tunique, les modèles aiment peu qu'on les voie, hormis les séances de pose, en costume de travail...

— Costume charmant !... madrigalisa Ardimédon, mais enfin... entre gens de métier !

— Il a raison, cette fois, approuva Phidias... L'habitude émousse le désir, et le nu est plus chaste que certains décolletés...

Entre modèles, il ne peut y avoir de sexe !

— N'exagérons rien ! fit vivement le prince.

— Alors, coupa Phï-phine, puisque tu exiges que je pose, que faudra-t-il que je fasse ?

« Me souhaites-tu dans les bras de Monsieur ? ou sur ses genoux ?... Vais-je lui offrir mes lèvres ?...

— Mais non, voyons, s'écria véhémentement le statuaire, n'oublie pas que tu es la Vertu !...

— Evidemment, maître, intervint Ardimédon, mais moi, l'Amour, ne dois-je pas avoir des gestes plus audacieux ?

« Me mettrai-je, par exemple, aux pieds de Madame ? Reposerai-je tendrement ma tête sur son sein — si elle m'en donne le blanc-sein — ou plutôt ma main, avide et frémissante...

Phidias coupa court à ce zèle, qu'il trouvait peut-être intempestif.

— Heu ! heu !... fit-il, c'est à voir...

« Passons dans l'atelier... En place, je me rendrai mieux compte...

Le prince, qui était resté sur la porte, s'empressa de déférer à l'invitation.

Phi-phi le suivit de près, offrant galamment le bras à son épouse.

Les modèles, immobiles, écarquillaient les yeux, contemplaient avec une indicible curiosité Phi-phine et Ardimédon, semblant admirer particulièrement l'académie du jeune homme.

Phidias, installé devant sa glaise, la pétrissait déjà, tout en donnant ses indications :

— La Vertu, un peu plus de trois quarts !... Vous, l'Amour, prenez donc une attitude suppliante : vous désirez cette femme et elle se refuse, voyons !... Du nerf, sapristi !... Vous vous emparez de sa main gauche, en dépit de toute résistance. Bien.

« Phi-phine, ne souris donc pas : on dirait que ça te fait plaisir !... Ce n'est pas la Vertu que tu me poses là, c'est la Volupté !...

Ardimédon, tressaillant d'aise, faillit choir de son socle.

— Eh bien ! quoi, Cupidon, vous ne tenez plus sur vos quilles ? cria le sculpteur... l'amour flappi, alors ?... Du nerf, vous dis-je !... Là... Plus près d'elle, allons, l'œil ardent, la bouche sensuelle... Ne m'ouvrez donc pas un four pareil, on y ferait cuire une baleine !... Le pied droit légèrement en arrière... Bon !...

« Toi, reprit-il en s'adressant à sa femme, affecte une moue dédaigneuse, prends un air distant et offensé... On doit voir tout de suite que le séducteur en sera pour ses frais...

Il se recula un peu, examinant le groupe :

— Parfait ! déclara-t-il... Ça va être épatant !

Les deux modèles improvisés formaient vraiment un couple délicieux, encore que le mépris fût un peu absent des regards de la Vertu et que les yeux blancs de Cupidon parussent assez stupides.

Le prince serrait avec force la jolie main que Phi-phine lui abandonnait... Tous deux paraissaient goûter un vif plaisir à cette étreinte muette et ne demandaient sans doute qu'à en prolonger le charme clandestin.

Phidias, maintenant en pleine ardeur, les deux pouces en bataille, pétrissait nerveusement la glaise sans rien remarquer.

Un hurlement rauque retentit soudain derrière lui :

— Allons, bon ! grommela-t-il... le téléphone, maintenant !... On ne peut jamais travailler en paix...

Il décrocha cependant du mur l'énorme corne d'aurochs qui était le récepteur à la mode :

— Allo ! cria-t-il, maussade...

Le sculpteur n'eut pas plus tôt le dos tourné qu'Ardimédon, attirant contre lui sa compagne de pose, cueillit audacieusement sur les lèvres de la Vertu un long et ardent baiser...

Phi-phine, défaillante, balbutia :

— Ah ! tais-toi... tais-toi, tu m'affoles !...

Les autres modèles baissaient pudiquement les yeux.

— Prenez garde ! murmura brusquement Mme Phidias...

Le prince s'empressa de reprendre une attitude plus conforme à la bienséance...

Il n'était que temps...

Le statuaire se retournait. La corne près du front, il maugréait :

— Allo !... allo !... Ne coupez pas, mademoiselle... Ah ! c'est vous, mon cher président ?... Vous êtes venu tantôt ?... Et l'on ne m'en a rien dit !... Je suis désolé, vraiment... Me voir à l'instant ?... Comment donc, je me précipite !... Me voici... Entendu !

Il raccrocha son récepteur :

— Phi-phine, dit-il, tu vois : Périklès me réclame, immédiatement et sans délai... Ça m'ennuie de lâcher cette ébauche, tout allait si bien... Mais nous reprendrons la séance à mon retour... je ne tarderai sans doute pas... Reposez-vous, en attendant... et étudiez un peu vos personnages.

« Le Pirée !... Le Pirée, nom de Zeus !... Un char, tout de suite !...

En trombe, le sculpteur quitta son atelier.

Mme Phidias sauta légèrement à bas du socle, repoussant l'aide empressée d'Ardimédon.

— Vous, lui dit-elle, courroucée, je ne vous conseille pas de recommencer !...

Vous avez été de la dernière incorrection !

— Pas tout à fait... roucoula le prince.

— Vous avez abusé des circonstances... et profité de ce que je ne pouvais rien dire à cause de mon mari...

— N'est-ce pas naturel ?

— Non, monsieur ! et je ne vous permets pas cette licence !

— Oh ! j'irais bien jusqu'à l'agrégation !...

— Pas avec moi, en tout cas : je suis une honnête femme !

— Ça tombe bien : je n'aime que celles-là !...

— ... Et j'entends demeurer fidèle à mon mari !

— Combien de temps ?

— Insolent !

— Parce qu'enfin, si Phidias vous trompe...

— Ah ! s'il me trompait !...

— Que feriez-vous ?

— Je... je consulterais Minerve !

— Et je sais ce qu'elle vous répondrait... je suis très bien avec elle, je l'ai si souvent implorée !

— Alors, que dirait-elle ?

— Œil pour œil ! dent pour dent !...

— La loi du talion... oui, je sais... murmura Phi-phine, songeuse...

Ardimédon sentit le moment venu de pousser son offensive... Se rapprochant, il susurra tendrement :

— Allons, voyons... ne faites pas la méchante !... Tout à l'heure, quand vous m'avez donné vos lèvres...

— Je ne les ai pas données : vous les avez prises...

— Eh bien, je vais te les rendre !

Elle n'eut que le temps de murmurer encore :

— Ah ! tais-toi... tais-toi !... Tu m'affoles !...

Le prince, sans hésiter, lui fermant la bouche par un définitif baiser, l'enlevait dans ses bras vigoureux et l'emportait, comme un fauve eût fait de sa proie, dans le coin le plus obscur du petit salon...

La portière était retombée...

Les statues se regardèrent d'un air significatif...

Cynthia résuma l'impression générale :

— Eh bien, dit-elle... je crois que cette fois...

CHAPITRE XIV

LA GAMINE SE LANCE

Périklès, en engageant Aspasie à se commander chez Mylène et Mylène une robe de soirée et quelques autres fanfreluches de moindre importance, ignorait apparemment que la gamine occupait chez les célèbres couturières des fonctions mal définies mais peu rétribuées.

La fine mouche, naturellement, s'était bien gardée d'en faire état.

Pourtant, elle n'avait pas encore profité de la munificente offre présidentelle : à vrai dire, elle se méfiait un peu. Quoique fort jeune, elle avait suffisamment d'expérience pour savoir que certains hommes promettent souvent d'autant plus qu'ils sont décidés à tenir moins.

Elle avait donc longuement réfléchi...

Et, un matin, délibérément, elle se présenta à l'hôtel de la présidence...

« Les coups de téléphone s'était-elle dit, ça s'oublie et, du reste, ça n'a aucune valeur légale. Les lettres, c'est compromettant pour un homme...

« Le mieux, c'est encore d'y aller voir moi-même ! »

Et elle y fut.

Périklès, d'esprit démocratique et bienveillant, accueillait assez facilement les solliciteurs. Aspasie put donc parvenir jusqu'à lui sans trop de difficulté.

Aucune déclaration ne fut faite à la Presse à la suite de cette entrevue, qui dura près d'une heure. Mais l'on peut cependant présumer que certaines déclarations y furent échangées, le rapport du protocole mentionnant que la gamine, en quittant le président, était « décoiffée, très rouge, et avait le regard extrêmement brillant ».

Le fidèle serviteur de Périklès remarqua d'autre part que celui-ci, après le départ de la jolie visiteuse, avait réclamé d'urgence une bouteille de kola, dont le contenu fut aussitôt absorbé par l'auguste chef d'Etat...

Cette libation faite à Zeus et à Junon, le président, d'un pas assuré et portant haut la tête, s'était rendu au Conseil des Archontes...

Quoi qu'il en soit, dès le lendemain de cette entrevue, Aspasie se rendit chez Mylène et Mylène ; comme d'habitude, elle y pénétra par les ateliers.

Elle y fut fraîchement accueillie.

Ses compagnes, débordées de besogne, jugeaient avec une légitime sévérité ses absences chroniques.

La « première », surtout, se montra violente. Dès qu'elle vit entrer la gamine, elle lui cria :

— Dites donc, vous, est-ce que vous croyez que ça va durer longtemps ?... Vous n'êtes pas ici pour vous les rouler (1),

pendant que nous ne suffisons plus au travail !

— Je vous en prie, riposta Aspasie d'un air hautain, prenez un ton plus en rapport avec ma situation...

— Quoi ?

— Je ne suis pas Aspasie...

— Sans blague ?

— Je suis Mme Périklès, et je viens ici en cliente...

Dédaigneuse, elle passa devant ses camarades, stupéfaites, et se dirigea vers les magasins de vente.

La suivant du regard, la « première » déclara :

— Pas possible, elle est devenue folle !... A tout hasard, je vais prévenir la direction.

La gamine, arrogante, dévisagea avec quelque insolence les mannequins rencontrés sur sa route, et parvint enfin au grand salon, pièce magnifique, dont l'entrée était généralement interdite aux ouvrières.

Ce jour-là avait lieu une sensationnelle présentation de modèles qui, rigoureusement, ne devait s'effectuer que devant les personnes munies de l'invitation particulière, judicieusement lancée dans la plus haute société d'Athènes. Ce détail, peu fait pour embarrasser Aspasie, ne l'empêcha aucunement de venir joindre sa petite personne aux groupes élégants de riches acheteuses.

Des étrangères de marque, à qui leur change permettait de somptuaires dépenses, se pressaient dans le vaste hall... On y voyait des Egyptiennes, des Phéniciennes, des Persiennes et autres races anciennes.

Quelques dames grecques même s'y trouvaient, parmi lesquelles Phi-phine, qui trônait au premier rang, à côté de l'ambassadeur de Syrie, à qui elle confiait les soucis que lui causait la santé de son Phidias d'époux.

— Le voici à nouveau perclus de rhumatismes, disait-elle, s'il ne me prépare pas une bonne attaque de goutte !...

— L'heure de l'arthrite a sonné ! répondit gravement la dame de Beyrouth.

Les mannequins commencèrent leur défilé, sous les yeux avides des belles spectatrices.

Phi-phine les regardait-elle seulement ? Il eût été difficile de l'affirmer.

N'oubliait-elle pas plutôt toute coquetterie, avec ses regards comme perdus dans le vide, un vide que comblait bientôt l'élégante silhouette d'Ardimédon ?

Depuis trois jours, la vertueuse épouse du statuaire ne pensait qu'à son séducteur. La maladie de Phidias la retenait malencontreusement au logis conjugal, la privant ainsi de tous les plaisirs qu'elle se

---

(1) Dans la Grèce antique, où l'on ignorait encore les moules spéciaux, les cigarettes se roulaient à la main. Dans les ateliers, cette opération occasionnait évidemment une perte de temps et une détente que jalousaient ceux qui n'en étaient pas les bénéficiaires. On disait donc *se les rouler* dans le sens de *ne rien faire*, les chefs d'emploi ayant pour principe de déclarer à leurs subordonnés : *Vous n'êtes pas ici pour vous les rouler !* (Homère : *La Petite Iliade.*)

savait maintenant en droit d'attendre d'une nouvelle rencontre avec l'Amour.

Le jeune homme venait bien, plusieurs fois par jour, monté sur un fougueux demi-sang, caracoler sous les fenêtres de sa belle, mais cela ne leur permettait guère que d'échanger des regards et des sourires, notoirement insuffisants pour ces amants également passionnés.

Mme Phidias rêvait donc au prince.

Le bruit d'une chaise brusquement remuée à sa gauche, le son d'une voix aussi connue qu'abhorrée la tirèrent de sa douce songerie.

Aspasie, constatant qu'un siège était libre, venait, sans façon, de s'installer à côté de sa rivale.

— Quel délicieux modèle ! minauda soudain la gamine, en affectant de prêter la plus grande attention au défilé des robes... Voici la toilette qu'il me faut pour la première de l'Odéon !

Phi-phine, pâle de rage, se leva :

— Ah çà ! demanda-t-elle avec indignation, on reçoit donc maintenant ici toute sorte de monde ?

— La preuve, riposta Aspasie, c'est que vous y êtes !

Dressées l'une contre l'autre, elles semblaient prêtes à renouveler le pugilat des ateliers de Phidias. Mais le Pirée n'étant plus là pour les séparer opportunément, elles prenaient le temps de la réflexion.

Cela permit à la directrice, mise au courant des événements par la « première » d'Aspasie, d'intervenir utilement.

— C'est vous, mademoiselle, cria-t-elle avec la plus suprême dignité, qui venez faire scandale dans les salons ?...

« Sortez immédiatement ! On vous paiera vos huit jours... passez à la caisse !

La gamine, se rasseyant tranquillement, répondit en souriant de son air le plus aimable :

— Je n'ai pas l'intention de coucher ici... J'en sortirai donc, mais seulement quand vous aurez pris ma commande... Quant à la caisse, M. Périklès y passera pour moi !

— Que signifie ?...

Aspasie tira de son sac un minuscule papyrus qu'elle tendit à la directrice :

— Lisez ceci, madame ! dit-elle en enflant délicieusement la voix...

Mylène N° 1, tremblant d'avoir gaffé, lut aussitôt :

Prière à Mylène et Mylène d'habiller Mlle Aspasie, porteur des présentes, et de mettre à mon compte tout ce qu'il lui plaira de commander.

Signé : PÉRIKLÈS.

Cette note, rédigée sur papyrus à entête officiel, dûment munie de tous les sceaux de la présidence, était indiscutablement authentique.

La directrice, bouleversée, se précipita :

— Mademoiselle, déclara-t-elle obséquieuse, vous êtes ici chez vous... Ma maison est à vos ordres !...

— Je vous les ferai connaître tout à l'heure, quand j'aurai fixé mon choix ! laissa tomber Aspasie, en lançant un dédaigneux regard de triomphe sur Phiphine.

Celle-ci, affreusement vexée, se dirigea vers la sortie et disparut en claquant furieusement la porte.

La gamine marquait brillamment un premier succès.

Elle n'en abusa pas.

— Oh ! mon Dieu ! s'écria-t-elle en affectant une grande confusion... excusez-moi, ma chère directrice, je ne voudrais pas vous faire perdre une cliente !

— Peuh ! ricana Mylène N° 1, une femme qui se commande à peine deux robes par saison !...

Aspasie, cette fois, savoura son triomphe...

Frémissante, elle pensa au vieux dicton macédonien :

— Les cartes ne mentent jamais !

CHAPITRE XIV

UNE GRANDE PREMIÈRE

Depuis quelque temps, l'Odéon, déserté par la foule, se débattait au milieu de graves complications budgétaires.

En vain cherchait-il à reprendre ses succès les plus assurés, les montant avec des mises en scène fastueuses, le public s'obstinait à ne pas suivre ces efforts. D'ailleurs, les frais ainsi occasionnés étaient tels que même des salles combles n'eussent pas empêché le théâtre de courir à la faillite.

Eschyle, Sophocle, Euripide ne faisaient plus recette.

Après la guerre meurtrière qui venait de prendre fin, la foule éprouvait l'indicible besoin de rire, sans trop discuter sur la qualité de ses amusements. Peut-être le peuple athénien, en dehors de cette légitime détente, s'efforçait-il d'oublier les soucis cuisants et les lourdes charges que lui avait laissés sa coûteuse victoire.

Dans ces conditions, il prenait facilement plaisir aux spectacles légers, fussent-ils outrageusement graveleux, ce qui se produisait le plus souvent.

Un essai d'œuvres de jeunes auteurs fut tenté... Hélas ! sous prétexte de rénover les genres, ils prétendaient bouleverser toutes les règles du théâtre, si bien que leurs pièces, étranges mais déconcertantes, chassaient irrémédiablement le rare public qui persistait encore à fréquenter là malheureuse salle.

Le Théâtre de Dionysos, son voisin, réalisait au contraire des recettes mirifiques, grâce à ses spectacles joyeux.

Ne venaient plus donc à l'Odéon que les gens enclins au sommeil digestif, ou les couples d'amoureux assurés de trouver là une solitude propice.

Les matinées poétiques se donnaient devant des banquettes affreusement vides ; les purs chefs-d'œuvre de la tragédie « ne gagnaient même plus leur avoine », suivant la douloureuse expression du directeur.

Celui-ci — tout arrive — eut alors une idée de génie : avec l'autorisation du Conseil des archontes (l'Odéon recevait des subsides du gouvernement), décida de monter une pièce satirique, qui passerait en revue les choses et les gens de l'actualité.

Et il la demanda à Aristophane, dont le nom était synonyme d'esprit fin, de trouvailles ingénieuses et d'irrésistible gaîté.

Cette annonce causa néanmoins un émoi inattendu.

Quelques vagues pontifes du *Chariot de Thespis*, ayant protesté que le projet constituait « une grave atteinte aux droits sacrés de la littérature tragique », soutinrent que les « pièces d'actualité, genre nettement inférieur, ne sauraient être tolérées dans un théâtre subventionné ».

Le public se divisa en deux camps : ceux qui *entendaient goûter au plaisir promis* par un tel spectacle, et ceux qui prétendaient en interdire l'accès à l'Odéon, dans lequel, au reste, ils ne mettaient jamais les pieds, si ce n'est gratuitement.

En dépit des polémiques passionnées que, par le verbe et par la plume, se livrèrent à ce propos les antagonistes, le bureau de location enregistra des chiffres dont il avait progressivement perdu le souvenir depuis la sensationnelle création de l'*Œdipe roi* du vieux Sophocle.

Tout le monde, en effet, voulait voir la nouvelle *pièce, les uns pour protester, les* autres pour acclamer. Mais comme chacun, quelle que fût son opinion, payait en bon argent les places qu'il se faisait réserver, la salle se trouva, longtemps à l'avance, entièrement retenue pour plusieurs mois.

En l'occurrence, le directeur n'en demandait pas davantage et se déclarait parfaitement satisfait. Pour donner plus d'importance à sa tentative, il poussa à des limites jusque-là inconnues ses moyens de publicité.

Les feuilles multiplièrent des communiqués laudatifs. Il était même assez curieux de voir le *Chariot de Thespis* se répandre

en dithyrambes sur les merveilles du prochain spectacle alors qu'à la page précédente il continuait, sur le même objet, à parler de « genre inférieur » et anathémisait le directeur outrecuidant qui osait « présenter de telles platitudes sur une scène d'Etat ».

Quinze jours avant la première, d'immenses affiches multicolores placardées dans Athènes énumérèrent aux foules les merveilles réunies par l'Odéon.

Les superlatifs n'y manquaient pas : un spectacle « monstre », affirmaient-ils ; une « hyper-revue », avait tenu à ajouter le directeur, pour témoigner qu'il prétendait surpasser tout ce qui avait été fait avant sa tentative.

Le titre du spectacle parut plaisant, et les attractions annoncées semblèrent prometteuses.

On lisait en effet :

D'ATTIQUE et D'ATTAQUE !

HYPER-REVUE EN 2 ACTES,

d'Aristophane.

Suivaient quelques noms d'artistes de la troupe ordinaire ; puis venaient les numéros plus sensationnels spécialement engagés.

Chacun d'eux, ayant de soi-même une haute opinion, avait tenu à faire attester qu'il ajoutait quelque chose à l'attrait du spectacle. Si bien que tous les noms, précédés de la conjonction « et » donnaient l'impression d'une liste condamnée à demeurer éternellement incomplète, mais à laquelle on eût chaque jour rajouté quelque chose.

On voyait, notamment :

et les DANAÉ SISTERS, dans leur nouvelle création : *Le Karlestonneau.*
et les KAPPHÉCHI-CHORÉES, danseuses acrobatiques.
et SISYPHE, l'homme le plus fort du monde, manœuvrant un rocher de 10 talents.
et PROMÉTHÉE, mangeur de feu, et son vautour apprivoisé...

Et tout se terminait par un impressionnant...

Et Cœtera...

fraîchement emprunté à la langue latine, que d'aucuns prirent pour le pseudonyme d'une autre célébrité artistique.

Enfin une note, subrepticement réservée pour les derniers communiqués, annonça :

Toutes les femmes seront habillées. ..

indiquant même le nom du grand couturier chargé de ce soin.

Cette nouvelle produisit une sensation considérable : des femmes vêtues, dans un spectacle de ce genre ?... On n'avait jamais vu ça !... C'était là une véritable trouvaille, dont on attribua tout le mérite à Aristophane, ce qui lui concilia quelque bienveillance chez ses pires détracteurs.

Enfin, le grand jour arriva...

Devant l'affluence croissante des demandes de places, le directeur, débordé, décida de supprimer toutes les invitations gratuites qui ne lui étaient pas rigoureusement imposées.

Les critiques voulurent voir en cela une injure personnelle à leur sacro-saint ministère et, tels des dieux offensés, se répandirent en manifestations indignées.

Mais le public payant, qui jalousait toujours un peu les bénéficiaires de faveurs, se réjouit fort de leur déconvenue et n'en fut que plus sympathiquement porté vers le nouveau spectacle.

Tout présageait donc un brillant succès.

Le soir de la première, une foule compacte se pressait aux portes bien longtemps avant l'heure de l'ouverture. Un dais de velours pourpre était édifié devant l'entrée, et des tapis précieux feutraient les marches des escaliers de pierre.

D'innombrables badauds s'empressaient, difficilement maintenus par un service d'ordre imposant, et nommaient au passage les arrivants les plus connus.

Phidias avait donc sagement agi, en faisant retenir sa loge habituelle quinze jours plus tôt.

Sa situation l'obligeait à se montrer à toutes les manifestations artistiques importantes, aux fêtes de gala qui réunissaient le Tout-Athènes mondain.

Il savait que la moindre défection était remarquée et sévèrement commentée. Il était donc nécessaire de figurer dans les chroniques du *Chariot de Thespis*, qui ne manquait jamais, après le compte rendu d'une pièce, de citer les noms des célébrités remarquées à sa première. Cet usage s'était tellement étendu qu'on ajoutait aux noms illustres des patronymes qui semblaient moins rutilants C'est même tout juste — l'abondance des matières l'expliquait peut-être — si on ne faisait pas connaître l'identité du conducteur de taxichar qui attendait son client dans le vestibule, ou l'état civil des hoplites qui avaient monté une garde sévère devant le contrôle.

Phi-phi, cependant, faillit bien ne pas assister à cette brillante soirée : ses rhumatismes le tourmentaient encore...

Il se décida tout de même, sur les vives instances de sa femme, laquelle demeurait persuadée qu'il exagérait la maladie **pour se faire dorloter. Néanmoins, le** sculpteur crut devoir affecter une attitude héroïque, et répétait à la façon du stoïcien :

— Douleur, tu as beau faire, je n'avouerai jamais que tu me sois un mal !

Ce qui ne l'empêchait pas de pousser de petits cris plaintifs à chaque mouvement qu'il esquissait en endossant sa tunique de cérémonie.

Phi-phine n'ayant pas eu l'air d'y porter attention, la souffrance sembla se dissiper aussitôt que les deux époux se furent installés dans le char à compteur qui devait les conduire au théâtre.

Mᵐᵉ Phidias avait pour assister à cette élégante soirée d'excellentes raisons, qui ne résidaient pas seulement dans son légitime désir de s'y montrer, parmi l'élite mondaine, pompeusement parée.

En effet, Ardimédon ayant réussi à soudoyer Kallistrata, la servante au grand cœur avait remis à leur commune maîtresse un bref poulet ainsi conçu :

> Ce jeudi, me dit-on,
> Première à l'Odéon.
> J'y serai... Sois-y donc !
> Signé : Ardimédon.

Nous savons que le prince avait la fâcheuse manie de taquiner les Muses. (C'est par simple politesse que nous disons *taquiner*, car il devait pour le moins les embêter furieusement.)

Phi-phine, ayant lu et relu ce billet, le dévora de baisers et entreprit ensuite de le manger, afin qu'il ne laissât nulle trace. Elle témoignait ainsi d'une grande prudence, mais nous devons reconnaître qu'elle se nourrissait d'une étrange littérature !

Elle eut, du reste — châtiment des dieux — quelque peine à mener à bien cette mastication : le papyrus, épais, se montra résistant, et les vers d'Ardimédon ne pouvaient manquer d'être indigestes... Mais l'amour ne vient-il pas à bout des pires difficultés ?...

Mᵐᵉ et M. Phidias arrivèrent à l'Odéon bien avant le lever du rideau. Le vestibule et le foyer étaient déjà fort animés. Tous ceux qui illustrèrent le siècle de Périklès s'y trouvaient réunis.

La plupart d'entre eux étant passés à la postérité, nous nous bornerons, hormis en ce qui concerne le héros de cette véridique histoire, à renvoyer le lecteur aux manuels d'histoire grecque, qui citent encore fort complaisamment les noms de ces gloires antiques.

Par contre, nous croyons devoir tirer d'un regrettable oubli certains personnages, qui, moins heureux, ne figurent plus dans les livres courants, mais eurent cependant, à des titres divers, quelque notoriété...

De ce nombre étaient, entre autres, Palimpsès, le fameux marchand d'autographes, qui, ce soir-là, devisait amicalement avec le créateur de la nouvelle, Héloïs.

Près d'eux Cœrebos, gros propriétaire de marais salants, chaperonnait la belle comédienne Thamyris. Ils étaient accompagnés de leur inséparable, le séduisant Aquatyle, maître ès sciences chorégraphiques qu'on surnommait « le danseur de Madame ».

Philas et Espès, coiffeurs millionnaires, conversaient avec Emmondys, enrichi par ses concessions d'ordures ménagères dans toutes les grandes cités, aux portes desquelles il avait placé cet écriteau prohibitif :

« L'Emmondys-cité est interdite ! »

Enfin dans un coin, furieux d'avoir dû payer leur entrée, le représentant de l'agence Lavâs et le critique Toudelaros échangeaient des réflexions amères et des pronostics fielleux.

Une sonnerie ayant retenti, chacun s'empressa de gagner sa place.

Pour une fois, les snobs avaient condescendu à ne pas arriver en retard ; il est vrai qu'ils avaient payé !

Aussi la salle était-elle pleine à craquer.

Une épingle jetée du haut des troisièmes galeries n'eût certainement pas pu arriver jusqu'au sol...

C'est sans doute afin d'en faire l'expérience que Cynthia, juchée au bord des derniers balcons, s'amusait, pour la plus grande joie de son inséparable le Pirée, à lancer sur les spectateurs de l'orchestre les pépins des oranges innombrables qu'elle suçait.

Une calvitie attirait particulièrement son attention et servait de cible à son adresse ; elle finit par l'atteindre presque à chaque coup. Sous ce crâne privilégié habitait le hargneux Toudelaros. Heureux de trouver enfin une occasion d'exhaler sa bile, l'aristarque se dressa soudain :

— Ah çà ! s'écria-t-il furieux, n'est-ce pas bientôt fini, là-haut ?... On n'est pas ici pour s'amuser !...

— Mais si, au contraire ! répondirent plusieurs voix...

Le malheureux critique, que le public n'aimait guère, allait être conspué...

Fort heureusement pour lui, un événement d'importance vint faire diversion : Périklès entrait dans sa loge et la foule l'acclamait...

Les buccins d'argent de l'orchestre tonitruèrent en un puissant fracas. Quelques spectateurs se bouchèrent les oreilles, mais tous se levèrent pour écouter, avec toute l'onction désirable, les *vigoureux accents* de la *Marche athénienne*, dont la

salle enthousiaste chantait avec feu les paroles pacifiques :

> Allons, fiers enfants de l'Hellade,
> Massacrons tous nos ennemis !
> A nous les lauriers de Miltiade
> Et d'Alcibiade,
> Qu'au tombeau l'adversaire soit mis !
> Répandons partout la tuerie,
> Le sang, l'incendie et la mort !
> Exterminons la barbarie
> Pour que notre Patrie
> Devienne, sans remords,
> De l'humanité le support !...

> Aux armes, Athéniens ! Tuons, massacrons et pillons !
> Violons les femmes
> Des ennemis infâmes !
> Saccageons ! Egorgeons ! Eventrons et saignons !
> Mettons l'univers en flammes !
> Et que, partout, nos bataillons
> De la fraternité répandent les rayons !

Périklès, debout, son casque à la main, écoutait les mâles accents de l'hymne humanitaire. Comme le protocole lui interdisait d'en chanter les paroles, il se contentait de hocher patriotiquement la tête en battant la mesure.

Quand ce los à la paix eut pris fin, le président salua la foule... (Ovations sans bornes.) ... puis se rassit... (Délire indescriptible.)

A ce moment seulement, on constata que Périklès était accompagné d'une femme, blonde ravissante qui fit sensation, par sa beauté resplendissante autant que par la richesse inouïe de sa toilette.

— Qui est-ce ? chuchotait-on dans la foule.

Personne ne put citer un nom...

Un renseigné déclara cependant :

— C'est la nouvelle épouse du président... Il paraît qu'il a répudié ces jours-ci sa première femme pour convoler avec celle-ci... On affirme même qu'elle a déjà sur lui la plus grande influence !...

— Mais personne n'en a rien su !...

— Peuh !... Secret d'Etat, des tas de secrets !...

Il y avait cependant, dans la loge qui faisait face à celle de Périklès, un couple à qui la vue de la belle étrangère avait causé un vif émoi...

Phidias et Phi-phine avaient aussitôt reconnu Aspasie. Leur sentiment se traduisit de façon différente.

Le sculpteur, s'il était ravi de revoir sa gamine, s'il brûlait du désir de l'approcher, s'inquiétait pourtant de la voir, contre toute attente, aux côtés de Périklès, avec qui elle semblait être du dernier bien.

Phi-phine, pour sa part, si elle était furieuse de trouver une fois de plus Aspasie sur son chemin, surtout en si haute société, se réjouissait intérieurement du dépit de son époux.

Cependant, la jalousie l'emporta.

Mme Phidias, troublée par cette présence, en oublia un instant Ardimédon qu'elle venait de découvrir au bout de sa lorgnette, alors qu'il lui adressait des baisers et des gestes tendres, en feignant de saluer des amis problématiques.

Elle braqua la jumelle vers la loge de Périklès, dévisageant avec insistance la gamine, qui souriait triomphalement.

Phi-Phi, à son tour, voulut regarder et tenta d'arracher la longue-vue à sa femme. Celle-ci, nerveuse, essaya de l'en empêcher...

Suivant une vieille habitude, ils tirèrent chacun de son côté, de plus en plus violemment, s'obstinant à la lutte... et, finalement, la lorgnette tomba avec fracas au milieu des fauteuils d'orchestre.

Une voix gouailleuse cria des troisièmes galeries :

— Hé ! dis ! Phi-phi, tu te rends compte !

Le sculpteur n'eut pas le temps de reconnaître l'organe moqueur de son domestique : un spectateur l'apostrophait d'en bas, ayant pris avec la jumelle un contact subit et brutal...

La musique, attaquant l'ouverture, couvrit heureusement le concert d'imprécations qui commençaient à monter vers Phidias.

Un orchestre éthiopien égrenait des sons curieux, gutturaux et discordants, que le public athénien entendait pour la première fois. Il y eut tout d'abord une surprise inquiète, mais, comme c'était du nouveau, la majeure jartie de la salle finit par déclarer :

— Au fond, c'est assez original !...

— On s'y habitue très vite !...

Toudelaros et quelques autres hypocondriaques essayèrent bien de crier à la décadence, mais leurs protestations se perdirent dans un fracas d'applaudissements qui, saluant la fin du morceau, consacrait définitivement les succès de la musique nègre.

Enfin, le rideau se leva.

Un artiste, qui représentait Diogène, vint en un prologue élégamment rimé exposer que, « cherchant un homme » pour ramener la fortune à l'Odéon, il n'en avait pu trouver un seul, mais qu'il continuait son enquête dans tous les milieux de la République.

Ce soliloque, on le suppose, n'allait pas sans quelques coups d'épingle qui ravirent la salle.

L'auteur y raillait tels faiseurs de tragédies larmoyantes, qui confondaient les grands artistes et les grands arts tristes...

Un archonte connu déclarait cyniquement que « tenir la queue de la poêle, c'est encore le meilleur moyen de ne pas être frit ».

Aristophane faisait répondre au bel Aquatyle qu'il ne voulait pas « descendre au rang d'histrion, étant de naissance aristaquatique... »

Chacun de ces traits acérés déchaînait des rires et des applaudissements ; à la fin de la tirade, le public était conquis.

Les danses qui suivirent en bénéficièrent, ainsi que les numéros purement attractifs.

Mais ce que la foule attendait avec une vive impatience, c'était le retour des scènes satiriques. On connaissait l'esprit acerbe de l'auteur, et l'on s'en régalait d'autant plus ce soir-là que la plupart de ceux qui en étaient égratignés se trouvaient dans la salle.

Le vieil Aristide, par exemple, put se voir sur le théâtre en « marchand de coquilles », et s'entendre reprocher de vouloir renouer commerce d'amitié avec les Lacédémoniens, alors que ceux-ci n'avaient pas encore payé leurs dettes de guerre.

Les fonctionnaires venaient réclamer des augmentations de traitements en chantant, sur la musique d'une romance populaire :

C'est la chanson des peu payés...

Suivait une scène sur la politique étrangère ; le traité de commerce avec la Syrie, fort désavantageux pour Athènes, y était sévèrement commenté.

Avec une amère ironie, un diplomate s'écriait, sur l'air d'un refrain cher aux hoplites :

Ah ! quel plaisir
D'avoir eu l'Bey d'Beyrouth-e !
Ah ! quel plaisir
De pouvoir l'asservir !

Et son partenaire soupirait :

— *Beati pauperes Berytus !*

Qu'il traduisait aussitôt :

— A Beyrouth, les pauvres sont plus riches que nous !

L'ambassadeur de Syrie, en adroit diplomate, donna spirituellement le signal des applaudissements, ce qui lui valut aussitôt une ovation unanime et sympathique...

Inconsistance et versatilité des foules !

On trouva un peu long le numéro de Sisyphe, qui n'en finissait pas de rouler son rocher ; l'énorme pierre retombait chaque fois qu'on croyait lui voir atteindre le sommet de son tremplin.

Arriva enfin une scène fort attendue dont, malgré son titre aux apparences inoffensives, *L'école de Socrate*, on espérait de joyeux et cruels sous-entendus.

Le public n'eut aucune déception.

Quelques éphèbes outrageusement efféminés entrèrent en se dandinant. L'auteur, dans le commentaire qui les présentait, exposait que c'étaient « des petits jeunes gens à figure poupine, tout pénétrés d'eux-mêmes »... et leur prêtait comme devise : « Une petite chaumière et un chœur ».

Puis, un élégant Corydon arrivait, qu'ils accueillaient en chantant avec une joie maniérée :

C'est-A-t'A, c'est-A-t'A,
C'est Alcibiade.

Le public s'amusait follement...

A l'époque des sept Sages, on se contentait évidemment de peu.

Le général, pendant le chant, se dandinait devant les éphèbes, brandissait une trompette de bébé, dont il faisait simulacre de jouer, rythmant le refrain en criant avec affectation : « Taratata, taratata ! »

Puis il chantait quelques couplets, dont le procédé avait dû inspirer le titre de la revue :

V'là mon Attique !...
V'là mon Attaque !...

minaudait-il...

Le chœur des admirateurs déclarant :

— Alcibiade deviendra Grand !

il répliquait avec une feinte humilité :

— Pourvu que les dieux lui prêtent vie !

Enfin, comme le compère, en quelques vers redondants stigmatisait ce glorieux général esclave de ses passions, celui-ci répondait, dédaigneux :

— Vos saillies, je m'assieds dessus !

Après quoi il sortait, entraînant les éphèbes.

La salle trépignait d'enthousiasme, les interprètes de cette scène, longuement rappelés, durent venir saluer plusieurs fois...

Alcibiade, debout dans sa loge, bien que cette publicité l'eût ravi, affectait un violent courroux. N'ayant pu placer un mot avant la sortie des artistes, il s'en prit au compère, demeuré seul en scène, et dont la virile apparence n'avait rien d'équivoque :

— Va donc, eh, sens unique ! lui criat-il...

En se rasseyant, il déclara à son entourage :

— Je vais traîner Aristophane devant les magistrats !

— Tu perdras ton procès !

— Qu'importe !.. Ça me fera une nouvelle réclame !

Le premier acte se terminait maintenant sur le somptueux final du *Ciel à travers les âges* où une armée de petite femmes représentaient tour à tour les constellations, les dieux, le bleu céleste, les signes du Zodiaque, les astrologues, le ciel de lit, le ciel ouvert, et le septième ciel...

C'était charmant et féerique...

Après une acclamation où Aristophane, traîné sur la scène, connut les joies d'un incontestable triomphe, le public se répandit dans les couloirs.

Déjà retentissaient des voix aigres, glapissant en même temps :

— Miel de l'Hymette !

— Hydromel à la rose !

— Demandez : couplets et rondeaux chantés dans la revue !

— Oranges de Smyrne !

— Citrons doux !

— L'exquis chio glacé !

Phidias, dès la chute du rideau, s'était levé.

— Il faut, déclara-t-il, que j'aille présenter mes devoirs au président.

Phi-phine eut un haut-le-corps :

— Et aussi, fulmina-t-elle, à l'inclinée qui l'accompagne ?

Le sculpteur protesta :

— Voyons... Périklès... ma situation... l'Etat...

— C'est bien, mon ami... allez !

Elle venait d'apercevoir Ardimédon, et celui-ci lui faisait signe qu'il s'apprêtait à la rejoindre...

Phi-phi, sans se faire renouveler l'autorisation, était déjà loin...

Le prince put donc approcher assez rapidement la dame de ses pensées :

— Oh ! mon cher, dit-elle, très agitée en lui prenant le bras... C'est abominable... Mon mari n'est venu ici que pour cette femme.

— Et moi, je n'y suis que pour vous !

— C'est charmant... Mais j'étouffe de colère !

— Mon char est à la porte...

— Oui, emmenez-moi...

Ardimédon, enthousiasmé, s'empressa :

— Où vais-je vous conduire ?... Si nous allions à Phalère ?

— Non ! fit-elle d'une voix brève... Chez moi !...

Ils quittèrent aussitôt le théâtre sans encombre, la foule était trop dense pour qu'on les remarquât.

Phidias, à ce moment, arrivait devant la loge d'Aspasie ; quelques drachmes accordés à la rapacité d'une placeuse lui permirent de se faire ouvrir discrètement la porte.

Périklès, s'étant présidentiellement endormi pendant le final céleste, ce qui affirmait peut-être une opinion, la gamine était déjà dans le petit salon qui faisait suite à l'avant-scène.

Ses premiers mots furent pour s'écrier :

— Eh bien, dis donc, elle est furieuse, ta femme !...

— Chut ! fit le scuplteur inquiet...

Aspasie éclata de rire :

— Quoi ?... Péper ?... il dort comme un enfant de six mois !

— Il manque de tact ! observa galamment Phi-Phi.

— C'est bien à toi de le lui reprocher !... Que veux-tu, Pé-per est né pour le sommeil.

— Péper ? questionna le statuaire, que cette familière appellation frappait, pour la seconde fois, assez désagréablement.

— Périklès, voyons !... C'est le petit nom affectueux que je lui donne dans l'intimité... Tu ne comprends donc rien !

— Je comprends surtout que tu es du dernier bien avec le président !

— Quel ton lugubre !... On va jusqu'à Nécropolis ?... Non, mais dis donc, est-ce que je te reproche tes familiarités avec ta femme ?

— Ce n'est tout de même pas la même chose !

— Qu'en sais-tu ? Voilà bien une réflexion d'homme !... Je te dis que tout va bien : *mon mari* dort...

— Hein ? sursauta Phidias... Ton ?... C'est donc vrai ?

— Tout ce qu'il y a de plus vrai !... Officieux depuis trois jours, officiel demain... Alors, tu vois, ça peut arranger bien des choses...

— S'il ne se réveille pas ! objecta le sculpteur soudain prudent.

— Penses-tu !... Tiens, le deuxième acte vient de commencer et, malgré cette musique féroce Péper n'a pas bougé...

Phi-phi refrénait depuis trop longtemps ses élans pour se contenir davantage... Il attira à lui la gamine charmante...

— Savez-vous, *madame*, marivauda-t-il, que vous êtes délicieuse ?

— Et vous, monsieur, du dernier galant !

— Vos joues sont du plus pur satin !

— Mais, monsieur, j'ai tout le costume en pareil...

. . . .

Bien qu'il eût paru fort court à Phidias et à Aspasie, le deuxième acte avait été très long.

Il venait de s'achever au milieu d'acclamations sans fin. Un artiste, après qu'Aristophane eut salué, vint lire d'une voix monotone et désabusée un long papyrus sur lequel était inscrite, avec noms et adresses, la liste complète des fournisseurs qui avaient, peu ou prou, contribué à la réalisation du spectacle. Décorateurs et musiciens y cédaient rapidement le pas aux fabricants de toilettes ou de cothurnes. On citait même les marchands de fards des principales interprètes, et l'on révélait le célèbre dépuratif qu'elles employaient.

Ces mœurs, toute nouvelles, ne parurent pas être goûtées des spectateurs, mais, comme ils avaient passé une excellente soirée, ils évitaient de le manifester. Quelques-uns, qui déclaraient « en vouloir pour leur argent », écoutèrent stoïquement jusqu'au bout ; d'autres s'étaient déjà précipités aux vestiaires pour y retirer leurs peplos avant que la cohue n'y fût trop tumultueuse.

Quand l'interminable proclamation cessa enfin, l'orchestre nègre attaqua un dernier morceau, adroitement composé par la réunion des principaux airs de la revue. Un appel strident des buccins, deux brefs coups de cymbale, en marquèrent le terme.

Périklès, réveillé en sursaut, se leva brusquement et cria :

— Bravo !... Pour les dieux ! Pour moi !... Pour la patrie !...

La foule, qui avait quelque difficulté à gagner les issues, acclama longuement le président, s'assurant ainsi une facile et provisoire distraction...

Soudain « Péper » murmura, surpris :

— Tiens !... où est ma femme ?

— Me voici, mon ami ! lui répondit une voix languissante.

Aspasie se glissait dans l'avant-scène...

— Ma robe était toute dégrafée, expliqua-t-elle.

— Parbleu ! tu as dû rire à ventre déboutonné !... ça se voit, d'ailleurs, la gaîté a ranimé ton teint...

Ils regagnèrent leur char, sous les ovations d'une multitude enthousiaste. Quand ils furent enfin loin de ce vacarme, assourdissant quoique flatteusement sympathique, « Mme Périklès » proposa négligemment :

— Dis-moi, mon chéri... J'ai envie de faire faire mon buste par Phidias... tu peux bien me payer ça !...

Tandis que la gamine pensait ainsi au sculpteur, celui-ci s'était hâté vers sa loge. Il n'y arriva pas sans inquiétude.

« Qu'est-ce que ma femme va me raconter ! » se disait-il...

Elle ne lui raconta rien : elle n'était plus là.

D'abord décontenancé, il songea :

« Furieuse de mon absence prolongée, elle a dû partir !... »

Mais, dans son grand besoin d'être rassuré, il revint à des conclusions plus optimistes :

« Que je suis bête !... Elle est restée jusqu'au bout, et m'attend maintenant auprès de notre taxi-char. »

Il se précipita vers la station des voitures retenues... Il ne lui parut pas que sa femme s'y trouvât... L'inquiétude le reprit. Un archonte, qui passait, surpris de voir le sculpteur ainsi agité, lui demanda :

— Que fais-tu donc là, Phidias ?

— Je cherche après Phi-phine... Tu ne l'aurais pas aperçue, par hasard ?...

Les badauds entendirent la réponse du statuaire, et elle leur parut plaisante...

Bientôt une voix gouailleuse, entraînant rapidement toutes les autres, se mit à chanter, tandis que Phidias s'éloignait dans son char lancé au galop :

> Je cherche après Phi-Phine,
> Phi-Phine !... Phi-Phine !...
> Je cherche après Phi-Phine
> Et ne la trouve point !...

CHAPITRE XV

DROIT AU BUSTE

« Ce que femme veut, Zeus le veut », affirme un proverbe grec, que nous compléterons en ajoutant : « et à plus forte raison un simple mortel, qui n'est par définition que l'humble serviteur de Zeus ».

Or, pour être président de la plus athénienne des républiques, on n'en est pas moins homme... Ce qui explique que, dès le lendemain de la mémorable première de l'Odéon, Aspasie, grimpant dans un char aux armes du gouvernement, se faisait conduire à l'atelier de Phidias.

Le sculpteur travaillait au modelage de son fameux groupe. Devant lui, immobiles sur leur socle, Ardimédon et Phi-phine, heureux d'être ensemble, posaient avec un louable zèle. Un sourire béat errait sur leurs lèvres, et le statuaire lui-même fredonnait joyeusement une chanson gaillarde.

Les nuages semblaient donc dissipés..

En effet, en quittant le théâtre, Phi-phi, qui ne se sentait pas aussi tranquille qu'il s'efforçait de le paraître, avait eu, en rentrant chez lui, l'agréable surprise d'un accueil inattendu. Loin de lui faire aucune scène, sa femme l'avait aimablement reçu. Elle était allée jusqu'à s'excuser humblement, sollicitant son pardon pour une nervosité qu'elle avait elle-même qualifiée de « déplacée et excessive ».

— Il ne faut y voir, avait-elle ajouté, qu'un témoignage du tendre sentiment que j'ai pour celui que j'aime !

L'ambiguïté de cette déclaration échappait nécessairement à Phidias, qui se rengorgea.

— Ah ! ah ! triompha-t-il *in petto*, elle est matée !

Quelque orgueil qu'il en ressentît, il n'abusa pas de sa facile victoire. Aussi bien, n'avait-il pas personnellement quelques reproches à s'adresser ?

Il se déclara donc très touché du repentir de Phi-phine et daigna agréer les excuses qu'elle lui présentait :

— Bien que ma propre conduite soit au-dessus de tout soupçon, affirma-t-il effrontément, je n'aurais pas le cœur d'accabler une femme qui reconnaît loyalement ses torts...

— Alors, mon chéri, dit-elle en lui passant tendrement ses bras autour du cou, tu m'achèteras ce joli collier de perles que j'ai vu boulevard des Athéniens ?...

— Heu... Mais certainement, ma mignonne... tout ce que tu voudras, pourvu que tu sois bien gentille.

Phi-phine ne s'y trompa point : la « gentillesse » qu'il lui réclamait impliquait pour Phi-phi l'idée de liberté absolue dans ses aventures extra-conjugales...

Mais elle avait maintenant d'excellentes raisons pour ne pas irriter son mari : tant qu'il se sentirait tranquille, elle se trouverait elle-même assurée de l'impunité. C'était, en somme, une façon négative d'appliquer la loi du talion.

Après cet échange d'aménités, les deux époux se couchèrent le plus gentiment du monde. Ils affectèrent de s'endormir aussitôt, ce qui leur permit de se recueillir secrètement et de penser chacun à l'objet de sa flamme.

Ayant dormi du sommeil des innocents, leurs nerfs enfin calmés, ils se réveillèrent de charmante humeur, et firent assaut de prévenances et d'amabilité.

C'est donc ensemble, et bras dessus, bras dessous, qu'ils étaient arrivés aux ateliers du boulevard Mont-Hymette. Ardimédon s'y trouvait déjà, dévêtu, prêt à la pose.

— Bravo, jeune homme ! lui dit Phidias en l'apercevant... Cet empressement est de bon augure !... Au travail ! Je sens qu'aujourd'hui ça va rouler !...

— Va t'habiller, Phi-phine !

En enjoignant à sa femme de « s'habiller », il exagérait un peu, le costume de la Vertu étant réduit à sa plus simple expression.

Tandis que Mᵐᵉ Phidias passait dans le petit salon réservé, le sculpteur se mit en devoir d'inspecter un peu les aîtres. Respectueusement accompagné par Ardimédon, il alla vers le coin où il était accoutumé à voir ses œuvres...

Il s'arrêta brusquement.

— Qu'est ceci ? cria-t-il, stupéfait.

Le Pirée avait imaginé de tendre de longs rideaux sombres devant les socles, toujours vides de leurs statues. Sachant qu'il ne pouvait compter éternellement sur la complaisance des petits modèles, ne pouvant d'autre part se résoudre à avouer au maître ses coupables manigances, il avait eu recours, provisoirement, à ce subterfuge propre à lui faire gagner encore un peu de temps.

Phidias, revenu de son saisissement, s'apprêtait à soulever les tentures pour se rendre compte...

— Maître ! cria une voix nasillarde, que dites-vous de **mon idée ?**

Phi-phi se retourna.

Le Pirée arrivait à lui, heureux qu'il ne fût pas trop tard...

— Que signifie ? gronda le sculpteur.

— J'ai cru devoir cacher momentanément les statues pour que la vue de vos œuvres ne vous donnât pas de fâcheuses distractions, pendant que vous préparez un chef-d'œuvre !...

« D'autre part, l'éclat du marbre et des matières précieuses, dont sont faites vos déesses, eût impressionné désagréablement vos yeux... Une ophtalmie est si vite attrapée !

« Enfin, il m'a semblé que sur ce fond plus sombre, les gracieuses images de la Vertu et de l'Amour se détacheraient mieux, ce qui facilitera votre travail...

Le Pirée avait débité son petit discours d'une voix assurée, mais en tremblant de tous ses membres. Si le maître ne coupait pas dans cette fable, le malheureux domestique était perdu. Du coin de l'œil, il guignait déjà la porte de sortie.

— Par Minerve ! s'écria soudain Phidias, voilà une série de merveilleuses idées, et dont je ne t'eusse point supposé capable !...

— Il suffisait d'y penser ! fit modestement le serviteur, qui se sentait revivre...

— N'empêche que c'est génial !... Et je t'alloue cent drachmes de gratification... pour un de ces jours !...

« Maintenant, laisse-nous travailler !... Je n'y suis plus pour personne !

— Et Périklès ? demanda le petit bonhomme en clignant de l'œil.

Phi-phi rougit légèrement.

— Heu ! dit-il, assez embarrassé... le protocole ne me permet pas d'interdire ma porte au... au président... Je ne puis rien refuser à Périklés.

« Mais, décidément, ami Pirée, tu es aujourd'hui en veine d'ingéniosité... Va boire un verre d'hydromel en face, tu le mérites bien !

— Je vais le prendre à votre santé, maître !...

Sur la porte, le serviteur, pensant à son impécuniosité, se retourna :

— A votre santé, maître, reprit-il... mais à vos frais, naturellement...

— Bien entendu !...

Le Pireé s'empressa de filer, pour se réjouir à l'aise du succès de son ingéniosité et aussi pour se munir d'un excellent cigare « de la boîte du patron », qu'il alla aussitôt fumer chez son marchand do boissons habituel.

A peine était-il sorti que Phi-phine reparaissait.

— Allons, au travail ! ordonna le statuaire...

Le groupe avait déjà pris la pose...

— A la bonne heure ! remarqua Phidias,

vous ne perdez pas de temps, au moins... Jeune homme, je suis très content de vous.

Les mains de l'Amour pressèrent un peu plus fort celles de la Vertu, sans doute pour exprimer que cette satisfaction était de bon augure...

Phi-phi, guilleret, modelait avec ardeur...

Le Pirée fit une rentrée soudaine :

— Maître ! cria-t-il de la porte, Périklès voudrait vous dire un mot... Il dit comme ça qu'il ne peut pas entrer, mais qu'il ne veut pas attendre...

Phidias avait tout de suite compris qu'il s'agissait d'Aspasie.

— Bon ! bon ! grommela-t-il pourtant, dis-lui que j'y vais !

Dès qu'il fut sorti, un peu trop précipitamment, Phi-phine, se dégageant de l'étreinte d'Ardimédon, sautait à terre.

— Chut ! dit-elle, je reviens...

Courant à la porte, elle se glissa furtivement derrière les tentures qui séparaient le vestibule de l'atelier.

Elle reparut bientôt, l'œil allumé, et déclara au prince, ravi :

— Cette conversation avec « Périklès » risque en effet d'être longue... car Périklès, pour l'instant, a pris la forme d'Aspasie !

— Oh ! se récria Ardimédon d'un air choqué, il ose... faire ça... ici ! Oh !...

« Si nous en profitions ?

Phi-phine dédaigna de répondre...

Mais la Vertu, prenant la main de l'Amour, entraîna celui-ci dans le petit salon...

Le Pirée, qui rentrait, les y vit disparaître...

— C'est elle qui l'enlève, maintenant, se dit-il. Oh ! oh !... La Vertu ne m'a plus l'air de résister beaucoup à l'Amour...

Se grattant l'occiput, il alla vers une petite armoire où il rangeait les accessoires du maître. Il en tira une vieille balance qui avait servi naguère au modèle qui posait Thémis.

Hochant la tête d'un air grave, il en contrôla l'équilibre :

— Oui, oui, murmura-t-il, il y a du pour et du contre...

Et il demeura songeur, regardant alternativement la portière du petit salon et celle du vestibule, où Phidias avait rejoint Aspasie.

Celle-ci, toujours exubérante, avait sauté au cou du sculpteur.

— Bonjour ! lui susurrait-elle, le Phi-phi à sa mémère.

— Bonjour ! petit As ! Tu es de plus en plus belle, aujourd'hui plus qu'hier...

— Et bien moins que demain !... compléta la gamine.

« Alors, tailleur de pierre de mon cœur, qu'en dis-tu ?

— Heu !... voici des métamorphoses supérieures à celles d'Ovide, répondrais-je, si Ovide était né et si les Latins n'affirmaient pas que la nature a horreur d'Ovide !...

— Je t'en prie, pas d'obscénités... je n'ai plus droit d'en entendre...

— Au contraire, maintenant que tu es mariée !

— Justement, seul mon mari a licence de m'en dire.

— Alors, sans blague, tu es mariée ?... C'est officiel ?

— Il me semble que ça se voit !

— La cérémonie s'est bien passée ?

— Tu parles d'un coup de rasoir !

— Oui, trop de monde ?

— Personne !... Les deux huissiers de service, qui servaient de témoins, et un archonte-suppléant qui nous a lu un tas de sottises !

— La loi, malheureuse !

— Penses-tu !... Il m'a dit que la femme doit à son mari fidélité et obéissance !

— Eh bien ?

— Eh bien, moi, je suis d'un avis absolument contraire !

— Mais je te le répète, c'est la loi de Solon !

— Solon ? Connais pas !... Je ferai changer tout cela par Péper... Je suis l'épouse d'un chef d'Etat, faut bien que ça serve !

— Tout de même, j'admire la rapidité de ton ascension... Car, enfin, tu as bien rencontré Périklès chez moi, il y a quelques jours à peine ?... du moins à ce qu'il m'a dit...

— En effet... Il m'a vu-u-e, il m'a voulu-u-e... et il m'a eu-u-e !... Et ça m'a ému-u-e !

— Alors, tu t'es jetée dans ses draps !

— Si tu veux !...

— Ce n'est pas que j'y tienne spécialement, mais enfin, ce qui est fait est fait...

— L'ennui, c'est que Périklès est déjà d'un certain âge...

— Tu peux dire : d'un âge certain !

— Le tien, mon ami !

— Sans doute, mais, moi, je n'en parais que la moitié... Et puis, il ne faut pas mépriser les hommes... périmés, comme tu dis : le métier de vieillard nécessite un long apprentissage. Ce qui confère une appréciable expérience !...

— Je te le rappellerai à l'occasion !... En attendant, ce qui m'enchante c'est que, jusqu'à présent, Mme de Thèbes a dit vrai...

— Mme de Thèbes ?

— Parfaitement : elle m'a prédit que j'épouserais un homme puissant, riche, et brun...

— Périklès n'est pas brun !... Il n'est même rien du tout, sinon chauve !...

— Il porte une perruque...

— Rousse !

— Pardon, il l'a fait teindre ce matin !

— Ces hommes politiques changent de couleur avec une facilité !...

— N'en dis pas de mal, il est très chic, il fait tout ce que je veux !

— Ah ! nous allons être bien gouvernés !

— Dès aujourd'hui, par décret officiel, je fais décerner à mon père la couronne de Chêne !

— Ça lui ira comme un gland...

— Dis donc, Phi-phi, faudrait pas charrier !... Je ne suis pas toujours née pour être ce que tu crois :

« Fille d'un hoplite supérieur...

— N'insiste pas, je connais la suite...

— Ah ?

— Oui... je l'ai si souvent entendue... Et Phidias, un peu amer, ricana :

— Enfin, à l'occasion, pense à moi !

— Mais je ne t'oublie pas : Péper m'a promis pour toi... le Panthéon !

— Hé là !...

— Quand tu seras mort, bien sûr... Tu y dormiras ton dernier sommeil avec lui, et sur la porte je ferai graver :

Aux grands sommes,
la Patrie reconnaissante !

« On t'y mènera avec tout plein de discours...

— Merci : ni fleurs ni couronnes !

— Comment, ça ne te fait pas plaisir ?

— Ma foi, j'aimerais mieux quelque chose de plus gai !...

— Le fait est que tu as l'air sombre...

— Dame ! je comprends qu'entre nous deux : P-H-I, phi... c'est fini...

— Pas du tout, voyons !... c'est maintenant que ça va commencer !

Le statuaire sentit son cœur palpiter d'espérance.

— Vraiment ?... Tu ne penses pas que le mariage va t'empêcher ?

— Et toi, est-ce que ça t'a empêché ?

— Bravo ! Tu es comme moi pour l'union libre... en partie double !

« L'homme d'Etat ne te suffit pas, il te faut des tas d'hommes !...

— Des tas, c'est un peu beaucoup... Tout ce que je demande, c'est de faire ce qui me plaît, quand ça me plaît... et comme il me plaît !

— Liberté, libertas ! disent les Romains...

— Je le dis aussi !... Et pas de jalousie, surtout... La jalousie, vois-tu, c'est la mère de tous les vices !

— A propos, que penses-tu de mon chapeau neuf ?

— A propos ? A propos de quoi ?

— Les vices... Lewis, donc !

— Eh bien, tu l'as, toi, l'art des transitions !

Phi-phi, amusé, attira la gamine sur ses genoux :

— Moi aussi, tu vois, je change aisément
de sujet !

— Oui, mais tu prends le sujet avec les
attributs !

— Parbleu ! Allons, ce vieux Péper est
heureux ?

— Il l'est !

— Il fait bien les choses, dis donc : c'est
lui qui t'habille de la sorte ?

— Pas tout à fait, je choisis moi-même...

— Et c'est lui qui paie !

— Dame ! chacun son rôle... Seulement,
à partir d'aujourd'hui, c'est moi qui tiens
les cordons de la bourse !

— Parfait : je sais qu'en tes mains, rien
ne dépérit... Nous voici cependant entrés
dans le siècle de Périt-Caisse !

— Pas d'obscénités, t'ai-je dit !

— Mais tu peux tout entendre, voyons,
puisque tu es mariée !

— Je n'en suis pas moins mineure !

— Aspasie-Mineure !... Je ne te cacherai
que c'est un calembour.

— Pas fameux !

— Tout le monde n'est pas Aristophane...

— Hé, dites-moi, monsieur... Que fait là
votre main ?

— Je tâte votre habit... L'étoffe en est
moelleuse !

— Ah ! de grâce, laissez... je suis fort
chatouilleuse...

La gamine, s'éloignant un peu, rajusta
sa tunique, que l'ardeur de Phidias avait
ramenée peut-être un peu trop bas...

En admiration, le sculpteur déclara :

— Mon petit As, tu as les plus beaux
seins du monde !

— Les quoi ?

— Seins...

— Tu avances, mon vieux : nous ne
sommes pas encore à l'ère chrétienne ; les
saints, c'est pour plus tard !

— Ah ! tu fais aussi de l'à-peu-près ! Celui-ci est charmant, d'ailleurs...

« Eh bien, soit ! restons dans le paga-
nisme : tu as les plus beaux petits païens
du monde... qu'a si joliment mis en musique mon ami Kristinos...

Emoustillé par l'exquis spectacle qu'il
venait de contempler, Phi-phi fredonna
les paroles de la célèbre chanson :

> Blanches rondeurs aux contours délicieux,
> Les païens sont un régal pour les yeux ;
> Ils ont tous, malgré leur forme régulière,
> Leur physionomie particulière.

Aspasie, entraînée, pour ne pas être en
reste, termina le couplet :

> Y en a qui vous regard'nt, l'air étonné,
> D'autres, pudiqu'ment, baissent le nez !
> Qu'ils soient monticul's ou promontoires,
> Des pomm's, des oranges ou des poires...

La joyeuse musique de Kristinos, le plus
populaire succès qu'eut jamais connu
l'Hellade, leur communiquait sa gaîté
folle. Ils en avaient d'abord marqué le
rythme en tapant en mesure des pieds et
des mains et, maintenant, debout, se faisant vis-à-vis, ils entamaient une danse
échevelée, dont ils improvisaient les pas
inattendus en fredonnant ensemble le refrain :

> Les jolis petits païens !
> C'est tout' la femme,
> Mais oui, madame,
> Je le soutiens.
> Ah ! quel désir
> Quand nos yeux les devinent !
> Ah ! quel plaisir
> Quand nos doigts les lutinent !
> Ils font
> Bientôt, sous notre étreinte,
> Des bonds
> Et même des pointes !
> Quand on les a dans la main,
> Mais oui, madame,
> C'est tout' la femme
> Qu'on tient !

Essoufflés, secoués d'un rire enfantin,
ils se laissèrent tomber sur une banquette...

— Dieux, que nous sommes idiots ! s'exclama Phi-phi

— Je ne prends pas ça pour moi !

— Mais moi je te prends pour moi !

Et il tenta de l'attirer à nouveau sur ses
genoux.

— Attention ! Tu vas finir par abîmer
ma robe ! protesta la gamine...

— Ce serait dommage, elle est ravissante !

— Oh ! à peine quinze cents drachmes !

— Mazette !... Tu en parles à ton aise !

— Peuh !... des drachmes-papyrus... et
au change actuel !...

— Les dieux aient pitié de Péper !

— Pourquoi ?... Il trouve, justement, que
je suis une petite femme très pratique, qui
s'habille à peu de frais et richement.

— Avec les laissés pour Archonte du
Grand Ailleurs !

— Le tout c'est de savoir s'y prendre :
je lui ai dit ; « Comment trouves-tu cette
robe ?... sept cent cinquante drachmes ! »
Il m'a répondu : « C'est donné », en me les
donnant...

— Mais tu m'avais dit : quinze cents...
alors, tu fais des dettes ?

— Pas pour longtemps ! déclara malicieusement Aspasie... Tiens, voici les notes... Prends-les donc !

Presque de force, elle lui mit dans la
main une douzaine de factures qu'elle tira
de son sac...

— Comment, murmura Phidias, abasourdi... tu me les refiles ?

— Bien sûr, mon chéri... Tu vois bien
que je pense à toi !... De cette façon, tu as

Photo : Isis-Film.

Un groom, costumé en amour, introduisait Phi-Phine et Ardimédon dans l'hôtel.

Phi-Phi. — XXVI.

Ayant aperçu Aspasie, Périklès, livide, s'écriait : « Oh ! c'était donc vrai ! »

Photo . Isis-Film.

— On me l'avait bien dit, mais je n'y voulais pas croire ! A présent j'ai vu... Adieu, Monsieur !

— Voulez-vous trois drachmes ? demandait ironiquement Phidias.

XXIX.

les mêmes droits et, par conséquent, les mêmes devoirs que Périklès.

« Je te l'ai dit : Liberté pour moi, Egalité entre vous deux !

— Avec la Fraternité officielle de nos relations, ça fait la devise républicaine...

« C'est égal, tu as une manière d'arranger les choses...

— Oserais-tu t'en plaindre ?... N'as-tu pas remarqué que les maris trouvent toujours excessives les dépenses de leur légitime ?

— Pour ça ! approuva Phi-phi, les yeux au ciel.

— D'autre part, tu sais que les maîtresses coûtent fort cher !

— Excepté pour l'amant de cœur ! minauda l'astucieux statuaire en s'efforçant de rendre les factures à Aspasie.

Elle les repoussa, répondant avec une excessive gentillesse :

— Tu n'es pas en cause, mon chéri !...

« Donc, te disais-je, j'ai trouvé la solution élégante : épouse de Péper, je lui coûte moitié moins qu'une femme du monde ; maîtresse de Phidias, je lui reviens moins cher qu'une poule de luxe !

« As-tu enfin compris ?

— Oui, oui... je te verserai sept cent cinquante drachmes !

— Pour commencer ! précisa-t-elle vivement... Crois-moi, tu y gagnes !...

— Toi aussi !

— Parbleu : plus un homme acquitte les notes de sa belle, moins il songe à la quitter !

« Et maintenant, parlons affaires !

— Encore ? s'inquiéta Phi-phi...

— Celle-ci t'intéressera davantage...

— Tant mieux !

— Je t'apporte une commande... Et tu sais, je ne demande pas de commission ! Tu vois que je ne suis point une ingrate !

— Tu es un amour... Alors ?

— Eh bien, voilà : Périklès trouve que je suis sculpturale, et il tient expressément à ce que je pose devant toi !

— N'est-ce pas pour cela que je t'avais remarquée ?

— Oui... combien ?

— Est-ce toi qui paie, ou lui ?

— C'est l'Etat !... On ira jusqu'à dix mille !

— C'est trop... ou trop peu !

— Ne discute pas : je me suis renseignée sur les prix !

Le statuaire ne put s'empêcher d'admirer cet esprit de décision...

— Quelle sacrée petite bonne femme tu fais ! s'écria-t-il.

D'un élan passionné, il voulut la prendre dans ses bras...

Aspasie se dégagea vivement.

— Pas ici ! s'écria-t-elle... Ta mégère n'aurait qu'à s'amener !...

— Le fait est que Phi-phine doit commencer à trouver que cette conversation officielle dure bien longtemps...

— Et je ne tiens pas à la rencontrer, surtout ici...

— Où, alors ?

— *Hôtel Perséphone*, à cinq heures... Tu y seras ?

— Plutôt deux fois qu'une !

— N'engage donc pas l'avenir !

Sur cette aimable recommandation, la gamine charmante pirouetta sur les talons et gagna la porte, déclarant avec emphase :

— Je remonte dans mon char !...

« Que dis-je ?... le char de l'Etat !

CHAPITRE XVI

THEMIS-MONNAIE !

Ardimédon, plus éloquent que Phidias, — à moins qu'il ne fût moins bavard, ce qui peut revenir au même, — ne prolongea pas sa conversation avec Phi-phine jusqu'aux limites excessives auxquelles le sculpteur portait son propre entretien avec Aspasie...

Le prince, dont l'ardeur n'excluait pas la prudence, avait plus rapidement quitté sa belle ; sans doute, les sujets de causerie étaient-ils épuisés. Souhaitant néanmoins la revoir bientôt, il demanda à la rencontrer ailleurs que dans cet atelier où l'on ne pouvait jamais être tranquille et qui, par surcroît, manquait vraiment trop du confort souhaitable.

Mme Phidias s'était, depuis quelques jours, trop avancée sur l'ensemble de la situation pour reculer sur un détail...

— Où pourrait-on se rejoindre ? questionna-t-elle simplement.

— Je sais un coin adorable et discret... nous y serons comme chez nous !... Je cours le faire parfumer et fleurir...

— Encore faudrait-il que je le connusse, pour vous y retrouver ?

— C'est vrai, j'oubliais... *Hôtel Perséphone*... rue des Trois-Grâces, dans la haute ville... Trois heures, ça va ?

— Un peu tôt... Je préférerais cinq heures... Phidias est toujours occupé à ce moment-là...

— Oh ! tu penses à ton mari ?

— Tu n'as rien à y perdre !... D'ailleurs, je tiens à ce qu'il ignore notre secret...

« Je serai d'autant plus forte qu'il pourra moins me soupçonner... Aussi, ne t'attarde pas... il n'aurait qu'à revenir !...

— A tout à l'heure, ma raison de vivre ! s'écria lyriquement le prince, dans un ultime baiser.

En sortant, comme il se disposait à aller reprendre ses vêtements de ville, il se

heurta tout de suite au serviteur de Phi-
phi...

— Tu écoutes donc aux portes ? fit-il,
d'un ton aussi sévère qu'inquiet.

— Les dieux m'en préservent ! répliqua
dignement le Pirée... Vous voyez bien que
je suis très absorbé.

Ardimédon remarqua seulement la balance que le domestique tenait en main,
affectant d'observer les plateaux avec la
plus profonde attention.

— Que fais-tu donc là ? s'étonna-t-il.

— Moi ? je m'en balance !... C'est court,
mais ça en dit long...

— Je ne comprends pas les énigmes !

— Eh bien, voilà, je pèse le pour et le
contre...et aussi le contre et le pour...

— A la fin, explique-toi ! insista le
prince, impatienté, tout en s'apprêtant à
revêtir sa chlamyde...

— Que Votre Majesté ne se mette pas en
colère ; mais plutôt qu'elle considère si j'ai
quelque motif à être préoccupé.

Et, d'un seul trait, le Pirée débita ce
qui suit :

— Jusqu'ici, je m'étais proprement conduit dans ma modeste existence. Comme
tout bon serviteur, j'ai menti, fait danser
l'anse des corbeilles à pain, fumé les liqueurs et bu les cigares — pardon, je me
trompe — bu les liqueurs et fumé les cigares de mon excellent maître. J'ai même
vendu ses statues et empoché l'argent...
A part quoi, je n'ai rien à me reprocher !

— C'est très bien, les honnêtes gens sont
si rares !

— Seulement, aujourd'hui, je me sens
sur le point de commettre une... comment
dirais-je ?... une...

— Une saleté !

— Oh ! monsieur... pas de gros mots !...
Mettons une saloperie...

— Pas possible ? crut devoir dire, assez
distraitement, Ardimédon tout en dispo-
sant harmonieusement sur son épaule les
plis d'un somptueux peplos.

— Mais si, hélas ! larmoya le Pirée...

« Tout à l'heure, dans un petit réduit
faiblement éclairé, j'ai entendu, j'ai vu
l'épouse légitime de mon patron... mon patron, nature simple mais cœur d'or... si
noble, si généreux... si fidèle !... Ah ! je
sens d'irrésistibles larmes franger mes
longs cils bruns d'une perle de rosée...

« J'ai donc vu, répété-je, cette femme, indigne d'un tel homme, entre les bras d'un
infâme gigolo...

— Ah ! ah !... coupa le prince d'un ton
menaçant...

— ... d'un gigolo bien balancé, rectifia le
prudent domestique...

— Bon... Et alors ?

— Alors, voilà où commence ma perplexité, et où j'ai grand besoin de cette
balance.

« Dans l'un des plateaux, mon devoir,
un devoir impérieux qui m'ordonne de révéler au maître l'atroce vérité... Et ce plateau descend... descend les escaliers de ma
résistance avec une rapidité vertigi-
neuse !...

« Je voudrais cependant rétablir l'équilibre...

— Mets quelque chose dans l'autre plateau !

— J'y ai songé, mon prince !... Mais, hélas ! je n'ai rien, moi...

— Rien ?

— C'est-à-dire... J'ai des dettes !

— Criardes ?

— Hurlantes, monsieur !

— Misérable ! s'écria Ardimédon, enfin
éclairé... Leurs cris t'incitent à vouloir me
faire chanter !

— Le mot est un peu vif, mais il traduit
à peu près la chose ! avoua le Pirée...

Cauteleux, il ajouta :

— Alors, que mettrai-je dans l'autre plateau ?

— Ceci !

Joignant le geste à la parole, Ardimédon
avait brusquement saisi aux épaules le domestique, déconcerté. Il le retourna d'un
trait et son pied droit, lancé d'une main
sûre, alla prendre un contact plutôt violent avec le postérieur du candidat maître chanteur.

Celui-ci, lâchant sa balance, se laissa aller à terre et se garda bien de bouger ;
une nouvelle manifestation du même
genre lui eût été nettement désagréable.

Mais le prince ne songeait pas à réci-
diver.

Jetant sur l'indélicat serviteur un regard
méprisant, il se hâta de quitter l'atelier.

Le Pirée, s'étant du coin de l'œil assuré
qu'il n'y avait plus de danger, se redressa
et ramassa sa balance...

En se frottant le bas des reins, il murmura :

— On ne peut pas dire que ça va bien,
bien... mais enfin, il y a du pied... il y
en a même trop !...

La rage au cœur, il se dirigea vers le
vestibule, fermement résolu à tout raconter à son maître.

Un bruit de voix l'arrêta sur le seuil.

En domestique stylé, il n'entrait pas...
mais il écoutait...

— Oh ! oh ! murmurait-il... il convien-
drait peut-être de reporter à demain ce
plaisir des dieux qui s'appelle la vengeance...

« D'ailleurs, c'est un plat que j'aime
mieux froid !...

« Ah ! ah !... mon cher patron connaît
aussi l'*Hôtel Perséphone ?*... A la bonne
heure, ça me promet de beaux jours !

Sur la pointe des pieds, il quitta son
poste d'observation — qui était en même

temps un poste d'écoute — et, regagnant l'atelier, sa balance à la main, il se remit à en considérer longuement les plateaux...

C'est dans cette attitude méditative que le trouva Phidias quelques instants plus tard. Le sculpteur avait reconduit Aspasie et, le cœur joyeux, s'apprêtait à rejoindre son épouse. Il s'arrêta, étonné.

— Que fais-tu donc, Pirée, avec cet accessoire ? La Justice ?

Le petit bonhomme, d'un air mystérieux, posa un doigt sur sa bouche.

— Chut ! dit-il... Je pèse le pour et le contre !... et aussi le contre et le pour...

— Le contre et le pour de quoi ?

— Le contre du pour et le pour du contre...

— Tout cela me paraît bigrement compliqué !... Exprime-toi donc simplement en grec, si tu veux que je comprenne !...

— C'est bien délicat !...

A vrai dire, le Pirée, en préparant son petit laïus suggestif à l'usage du prince, n'avait pas envisagé l'éventualité de renouveler auprès de Phi-phi sa tentative intéressée. Les circonstances, seules, venaient de lui en suggérer l'idée...

Mais son éloquence n'était pas à répétition, et il ignorait l'art de fabriquer les discours en série. Mis en demeure de répondre, il lui fallut cependant parler.

Pour ne pas trahir son embarras par une plus longue hésitation, il débita, sans s'en apercevoir, à quelques mots près, la harangue qu'il avait déjà infligée à Ardimédon...

— Voilà, expliqua-t-il... Jusqu'ici, je crois m'être conduit assez honnêtement dans la vie... En bon serviteur, j'ai menti, fait danser les anses des corbeilles à pain, fumé les cigares et bu les liqueurs — tiens, je ne me suis pas trompé !... — et bu les liqueurs de mon excellent maître... J'ai vendu ses plus belles statues, empoché l'argent...

— Vendu mes œuvres ? murmura Phidias, en jetant un coup d'œil affolé vers les rideaux qui masquaient les socles...

— Mais, à part ces légers détails, poursuivait imperturbablement le Pirée, sans remarquer l'émotion du sculpteur, je n'ai absolument rien à me reprocher...

« Pourtant, monsieur, aujourd'hui, je me sens sur le point de commettre une... comment dirais-je ?... Une...

— Une saloperie ! fulmina Phi-phi, faisant un pas vers les tentures...

— Non, maître, jamais !... Appelons les choses par leur nom... Mettons... une saleté...

— Tu m'étonnes ! ricana Phidias, qui sentait gronder en lui une sourde indignation...

— Tout à l'heure, dans un petit vestibule mal éclairé, j'ai entendu... j'ai vu le mari de ma patronne... Ma patronne !... nature simple, mais cœur d'or, si noble, si généreuse, si fidèle... Ah ! je sens des larmes perler mes longs cils bruns d'une humide frange de rosée...

« Donc, j'ai vu, dis-je, l'indigne époux d'une telle femme... entre les bras d'une poule...

— Ah ! dit Phidias en fronçant les sourcils.

— Bien balancée !

— Oui !... Et alors ?

— Alors, mon bon maître, voici où commence ma perplexité, voilà où j'ai besoin de cette balance. Dans un de ses plateaux, qui descend !... Ah ! comme il descend vertigineusement l'échelle de mon respect, comme il dégringole l'escabeau de mon estime !... dans ce plateau, se trouve mon devoir, qui me donne l'ordre impérieux d'aller de ce pas tout révéler à ma chère et digne maîtresse...

« Pour rétablir l'équilibre, il faudrait que je pusse mettre quelque chose dans l'autre plateau !... Il faudrait...

« Mais, monsieur, vous ne m'écoutez plus... Où allez-vous donc ?...

Phi-phi, en effet, n'attendait pas la suite de ce fallacieux discours.

Il pensait à ses statues, ces œuvres aimées que le Pirée avait vendues ! Cela l'inquiétait beaucoup plus que de savoir son aventure découverte par le domestique !...

Celui-ci n'était-il pas renseigné depuis longtemps !...

Il alla donc directement aux rideaux sombres, qu'il tira d'un mouvement furieux... Un cri rauque s'étrangla dans sa gorge. Les socles étaient inhabités !

Plus de statues !... Disparues, envolées !

— Ah ! abominable gredin ! hurla-t-il... Tu voulais me faire chanter, par-dessus le marché... ce marché infâme qui me dépouille des fruits de mon art, de ces chefs-d'œuvre incomparables !

Car, chez Phidias, la fureur n'excluait pas la modestie !...

Le Pirée, épouvanté, se jetait aux genoux du statuaire.

— Maître ! implorait-il, pardonnez-moi !...

« J'avais perdu aux courses, alors j'ai perdu la tête !

— Tu perds trop de choses, mon ami ! Et tu y as aussi perdu ta place, si ce n'est plus !

— Mais vous pourrez racheter vos statues à Jules Lévy. Il est tout prêt à vous les revendre au prix fort !...

— Ce serait le comble !

— Plaignez-vous !... Vous, du moins, vous avez les moyens de vous offrir ça !... Moi, je n'ai pas pu !...

La logique spécieuse du domestique fut loin de convaincre Phi-phi.

Emporté par la colère, il se jeta sur lui, le releva par sa tunique et, l'ayant remis debout, il le fit pivote. et lui administra un magistral coup de pied au bas des reins

Ayant provisoirement satisfait sa soif de juste vengeance, le sculpteur s'éloigna, encore rageur, sans plus s'occuper du sacripant... La vue des socles inoccupés raviva sa colère.

— Aujourd'hui, grinça-t-il, je n'aurai pas le temps... mais demain, je ferai coffrer ce scélérat !...

Et il sortit par le fond, en claquant bruyamment les portes pour bien témoigner qu'il n'était pas content !

Le Pirée ne l'était d'ailleurs pas davantage.

Frictionnant énergiquement les parties meurtries de son individu, il murmurait, avec force grimaces :

— Oh ! mais je ne joue plus, moi !... En voilà assez !

« Sans blague, ils se sont tous donné rendez-vous sur mes plates-formes ! (Nous savons qu'il était plutôt maigre.)

« Eh bien, au lieu d'une vengeance, j'en aurai deux à savourer !... Que vais-je faire ?... Je n'en sais fichtre rien...

« Mais ce sera terrible !...

Il s'abîma dans les réflexions.

— Voyons, enverrai-je aux intéressés des lettres anonymes ?... Peuh ! le service est si mal assuré !... ça arriverait trop tard !...

« Et puis, ça pourrait me trahir... ne fût-ce que par les fautes d'orthographe !...

« Oh ! oh ! oh !...

Cette triple exclamation révélait que le petit bonhomme venait d'avoir une idée machiavélique.

Il ne perdit pas de temps à s'en étonner.

Embrassant d'un coup d'œil terrible la salle où l'avaient, à tour de rôle, si mal traité Ardimédon et Phidias, il eut un rictus effrayant, qui découvrit ses dents rares mais gâtées.

— Indomptables !... ricana-t-il... Mais je vous briserai !...

Et il se précipita chez le marchand de boissons d'en face, où il fit une entrée sensationnelle en criant :

— Le papyrus des téléphones !... et un coup d'hydromel !...

CHAPITRE XVII

L'ENNUI PORTE AU CONSEIL

Au V⁰ siècle av. J.-C., l'état de chef d'Etat n'offrait pas les multiples agréments qui, de nos jours, le rendent si enviable.

Les connaissances géographiques se trouvant plutôt limitées, les déplacements de souverains étaient rares ; aussi, les brillantes réceptions auxquelles donnent lieu ces genres de voyages ne ramenaient-elles que de loin en loin leur faste si cher aux foules

La science et l'industrie n'étant encore qu'à l'état embryonnaire, les gouvernants se voyaient privés de tant d'expositions, agricoles, ménagères ou simplement chaotiques, qui font si légitimement la joie et l'orgueil de nos modernes civilisations.

Enfin, si l'on songe qu'il n'y avait pas, ou presque, de décorations à décerner, point de syndicats, de fêtes de bienfaisance ni même de cinémas, on se rend aisément compte que la vie d'un président de République pût être particulièrement monotone.

Ce qui explique peut-être que maints souverains n'aient, si souvent, pensé qu'à faire la guerre. Le nombre des possibles adversaires étant des plus restreints, c'étaient, déjà, à peu près toujours les mêmes qui se battaient. Toutefois, à cette époque barbare, les chefs d'Etat, ne se souciant pas de rester seuls en leurs résidences, se mettaient le plus souvent en personne à la tête de leurs troupes...

Quand on n'a pas ce que l'on aime, expliquait le peuple, « on s'amuse avec ça qu'on a !... »

Periklès, lui, n'acceptait la guerre que lorsqu'elle lui était imposée par les circonstances, afin d'en éviter autant que possible les ennuis à son peuple. S'il lui arrivait de s'ennuyer parfois, il songeait plutôt, pour se distraire, à l'élaboration de quelque utile réforme et réunissait en hâte le conseil des Archontes pour lui exposer et faire approuver ses projets.

Les Athéniens avaient traduit cette particularité dans une formule lapidaire : « L'ennui porte au Conseil », que nous avons cru devoir, pour ces raisons et pour quelques autres, placer en tête du présent chapitre.

Ce jour-là, par extraordinaire, le conseil des Archontes était au grand complet. Périklès y prit place entre le thesmothète, président du conseil chargé des Affaires extérieures, et l'éponyme, préposé aux Finances.

Le chef de l'Etat déclara gravement :

— Citoyens archontes, la séance est ouverte !

— Vive la République athénienne ! cria aussitôt le polémarque Lévipanis, chef des armées. C'était un savant, illustre mais fort distrait ; pour le moment, il s'ingéniait à faire entrer de minuscules cocottes en papyrus dans de petits bateaux qu'il confectionnait lui-même adroitement pendant les séances.

— Vive la République athénienne ! répéta en écho le thesmothète, grand-maître de l'Enseignement et des Arts, sortant un instant de sa bouche la courte pipe, dont il ne cessait de tirer d'épais nuages de fumée...

Ces formalités rituelles accomplies, l'éponyme des Finances se leva. Son impeccable élégance, un crâne où la calvitie atteignait au maximum, son monocle insolemment vissé dans l'œil droit, lui donnaient incontestablement fort grand air.

— Citoyens, dit-il d'une voix tranchante, l'heure est grave !...

— Trois heures trente-cinq ! jeta Lévipanis.

— Allons, citoyen, protesta Périklés, la drachme est descendue hier à trois oboles.

— Hélas ! nous le savons ! gémirent quelques archontes.

L'éponyme reprit :

— Il faut donc agir ! Pour nous en sortir, je ne vois qu'un moyen : créer de nouveaux impôts !

— Lesquels ?

— Augmentation de cent pour cent sur le prix des cigarettes ! A part notre honorable collègue de l'Enseignement, aucun de nous ne fume...

— Adopté à l'unanimité ! coupa Périklès.

— Nous doublerons de même tous les autres impôts...

— Adopté à l'unanimité ! répéta Péper, en songeant à l'impressionnante facture qu'Aspasie lui avait présentée le matin.

— Et la question des dettes ? demanda insidieusement un thesmothète...

— C'est très simple : sous prétexte d'obtenir un arrangement, nous déclarons que nous ne payerons pas les vieilles créances...

— Mais nous n'en avons que de jeunes !

— Eh bien, nous les laisserons vieillir, voilà tout !

Un tonnerre d'applaudissements approuva cette proposition...

Rouge de plaisir jusqu'au sommet de son crâne nu, l'éponyme salua, flatté, et continua :

— Tous les héritages seront recueillis au profit de l'Etat... Les célibataires seront frappés d'un impôt calculé en raison directe de leur âge, multiplié par le nombre de leurs maîtresses...

— Heu !... objecta Lévipanis, inquiet.

— C'est parfait ! décréta Périklès.

— D'ailleurs, les gens mariés paieront la même taxe, sous un autre nom...

— Ho ! se récrièrent quelques voix...

— C'est bien fait ! ricana le polémarque... Bisque, bisque, rage... Tagadagada ! Tchu ! tchu !...

— Silence, donc !

L'archonte financier put enfin reprendre :

— Je propose également que toutes les maisons où les prêtresses de Cythères se livrent à un commerce réprouvé...

— Mais toléré ! corrigea quelqu'un.

— ... soient reprises et gérées par l'Etat, ce qui vous en assurera, messieurs, le libre et gratuit accès !

« Naturellement, nous n'indemniserons pas les actuels tenanciers, d'abord parce que leur négoce est immoral et puis, surtout, parce qu'ils ont déjà gagné suffisamment d'argent !...

— Il faudra créer un contrôle ! objecta une voix, ça va nécessiter toute une administration...

— Pas le moins du monde : nous leur donnerons des numéros d'ordre, que chacune sera tenue d'afficher très visiblement à sa porte... par exemple, sur des lanternes de couleur...

— Rouges ! dit impétueusement le démocratique Panilévis.

— Rouges, si vous voulez !... Et le comptable de chaque établissement assurera le contrôle des recettes et dépenses.

« Voilà, messieurs !...

L'éponyme se rassit, au milieu des murmures les plus flatteurs... Il avait vraiment pensé à tout.

Peut-être même eût-il été l'objet d'une véritable ovation si, à ce moment, n'avait soudain mugi la grande corne d'aurochs, placée près de Périklès...

Celui-ci, qui allait s'assoupir, sursauta :

— Hein ?... Quoi ?... Qu'est-ce ? cria-t-il, effaré.

— Téléphone, monsieur le président ! expliquèrent respectueusement les archontes.

Péper approcha son oreille du pavillon.

— Allo !... Oui, parfaitement, je suis bien *Acropole 25-30*... Et vous ?... Je vous demande qui est à l'appareil ?... Un ami de la Justice et de la Vérité ?... Connais pas !

« Qu'est-ce que vous osez dire, misérable ?... Savez-vous que ça peut vous coûter cher !...

« Quoi ? Vous avez des preuves !.. Donne-les, scélérat, ou je t'arrache la langue !

« Ce soir, à cinq heures ?... Nom de Zeus ! rugit Périklès... Que l'infernal nocher s'empare de toi, canaille, et que le Styx te roule éternellement dans ses flots noirs !

« Comme tu dis : rira bien qui rira le dernier ! Que Pluton te change en crotale !

Hors de lui, sans même raccrocher l'appareil, Péper bondit hors de la salle :

— Trukiros ! Kleïtos ! Panthoïde ! hurlat-il aux huissiers... mon peplos, mon char, tout de suite !...

« Polygamôs ! donne-moi mes armes d'ordonnance, et assure-toi qu'elles sont bien chargées de balles empoisonnées !

Tandis qu'il se précipitait ainsi, les archontes, d'abord embarrassés, quittèrent leurs sièges...

L'éponyme, après quelque hésitation, se décida à dire :

— Messieurs..., je crois que la séance est levée !

Les ministres s'empressaient aussitôt vers la sortie, en échangeant des réflexions dénuées d'intérêt.

— Evidemment, disait l'un, tout cela ne nous regarde pas !

— Hé ! hé ! il y a quand même des choses qui ne nous regardent pas... mais qu'on a plaisir à regarder !...

— En tout cas, il n'y a pas lieu de donner un communiqué à la presse...

L'archonte financier, ayant rajusté son monocle, sortit à son tour. Furieux de l'incident qui l'avait privé d'un triomphe escompté, il murmurait :

— Ah ! ce téléphone, quelle invention !

Enfin, le polémarque qui, comme toujours, partait le dernier, aperçut le récepteur abandonné, d'où s'échappaient encore quelques bourdonnements.

Le portant machinalement à son oreille, il écouta, sourit... puis le raccrocha, criant avec la plus exubérante gaîté...

— Cocu ! cocu !...

CHAPITRE XVIII

MORTS ET REMORDS

En dépit des apparences, qui sont souvent trompeuses ainsi que chacun sait, le Pirée n'avait pas pour une obole de méchanceté. Tout au plus pourrait-on lui reprocher un amour-propre excessif et une appréciation trop flatteuse de sa modeste personnalité.

Evidemment, il était quelque peu joueur et buveur, manquait totalement de respect pour la propriété d'autrui, et avait élevé le mensonge à la hauteur d'une fonction naturelle.

A part ces légers détails, comme il se plaisait à l'affirmer, sa conscience était parfaitement pure.

« Au demeurant, le meilleur fils du monde », eût dit Esope.

Aussi, à peine eut-il infligé à Périklès un coup de téléphone révélateur, qu'il se reprocha amèrement cette noire action. Une vive courbature, qui lui étreignit le bas des reins, atténua d'ailleurs aussitôt ses velléités de remords.

Pour ne plus entendre la voix de la conscience, il éleva la sienne et chanta à tue-tête une ronde populaire :

Savez-vous planquer des sous
A la mode de chez nous ?

criait-il éperdument à travers l'atelier désert.

Cet exercice finit par lui donner soif...

— Je vais dire deux mots à un flacon ! décida-t-il.

Ayant vivement débouché une carafe pleine d'eau-de-vie de bananes, il s'en alloua une forte lampée et fit clapper sa langue.

— Bigre ! opina-t-il, ça fait du bien par où ça passe !... Remettez-nous ça !...

Il s'offrit une nouvelle rasade, non moins copieuse, en fredonnant :

Et je n'aimai jamais autant l'eau-de-vie !

Une torpeur semblant l'envahir, il se frotta les yeux :

— On prétend, dit-il, qu'un petit verre d'alcool nous réveille, j'en ai bu six et je m'endors !...

« Ce n'était peut-être pas assez !...

Il voulut saisir à nouveau le flacon, mais l'engourdissement le gagnait, croissant... Il s'assoupit sur un divan, s'efforçant en vain de mettre un peu d'ordre dans ses idées de plus en plus confuses...

Ses pensées prirent bientôt une forme étrange...

Le Pirée, posté aux abords du *Perséphone-Hôtel*, surveillait les allées et venues des clients. Un jeune garçon, vêtu du traditionnel costume de l'Amour, décochait une flèche aux couples d'arrivants, qu'il conduisait ensuite dans leur chambre, généralement retenue à l'avance.

Ardimédon et Mme Phidias, tendrement enlacés, furent de la sorte introduits dans l'hôtel.

— Ha ! ha ! ricana le Pirée en les voyant, voici donc mes ennemis !... Et les autres, maintenant !

Aspasie et Phi-phi arrivaient en effet à leur tour.

— Ma vengeance est complète ! grinça le Pirée en se faufilant sournoisement derrière eux...

« Nous allons voir ce que nous allons voir ! » pensa-t-il.

Se frottant joyeusement les mains, il s'installa sur une banquette placée dans le couloir, et attendit...

Il n'attendit pas longtemps.

Périklès, bousculant les usages et les serviteurs de l'hôtel, apparut tout à coup, le bonnet phrygien en bataille, l'œil terrible :

— Ma femme ? hurlait-il... Où est ma femme ?

Il brandissait farouchement deux armes tellement bizarres que le Pirée jura qu'il n'en avait jamais vu de semblables...

Déjà, au bruit des clameurs, les portes s'ouvraient.

Dans un entre-bâillement, parut la

blonde tête d'Aspasie. En rugissant, Péper repoussa le vantail et aperçut Phi-phi...

Il étendit ses deux bras dans la direction des coupables.

Poum !... Poum !...

Deux détonations formidables, un épais nuage de fumée, une âcre odeur de silex...

— Tonnerre de Zeus ! sursauta le Pirée, épouvanté, en se bouchant les oreilles...

La gamine avait roulé à terre, sur le corps du sculpteur...

Ils ne bougeaient déjà plus !

Périklès, l'ayant constaté, porta les deux armes à ses tempes.

Poum !... Poum !...

— Flûte ! s'écria le petit bonhomme... Il en connaît des trucs, celui-là... faudra qu'il me les copie !...

Phi-phine et Ardimédon, s'étaient enfin décidés à venir aux renseignements... Ils se précipitèrent vers les cadavres...

Périklès, dans un dernier sursaut, aperçut Phi-phine, la visa...

Poum !

Ardimédon voulut s'élancer sur sa belle...

Poum !...

— Ah ! murmura le Pirée, flageolant sur ses membres, il exagère ! Il me venge trop !...

« Je jure que je n'ai pas voulu cela !

Après cette déclaration solennelle, il se risqua dans la chambre du massacre... Tout le monde y étant vraisemblablement tué, il ne risquait plus grand'chose...

Ardimédon, en tombant, avait voulu désarmer le forcené Péper... Que n'y avait-il songé plus tôt !

L'irréparable était maintenant accompli...

Trop tard !

Le prince n'avait pu s'emparer que d'une arme, ses forces l'avaient trahi...

Le petit serviteur recula d'épouvante quand il vit l'affreux spectacle...

— La mort les a tous fauchés ! murmura-t-il.

« Un, deux, quatre, cinq morts... Cinq morts de fauchés !... trois minutes d'arrêt, buffet !

Mais Ardimédon avait aperçu le domestique.

— C'est toi, bégaya-t-il d'une voix éteinte, qui es cause de tous ces malheurs !... Les Enfers te réclament !

« Viens avec nous, petit !...

Et il braqua sur lui l'arme arrachée à Périklés.

— Cette fois, je suis visé ! bredouilla le Pirée, affolé, tremblant sur ses jambes, qui se refusaient à aider sa fuite...

Poum !...

— Une balle, deux points ! gémit-il en s'écroulant...

Le Pirée se réveilla par terre, meurtri, endolori et stupide. Il était tombé du divan à la fin de son cauchemar et gardait au front les traces d'une chute plutôt lourde.

— Que de morts ! murmura-t-il... sans me compter... Et tout ça à cause de moi !

« Bah ! que je suis bête : tout songe, tout mensonge !

« Hélas! ... j'ai déjà dit ça à propos de *Ptolémée*, et ça ne m'a pas tellement réussi... L'ère des sottises est passée !...

Se remettant sur pied, non sans geindre, il jeta un coup d'œil sur le cadran solaire :

— Moins le quart ! s'écria-t-il joyeusement... Avec un bon char, j'ai encore le temps !

Le cœur rasséréné, il bondit vers la rue, en murmurant :

— Oh ! Lucine, déesse des accouchements heureux ! daigne faire que mon cerveau en gestation puisse avant la fin d'un quart d'heure enfanter une idée géniale !... Je sacrifierai pour toi deux grands bœufs blancs tachés de roux...

« J'espère que mon maître les paiera !...

Un char à compteur, dûment en maraude, passait devant lui.

— Psst !... héla-t-il... Double tarif si tu es au *Perséphone-Hôtel* en sept minutes et demie...

« Ecrase les piétons, s'il le faut... ça m'est égal, je ne suis pas assuré...

Ainsi que tous les Athéniens qui usaient rarement des chars, le Pirée devenait féroce dès que, par hasard, il n'était plus à pied...

Les chevaux, ayant mené la course à bride abattue, arrivèrent à destination six minutes plus tard, fumants et écumants. Le Pirée sauta vivement hors du char.

— Attends un moment, dit-il au cocher, je ne sais pas encore qui te paiera, mais je te promets que tu seras payé.

Il s'engouffra dans le bureau de l'hôtel..

La digne Mme Perséphone avait avec le Pirée un vague degré de parenté, par les camarades de quelques ascendants et grâce à l'inconduite complice de ses aïeules. Mais n'ayant jamais été plus fixés l'un que l'autre sur l'importance relative de ces liens du sang, elle l'appelait « mon neveu », ce qui avait autorisé iceluy à la qualifier « ma tante ».

Cette aimable dame se trouvait précisément dans le bureau quand le Pirée y pénétra en trombe.

— Hé ! pitchoun, lui cria-t-elle, épanouie, qué nouvelles ?

Elle retrouvait en le voyant cet accent spécial aux Grecs mâtinés de Phocéens. Ce croisement lui assurait de plus une gaîté de caractère, une affabilité d'accueil qui en faisaient une personne des plus sympathiques en dépit de charmes devenus incertains, mais qui se défendaient encore avec d'autant plus d'énergie qu'on ne songeait plus à les attaquer.

— Tante Perséphone ! je t'embrasse- rai tout à l'heure. Pour l'instant, je suis pressé...

« As-tu reçu tantôt des couples répon- dant à ce signalement.

Il dépeignit fidèlement Aspasie et Phi- dias, Ardimédon et Phi-phine.

— Mais oui, pitchoun... ces personnes ont retenu les chambres, la 18 et la 19, qui sont comme qui dirait mitoyennes.

« Qu'est-ce que je t'offre ?

— Ton appui... j'en aurai peut-être be- soin...

Et il s'élança aussitôt dans l'escalier, qu'il gravit avec une telle agitation que sa digne parente le soupçonna de perpé- trer quelque mauvais coup.

Il s'arrêta sur le palier, essoufflé...

— Lucine, gémit-il, tu me laisses tom- ber ! Je n'ai pas encore enfanté la moindre idée de génie !

« Pour les deux bœufs, tu peux toujours te l'accrocher !

Ce blasphème expira sur ses lèvres, qu'un radieux sourire vint illuminer.

— Oh ! pardon, Lucine... la voici, ma trouvaille !... je la tiens !... Lucine, je ne manque jamais à une promesse : tu auras un petit veau !

Dans son esprit, cette offrande représen- tait une juste moyenne, d'après les im- pressions contradictoires que sa foi en la déesse avait tour à tour ressenties.

Il bouscula un garçon d'étage, ahuri, qui semblait attendre vainement quelque grande-duchesse et, courant aux chambres 18 et 19, il décrocha de leurs portes respec- tives la pancarte qui en indiquait le nu- méro. Délibérément, il intervertit la place des cartons, ainsi qu'il l'avait vu faire dans une des premières pièces gaies d'Aristophane.

Toujours pratique, il réfléchit alors.

— Cette idée ne doit rien à Lucine, elle appartient à Aristophane !... Celui-là, comme j'ai toujours été forcé de payer mes places au théâtre, nous sommes quittes !...

« Je n'ai donc plus de veau à offrir... Mais je demanderai tout de même au patron l'argent des deux bœufs !...

Le garçon d'étage le contemplait, plus ahuri que jamais.

— Toi, lui intima sévèrement le Pirée, tu n'as rien vu, rien entendu.

« Si tu es discret, je demanderai à la patronne d'augmenter tes gages !...

Le valet, ravi, déclara :

— Ce n'est pas de refus... car, étant nou- veau dans la maison, on ne m'alloue en- core aucune rétribution...

— Dès demain, tu auras le double ! j'en parlerai à ma tante...

— Oh ! merci, seigneur, merci !...

« Eh bien, il ne lui faut pas grand'chose pour le contenter, celui-là ! pensa le neveu de Mme Perséphone.

« Bah ! comme on dit : chaque gage a ses plaisirs ! »

La présence du garçon d'étage commen- çait cependant à l'importuner visiblement ; un tel maladroit était bien capable de con- trarier au moment critique des plans si péniblement échafaudés !

Pour s'en débarrasser, il employa une plaisanterie populaire, née d'une scie à la mode.

— Hé ! dis donc ! cria-t-il soudain.

Le valet s'empressa vers lui.

Alors, le Pirée, d'un air très détaché, fredonna :

— Hé ! dis donc, si par hasard tu vois ma tante, complimente-la de ma part !

— J'y cours, seigneur ! répondit simple- ment le garçon d'étage, en se précipitant dans l'escalier.

CHAPITRE XIX

AU PIED DES HÔTELS

Débarrassé de l'encombrant valet d'hô- tel, le Pirée se laissa aller sur la banquette du couloir et s'épongea le front. Il avait besoin de souffler un peu, et aussi de ré- fléchir dans la limite où cela lui était pos- sible.

— Tiens ! fit-il soudain amusé, me voici exactement comme dans cet affreux cau- chemar de tantôt.

« Voici le banc d'où j'ai chu si rude- ment... voici à ma droite le 18, à ma gauche le 19, provisoirement intervertis... Dans chaque pièce, un couple illégitime et adultère... Voici, comme dans mon rêve...

Des hurlements forcenés interrompirent sa méditation.

— Oh ! gémit-il, épouvanté, et voici Pé- riklès...

C'était, en effet, le président, qui venait de bondir dans l'escalier, et le gravissait avec une agilité surprenante.

— Mercure, protège-moi ! murmura le Pirée... que la réalité cesse ici de ressem- bler au rêve !...

Péper faisait irruption sur le palier... Ses mains brandissaient des armes étranges.

Le serviteur pâlit, songeant avec inquié- tude et stupéfaction :

« Ah çà !... mais le pistolet serait donc vraiment inventé !... Non, non, pas pos- sible... c'est le cauchemar qui continue... »

Comme pour dissiper ses doutes, Pé- riklès l'interpella.

— Ah ! te voilà, toi ?

— Non, non balbutia le Pirée, ce n'est pas moi, je n'arrive que demain !

— Je te reconnais, te dis-je, tu es au service de Phidias.

— Je n'y suis plus, il m'a fichu à la porte... Et j'étais justement venu voir ma tante Perséphone pour qu'elle me procure une place.

— Tout cela m'importe peu !... coupa le président. Voyons, murmura-t-il, on m'a dit la chambre 18... c'est là !

Et il se précipita, rugissant :

— Ah ! misérables, je vous tiens !...

Bien que le Pirée fût certain, et pour cause, que le n° 18 s'appliquait maintenant à la chambre 19, il frissonna d'épouvante et, à tout hasard, se boucha les oreilles.

— Oh ! s'écriait Périklès...

Ayant enfoncé la porte, il venait de découvrir Phi-phine et Ardimédon.

— Que d'excuses, madame ! balbutiait-il, stupéfait... Je croyais... Mais rassurez-vous, Phidias n'en saura rien, du moins par moi...

Puis, la première surprise passée, rassuré sur son sort au delà de tout espoir, il se tapa sur la cuisse en éclatant de rire :

— Pardonnez-moi, dit-il... mais c'est trop drôle... Alors, c'est Phi-phi qui... Ah ! je suis bien content !...

— Cette compassion part d'un bon naturel ! ironisa amèrement le prince, qui s'était en vain efforcé de dissimuler sa nudité.

Péper ne daigna pas relever cette insolence, qui ne pouvait parvenir à lui gâter sa joie.

Simplement, il dit à Phi-phine, d'un ton plein de morgue :

— Je voudrais bien savoir quel est ce beau jeune homme, si c'est un grand seigneur, et comment il se nomme ?

« Je crois bien, au reste, l'avoir déjà rencontré quelque part, dans un autre costume, évidemment !...

« Ne serait-ce pas chez la princesse Ardiméda ?

— C'est ma sœur !...

— Je me disais aussi...

« Charmé, prince, charmé !... Je ne vous demande pas des nouvelles de votre santé, elle me paraît suffisante. Mais je vous laisse, reprenez l'entretien.

« Et encore toutes mes excuses !...

Ayant tiré la porte — ou du moins ce qu'il en restait — derrière lui, Périklès s'arrêta maintenant pour rire à son aise.

Le Pirée n'avait pas perdu une seconde. Dès qu'il avait vu le président disparaître dans la chambre, il s'était précipité au 19, — ex-18, — où il entrait délibérément.

— Maître, criait-il, filez en quatrième vitesse !... Péper est là, avec tout un arsenal d'armes inconnues... Il dit qu'il veut se baigner dans votre sang !...

— Un bain, à cette heure-ci ?... Les vieillards ont vraiment de ces idées !

Aspasie, qui se tenait pudiquement derrière la porte, s'écria :

— Quel raseur !... Sors vite, Phi-phi, que je m'habille... Et ne t'inquiète pas, laisse-moi faire !...

Le Pirée, s'étant assuré que Périklès n'était pas dans le couloir, entraîna vivement son maître.

— Plus loin, lui conseillait-il, plus loin !

Le sculpteur, un peu rassuré, s'étonna soudain :

— Mais, au fait... en quel honneur es-tu ici, toi ?

— Je cherche une place... Monsieur m'a renvoyé !

— Oui, scélérat, pour avoir vendu mes chefs-d'œuvre !

— Monsieur remarquera pourtant que, bien que n'étant plus au service de Monsieur, je me suis tout de même empressé de rendre service à Monsieur !

— C'est ma foi vrai !... Tu m'as presque sauvé la vie. Eh bien, je te pardonne... tu reprends ta place !

— Merci, maître... mais on ne parlera plus de... des...

— Des statues ?... A quoi bon, je t'en retiendrai le prix sur tes gages.

— Monsieur est trop bon ! grimaça le Pirée

« Oh !... la voix du président !

Phidias s'affola :

— Et Aspasie qui n'a pas eu le temps de disparaître !...

« Sauve-la, aussi, Pirée, je ne te retiendrai pas le prix des chefs-d'œuvre !

Le serviteur se glissa prestement dans un petit couloir de service.

Périklès, sur la porte du 18, aperçut Phi-Phi... Glissant sa tête par l'entrebâillement, il dit à Ardimédon :

— Attention !... Phidias est là, il doit se méfier... Ne bougez pas, je vais l'éloigner.

Et il se dirigea vers le statuaire.

— Ce brave ami ! s'écria-t-il.

— Mon cher président !... Quelle bonne surprise !...

— Vous ne m'attendiez pas ici, hein ?

— Heu !... En effet ! dut avouer Phi-Phi, un peu décontenancé.

Mais déjà Péper lui prenait les mains, qu'il secouait avec effusion.

— Si nous faisions quelques pas ? suggéra-t-il.

— J'allais vous le proposer...

Et tous deux pensaient en même temps, chacun observant l'autre du coin de l'œil :

« Il sait que sa femme est là, et il cherche à m'éloigner pour la massacrer à son aise !... Heureusement que je veille ! »

Ils s'éloignaient un peu.

— Noùs sommes assez loin ! décréta Phidias.

— Mais non, cher ami, nous avons à peine marché ! ripostait aussitôt Périklès !

— Eh bien ! on va compter les pas !... Ah !...

— Quoi donc ? dit le président.

Il se retourna et devint livide : Aspasie venait vers lui...

Portant la main aux armes qu'il avait remises à sa ceinture, il eut un geste terrible :

— Oh ! fit-il, c'était donc vrai !

Mais Mme Périklès était une femme de décision prompte.

Les poings sur les hanches, elle vint se camper devant son mari :

— Ainsi, ragea-t-elle, je vous y prends ! C'est en de tels lieux que vous passez vos journées, sous prétexte de vous occuper des affaires du pays !

— Mon petit As...

— Il n'y a plus d'As, hélas !... Tous vos mensonges ne vous sauveront pas de mon mépris et de ma vengeance !... En attendant, je sais ce qui me reste à faire : je retourne chez maman !...

— Ma petite Papa, ma petite Zizi...

— Je vais vous en fiche, moi, du Zizi-papa !... Une pareille conduite... Un chef d'Etat... Ah ! c'est du propre !... Pouah !...

« Monsieur Phidias, je m'excuse d'avoir laissé éclater devant vous mon indignation !... Je ne sais pas trop cependant si vous n'encourez pas les mêmes reproches pour vous être fait le complice de telles orgies !

Phi-phi eut beaucoup de peine à garder son sérieux.

— Ma chère, présidente, dit-il avec onction, je vous jure...

— Assez de faux serments, je vous en prie !...

Périklès, confondu, baissait la tête.

L'attitude d'Aspasie attestait hautement son innocence... Et il avait osé l'effleurer d'un abominable soupçon !... Voilà où le menait maintenant sa stupide jalousie !

Car il ne voyait guère le moyen d'en sortir.

— Mais parlez donc, à la fin, cria la gamine en le secouant comme un prunier. Défendez-vous !... Justifiez, si vous le pouvez, votre présence en ces lieux !...

— Vous-même, chère amie... balbutia l'infortuné Péper.

Elle répondit, cinglante :

— Moi, j'y suis parce que je vous y suivais !

— Justement, je vous y précédais...

— Ah ! vous vous moquez de moi, par-dessus le marché ? Ça, c'est un comble !... Eh bien, on va voir un peu...

« Monsieur Phidias, votre bras !

Le sculpteur, enchanté, offrit galamment le bras demandé.

Un cri aigu le médusa.

Phi-phine s'avançait, menaçante.

Elle avait, de sa chambre, écouté toute la scène. Elle avait pâli de rage en entendant la gamine réclamer si audacieusement le bras du statuaire. La jalousie l'emportant sur la raison, elle était sortie, malgré les sages conseils du prince.

— Ah ! ah ! hurlait-elle maintenant, voici donc les lieux où vous travaillez, monsieur Phidias !... Et voici vos outils !

— Outil ! protestèrent d'une seule voix ses trois interlocuteurs.

Mais Phi-phine poursuivait :

— On me l'avait bien dit, mais je n'y voulais pas croire !

« A présent, je suis fixée : j'ai voulu voir, j'ai vu !... Adieu, monsieur !

Majestueuse, elle fit demi-tour, écrasant Aspasie d'un regard suprêmement dédaigneux et bousculant Périklès, qui commençait à s'amuser très fort de l'embarras de Phi-phi.

« Chacun son tour ! » pensait-il.

Le sculpteur se précipitait à la suite de sa femme.

Malheureusement, Ardimédon, demeuré dans la chambre, crut que le mari outragé voulait venger sur lui son honneur. Affolé, il ferma brusquement la porte.

Phidias, s'arrêtant net, crut comprendre tout ce qui s'était passé.

— Vous avez menti, madame ! vociféra-t-il... Vous êtes venue ici pour votre propre compte... avec un concubin qui est là... et que je vais exterminer !...

« Le nom, le nom de cet infernal suborneur !

Les choses se gâtaient et menaçaient sérieusement de mal tourner.

Phi-phine, malgré tout inquiète, avait vivement esquissé un large mouvement de retraite qui, à son insu, la ramenait devant Aspasie.

Celle-ci entrevit le danger et, instinctivement, oubliant toute rancœur personnelle, songea à y parer. Et puis, ne s'agissait-il pas de rouler un homme ?

— Evanouissez-vous ! souffla-t-elle.

Mme Phidias comprit et, ayant jeté un cri sauvage, s'abattit dans les bras de sa rivale en murmurant :

— Merci !

Savamment, elle s'agita des quatre membres, poussant des hurlements inarticulés, sans oublier de crier de temps à autre :

— Le misérable !... Il m'a tuée !... Au secours !... je meurs !...

— Pauvre petite ! s'apitoyait Périklès.

— Du vinaigre ! réclamait Aspasie.

— Mon vinaigre, le voici ! hurla Phi-phi, tentant d'arracher une arme à la ceinture de Péper.

— Pas de drame, citoyen, protesta le président... Il y a des magistrats !...

— Ils m'acquitteront, comme toujours !

— Hé ! ils peuvent se tromper... et vous condamner à mort...

Mais le sculpteur n'écoutait plus. Ayant réussi à prendre les pistolets, il s'assurait que chacun contenait cinq projectiles...

— Dix balles ! et ça ne vaut pas plus ! ricana-t-il.

Il se précipita devant la chambre 19, et allongea le bras, ainsi qu'il avait vu faire à Périklès.

— Monsieur ! cria-t-il, d'un air tragique, je sais que vous êtes là !... Je vais compter jusqu'à trois... Si, à trois, vous n'êtes pas venu, pieds nus, en chemise, la corde au cou, et un cierge de six livres à la main, confesser votre infamie, je vous tue comme un chien !...

« Un !... deux !...

Il attendit et, ne voyant rien venir, se résigna à dire :

— Et trois !...

La porte ne s'ouvrit point.

— C'est très embêtant, murmura Phiphi... Je suis obligé maintenant de le tuer ; j'ai promis !...

« Vous voyez, Phi-phine, à quoi m'expose votre inconduite !

— Eh ! laissez donc cette malheureuse en paix ! lui intima Aspasie. Elle n'a déjà plus que le souffle !... Voulez-vous donc la faire expirer dans mes bras ?

— Trêve de discours ! déclara le statuaire... Ma vengeance doit s'accomplir, elle s'accomplira !... les dieux l'exigent : il le faut, je le veux !..

Sans plus de conviction, il avança lentement, très ému, et poussa timidement la porte dont Ardimédon avait négligé de tirer le verrou.

Phi-phine poussa un cri déchirant.

Périklès se boucha les oreilles, ce qui était parfaitement inutile, car il était plus qu'à moitié sourd.

Un éclat de rire homérique retentit.

Le président ne l'entendit pas.

— Quel silence de mort ! dit-il... Ne bougez pas, mesdames, je vais faire des constatations du Sage...

D'un pas mal assuré, il se dirigea vers ce qu'il appelait « le lieu du crime ».

Phi-phine ouvrit timidement un œil.

— Tout paraît arrangé, murmura Aspasie, vous pouvez revenir à vous.

— Où suis-je ? Que s'est-il passé ?... psalmodia toutefois Mme Phidias, encore prudente.

Elle se remit sur pied.

Un nouvel éclat de rire se fit entendre.

Les deux femmes, intriguées, se diri-

gèrent à leur tour vers la chambre mystérieuse. Mme Phidias avait cru devoir garder un air indolent, et s'appuyer sur le bras compatissant de la gamine.

Mais ce qu'elles virent les plongea dans une si folle hilarité qu'elles en abandonnèrent brusquement leur petite comédie.

Dans le lit du « 19 », le Pirée, dévêtu, était tendrement allongé auprès de l'imposante Mme Perséphone, dans les bras de qui il semblait avoir disparu.

— Ciel ! s'écria pudiquement le petit bonhomme... Nous sommes surpris !... Ma tante, vous m'avez déshonoré !

— Je réparerai... murmura la bonne dame, qui semblait ravie de l'aventure.

— Oh ! tempéra son neveu... il n'y a rien de cassé !

Périklès, ravi que tout s'arrangeât au moins pour Phidias, ne se fatigua pas à chercher la clef du mystère, ce qui lui semblait d'ailleurs un problème trop compliqué pour son pauvre cerveau, soumis depuis quelques heures à tant de rudes épreuves.

Ce qui s'était passé était cependant fort simple.

Grâce aux petites fenêtres qui donnaient sur la cour, le Pirée avait, non sans recevoir un généreux remerciement, pu faire évader le prince. Une échelle et les couloirs de service lui permirent ensuite de pénétrer à son tour dans la chambre, où il n'eut aucune peine à se faire rejoindre par l'ardente Mme Perséphone.

Phi-phine et Aspasie eurent bientôt reconstitué l'enchaînement des faits, et n'en rirent que plus fort.

Mais Mme Phidias entendait triompher.

— Eh bien, monsieur, dit-elle au sculpteur, abasourdi... Comprenez-vous maintenant ?... Ce brave couple a accepté de m'accueillir un instant, quand je vous ai vu vous aventurer en cet hôtel, afin que je puisse vous surprendre !

« Où est-il donc, mon prétendu complice, dans tout cela ?

Le statuaire, honteux et confus, ne put que bégayer :

— Pardon, Phi-phine, je reconnais mes torts.

— Il est bien temps, après ce scandale public où vous avez osé traîner ma vertu dans la boue !

— Fi ! monsieur ! lui décocha Aspasie.

Périklès se crut obligé de renchérir :

— Fi ! fi !...

— Monsieur le président !

— Je ne vous appelle pas ! j'exprime mon opinion sur votre conduite !

Phidias était sincèrement navré, d'autant qu'il avait horreur des complications.

— Allons, Phi-phine, insista-t-il assez piteux, tu ne veux pas me pardonner ?

— Je veux bien encore être généreuse pour cette fois ! dit-elle, mais ne renouvelez pas ces odieux soupçons !

— Je te le jure !

— Alors, passons l'éponge !

Aspasie regarda malicieusement Périklès.

— Et vous, lui demanda-t-elle, ne ferez-vous pas amende honorable ?

Péper tenta de se précipiter aux genoux de sa femme, mais ce mouvement devait offrir pour lui quelque difficulté ; il se borna donc à s'incliner devant elle, en lui baisant passionnément le bout des doigts.

— Pardon, mon petit As !

— Dites : je ne le ferai plus !

— Je ne le ferai plus !

— Jamais ?

— Jamais !

— C'est juré ?

— C'est juré !

Ravi d'une éloquence qui ne lui avait pas demandé grand effort, le président roucoula :

— Qu'importent les trahisons des lèvres que nous baisons, si les lèvres sont jolies !

Phi-phi, l'interrompant, ajouta :

— Oublions les vains discours ? Aimons-nous, les jours sont courts...

Les deux femmes conclurent ensemble :

— Et c'est l'heure des folies...

Ainsi réconcilié, le quatuor quitta sans regret le *Perséphone-Hôtel* et réquisitionna en commun le cocher que le Pirée avait opportunément prié d'attendre...

Phidias, soudain, remit à Périklès les armes qu'il lui avait provisoirement arrachées :

— Reprenez ces joujoux, mon cher président... ils me paraissent trop dangereux, je n'ai pas osé m'en servir.

— Moi non plus, avoua Péper en riant.

— Qu'est-ce que c'est donc ?

— Une découverte toute récente, que m'a soumise le polémarque Lévipanis...

« Mais il paraît que l'invention n'est pas au point, elle ne pourra guère être utilisée avant une vingtaine de siècles...

Aspasie et Phi-phine échangèrent un regard soulagé.

CHAPITRE XX

COMMANDE OFFICIELLE

Ardimédon, s'il manquait un peu de subtilité, n'était pas ingrat.

Dès le lendemain, il se présentait aux ateliers de Phidias pour remercier le Pirée de l'avoir tiré d'un mauvais pas, et peut-être aussi dans le but de savoir comment s'étaient terminées les choses.

Précisément, il trouva le domestique seul. Tout heureux d'être rentré en grâce auprès de son bon maître, le petit bonhomme s'était mis à l'ouvrage avec une ardeur inaccoutumée. Supputant la générosité de ceux qu'il avait sortis d'embarras, il entrevoyait déjà de nouveaux châteaux en Espagne.

Aussi ne s'étonna-t-il point trop, quand le prince lui eut mis dans la main une bourse lourdement garnie, en lui disant :

— Voici de quoi jouer *Ptolémée*, qui sera sûr gagnant demain...

— Très peu pour *Ptolémée* ! se récria le serviteur. Je sors d'en prendre, ou plutôt d'en laisser !... Il m'a coûté trop cher au Grand Prix !

— Il fallait jouer *Adonis* !

— Hélas !

— J'y ai gagné cinq cent mille drachmes !... J'avais le tuyau !

— Par qui donc ?

— Le hasard : un camelot, place de l'Agora, me l'avait glissé dans un long tuyau...

— Sans blague ?... Eh bien, vous me devez, à un pour cent, ce qui n'a rien d'excessif, cinq mille drachmes !

— C'était toi ?

— Voici encore ma pancarte et mon tube acoustique !

— Eh bien, il y a juste la somme dans cette bourse...

— Pardon ! moi, j'ai de l'ordre : les courses, c'est une affaire à part !... Ceci, c'est la légitime récompense d'un inappréciable service !...

— Bon, tu auras ton pourcentage !... Mais dis-moi comment les choses se sont terminées, hier...

Le Pirée, prolixe en détails, conta par le menu les événements sans négliger d'y faire valoir son rôle personnel.

Ardimédon, ravi, déclara :

— La sage Minerve t'a inspiré...

« Seulement, le président m'a reconnu ! S'il dévoile à Phidias ma véritable personnalité, ça va créer un nouveau drame !

— Laissez-moi faire !

— Je commence à avoir pleine confiance en toi... Et je saurai te le témoigner...

La blonde Cynthia vint interrompre ce discours prometteur.

N'ayant pas vu son galant depuis trois jours, elle redoutait que l'affaire des statues n'eût entraîné pour lui de fâcheuses conséquences.

Le sourire triomphant du petit bonhomme la rassura pleinement. Il s'était précipité dans ses bras ; puis, l'entraînant vers Ardimédon, il annonça, très homme du monde :

— Prince, permettez-moi de vous présenter Mlle Cynthia, ma fiancée.

— Un prince ? murmura-t-elle... mais c'est l'Amour !

— Eh bien, l'Amour, c'est un prince... qui, justement, vient de m'annoncer qu'il nous ferait pour notre mariage un cadeau princier...

— Chouette ! s'écria Cynthia en allongeant la main...

Ardimédon sourit :

— Voici ! fit-il en laissant tomber quelques mines d'argent dans la jolie menotte...

— Décidément, vous êtes bon prince ! remarqua le Pirée, ravi.

Une voix sonore retentit dans la pièce de derrière.

— Phidias ! s'inquiéta Ardimédon....

— Ne vous en faites pas... Jetez-vous sur le divan... Cynthia, jette-toi dans les bras de Monsieur !... Et maintenant, jetez-vous de tendres coups d'œil !... Là !... comme ça, c'est jeté.

Sans leur laisser le temps de demander la moindre explication, il partit en courant, rejoignit Phi--phi dans un petit salon, et s'effaça pour le laisser passer.

Le sculpteur, admirant ce zèle, eut un sourire indulgent :

— Allons, dit-il, tu cherches à réparer tes sottises... C'est bien !

Ils pénétraient dans l'atelier.

Cynthia et le prince, intrigués, se tenaient toujours, enlacés, sur le divan.

— Non, mais, ne vous gênez plus ! cria Phidias en les apercevant... Voulez-vous cinq drachmes pour aller à l'hôtel ?

Il reconnut Ardimédon et éclata de rire.

— Eh ! quoi ! c'est vous ?... Vous n'avez donc pas de domicile ?... En tout cas, n'y revenez plus : j'entends que mes modèles aient une tenue correcte...

« Et puis, ajouta-t-il en regardant sévèrement Cynthia, je ne veux pas qu'on fasse de peine, chez moi, à un garçon qui ne le mérite pas !

« Séparez-vous donc, nom de Zeus ; voici le Pirée !...

Celui-ci entrait, en effet.

— Tiens, fit-il d'un air étonné, vous êtes encore là, mon prince ?

— Où vois-tu un prince ? demanda Phi-phi en riant.

— Là... le prince Ardimédon, que je vous présente !... Noblesse authentique... ses aïeux étaient au siège de Troie !

Phidias eut un regard soupçonneux... Mais son serviteur reprit aussitôt :

— Grand admirateur des arts et des artistes en général, de vous et de vos œuvres en particulier... le prince est un de nos plus fastueux bienfaiteurs.. Il m'informait, tout à l'heure encore, de ses intentions de faire reprendre à son compte vos statues...

— Mes statues !

— Parfaitement ! chez Jules Lévy, ajouta le Pirée avec un coup d'œil significatif à Ardimédon.

Celui-ci comprit et s'empressa :

— C'est l'exacte vérité, mon cher maître ! Et, vous ayant présenté l'hommage de mon admiration, je cours...

— Ne courez pas si vite ! coupa Phi-phi.

« Evidemment, je suis très honoré, touché, flatté... Mais comment un noble seigneur tel que vous a-t-il pu accepter d'être modèle chez moi, à vingt drachmes la séance ?

— Par amour, maître... par amour de l'art...

Le Pirée expliqua vivement :

— Le prince tenait absolument à figurer dans un de vos groupes... C'est pour lui le seul moyen d'espérer passer à la postérité !

Le statuaire, convaincu, se rengorgea :

— Ah ! merci, prince, vous me comblez !

— De rien, mon cher maître, j'aime tant les arts.

Phidias éclata soudain de rire :

— C'est ma femme qui va en faire une tête ! dit-il, elle qui vous traitait, puis-je dire, par-dessus la jambe !

« Excusez-la, puisqu'elle ignorait... N'était-elle pas en droit de vous prendre pour un quelconque pauvre bougre ?... A l'avenir, je vous promets qu'elle vous traitera mieux... J'y veillerai !

— Vraiment, vous êtes trop bon ! reconnut le jeune homme.

De la corne d'aurochs monta un appel caverneux.

— On a marché dans le téléphone ! dit gaiment Phi-phi, en se précipitant :

« Allo !... Tous mes respects, mon cher président !... Mais oui, ça va le mieux du monde !... Ah ! il faudrait que je passe tout de suite à l'Acropole ?... Bien !... Madame a changé d'avis... Ce n'est plus un buste qu'elle veut... Elle entend figurer dans mon groupe... Bon, mon... je changerai le titre et l'attitude des sujets... Seulement, tout est à recommencer... et, avec un personnage de plus... ça fera au moins le triple du forfait convenu... Je vole, monsieur le président, je vole !...

Il raccrocha et se frotta les mains :

— Bonne journée ! dit-il... Bonne journée !... Prince, puis-je vous demander un service ?

— Deux !

— Bon, vous m'en devrez un !... Ayez donc, en attendant, l'obligeance de passer chez moi... Vous dévoilerez votre personnalité à ma femme...

— Avec empressement...

— Après quoi, vous l'informerez que je ne rentrerai pas déjeuner.

— M'autorisez-vous à l'inviter, pour lui éviter les ennuis de la solitude ?

— Excellente idée !... Vous êtes un homme d'élite !

Dans une pièce voisine, où le Pirée expliquait la situation à sa chère Cynthia, deux rires perlèrent, aussitôt étouffés. Personne, heureusement, ne les entendit.

Phidias, revenait sur ses pas.

— Prince, dit-il... puis-je vous demander autre chose ?

— Ne vous dois-je pas un second service ?

— C'est juste !... Eh bien, entre la poire et le fromage... mettez ma femme au courant de la nouvelle idée de Périklès : il veut que la présidente figure dans mon groupe... entre l'Amour et la Vertu ?

— Hein ? sursauta Ardimédon.

— Je sais, c'est un peu délicat... Phi-phine bat froid à Aspasie... je ne sais trop pour quelle raison...

— Heu !...

— Oui, enfin, tâchez d'arranger ça... qu'elles s'entendent au moins pendant le temps nécessaire à la pose.

— Vous pouvez compter que je ferai l'impossible !

— Merci mille fois !... Vous êtes un parfait gentilhomme. Je dirais même un gentleman, si ce mot existait...

« Alors, je vous laisse aller... N'oubliez pas mes statues... Bonne chance !

Ardimédon, le cœur en fête, se hâta de courir vers l'accomplissement de son agréable mission...

— Le Pirée ! appela Phidias... Mon peplos nº 1... Vite !

Le serviteur reparut aussitôt.

— Tiens ! lui dit son maître... Prends cette petite bourse, en attendant mieux... Si, si .. il faut que cette journée soit pour tous marquée d'une pierre blanche !

« Du moment que tout s'arrange, et que j'ai retrouvé mes statues !

« A propos, reprit-il, ne t'offusque pas si, par hasard, le prince chiffonne un peu le menton de ta petite amie... Les grands seigneurs ont, seuls, de ces belles manières... Ça se croit tout permis !

« Mais tu ne dois pas être jaloux !

— Aussi ne le suis-je pas, maître !... Je serais plutôt flatté !

— Non ?

— Si !... qu'un prince ait les mêmes goûts qu'un domestique, ça ne peut que flatter le domestique !

— C'est un point de vue !... Sur ce, je file... Arrête-moi un char !...

« Dès que les statues seront rentrées, fais-les installer sur leurs socles... Et qu'elles n'en bougent plus, hein ?

— Bah ! le prince est là !

— N'abuse pas de la magnanimité de ce gentilhomme !... A propos, ça c'est bien fini, avec ta Perséphone de tante ?

— Fini, fini !... Il y a tout de même des charges de famille qui sont bien lourdes... Ah ! voici un char...

Le Pirée y conduisit obséquieusement Phi-phi :

— Alors, maître... les embêtements sont terminés. Vous voilà heureux !

— Oui, ami Pirée, cette fois, je le suis !

CHAPITRE ULTIME

UN GROUPE SYMPATHIQUE

Sur leur socle, les statues précieuses regardaient, de leurs yeux sans flamme. Insensibles à l'humiliation d'être désormais enchaînées — ainsi que l'avait exigé Phi-phi, pour les mettre à l'abri d'une nouvelle fugue — elles semblaient tout à la joie d'être enfin rentrées dans les lieux où elles avaient reçu le jour.

Elles n'y étaient revenues qu'après un fort long débat entre Ardimédon et Jules Lévy. L'argent, répandu à pleines mains, avait cependant triomphé des exigences de l'antiquaire.

Celui-ci, en revendant les œuvres de Phidias au prince, n'en avait pas moins réalisé une excellente affaire. Il eût même gagné plus encore si le Pirée ne s'était fort utilement trouvé là pour défendre âprement les intérêts du jeune homme.

Cette attitude lui avait, du reste, valu une importante gratification, qui le consola un peu d'avoir encore joué *Ptolémée*. Le brillant coursier venait, en effet, d'être battu une fois de plus, et par qui ? par l'obscur *Petit-Salé*, lequel donnait du 30/1.

Donc, les déesses étaient maintenant à leurs places...

Aspasie, Phi-phine et Ardimédon n'étaient pas moins aux leurs, posant sous l'œil d'aigle du sculpteur, sous le regard attendri de Périklès, cependant que, d'un plumeau redevenu négligent, le Pirée caressait les croupes polies des statues.

Phidias et le Président s'étaient enfin mis d'accord sur le sujet à immortaliser dans le nouveau groupe, énorme mais splendide. Ils avaient discuté longuement avant d'adopter un symbole définitif.

Le statuaire, dont l'imagination était plus féconde, ou mieux exercée, avait d'abord suggéré de placer l'Amour à genoux, une truelle à la main, et commençant à bâtir le foyer domestique, tandis que la Vertu lui passait le premier moellon...

— Un placement de pierres de famille, avait ricané Péper...

« Et puis, avait-il ajouté, je ne vois pas bien l'Amour gâchant du plâtre !

— Peuh ! Cupidon n'est-il pas un petit gâcheur ? se moquait à son tour Phi-phi.

— Et Aspasie, je ne devine pas ce que vous en faites, là dedans ?

— Elle représenterait l'Economie, retroussant sa robe pour insérer dans son cothurne quelques drachmes, fruits de l'Amour !

Le président avait repoussé cette idée avec indignation :

— Ma femme, s'était-il récrié, n'aurait pas du tout l'air de l'Economie, mais plutôt d'une péripatéticienne !

« Une présidente de la République athénienne ne saurait poser un tel personnage !

« Et puis, je m'en tiens à mon opinion : l'Amour en maçon, je ne vois pas ce que ça aura de palpitant !

Phi-phi n'avait aucune raison de s'entêter : le prix accordé par l'Etat dépassait ses rêves les plus dorés ; d'autre part, il ne demandait qu'à prolonger le plus possible les séances de pose de sa gamine charmante...

Ayant discuté pour la forme, au nom surtout de son amour-propre artistique, il soumit un autre projet :

— Voici : nous mettons l'Amour debout, faisant de l'œil à la Vertu, qui tend vers lui des mains tremblantes de désir, tandis que, couchée à leurs pieds, l'Economie domestique les contemple avec bienveillance, en leur vantant les charmes du foyer !

— Parfait ! avait approuvé Périklès... bien que je ne me rende pas compte comment on fera trembler des mains de marbre...

— Ici, intervient mon art ! avait superbement répondu Phidias.

— Un dernier avis, disait, ce matin-là, le président : l'œil de l'Economie doit exprimer de sages conseils...

— Lesquels ?

— Par exemple : « Ne gaspillez pas votre amour, ménagez-le... n'en dilapidez pas d'un seul coup les purs trésors, vous le regretteriez un jour !

— A notre âge, peut-être ! soupira mélancoliquement Phi-phi... Mais, eux, ils sont jeunes... Regardez-les...

Le bon Péper contempla le trio des modèles : heureux, ils riaient tous trois en gens qui n'ont pas de soucis... Et comme le président demeurait songeur, Phidias murmura :

— Hein ? c'est beau, la jeunesse !

— Oui, c'est beau... Quel dommage qu'on laisse ça dans les mains des enfants !

Ils demeurèrent un instant silencieux, attendris sur leurs cheveux tombés, sur tant de belles choses disparues...

Enfin, le statuaire se remit au travail...

Les séances se passaient le plus agréablement du monde. Aspasie et Phi-phine, devenues amies intimes, prenaient plaisir à se retrouver et à rencontrer Ardimédon, qui les avait si habilement réconciliées.

Phi-phi avait complimenté sa femme sur son retour à la raison, mère de toute harmonie :

— Vois-tu, lui disait-il parfois, la Vertu doit tout de même se montrer aimable à certains moments, sous peine de devenir insupportable... La Vertu qui fait du tapage n'est déjà plus de la vertu !

Toutefois, il goûtait fort peu les plaisanteries de Périklès sur ce sujet. Le président, au cours des séances, se plaisait à fredonner :

« Dis-moi, Vénus, quel plaisir trouves-tu à faire ainsi cascader la Vertu ?... Tu tu tu tu !... »

Il s'en était ouvert à sa femme. Indulgente, Phi-phine avait répondu :

— Ce pauvre Péper, il baisse, que veux-tu ?

Et le sculpteur, se redressant, avait déclaré :

— Dame, il n'a plus ma résistance !

De son côté, Aspasie, soucieuse de ne pas réveiller les soupçons de son époux, lui avait dit négligemment :

— Ce brave Phidias, tout de même, il devient aveugle !

— Tu crois ?

— Il ne voit pas que sa femme et Ardimédon... parfaitement !...

Périklès plastronna :

— Ah ! il ne connaît pas, comme moi, la manière de plaire aux femmes !

« Mais, enfin, soyons-lui indulgents ! C'est le moment de lui témoigner plus d'affection que jamais !... S'il est trahi par une femme, une autre femme peut le consoler... C'est une noble tâche, Aspasie, qu'en penses-tu ?

— Tu es bon, mon ami... Je consolerai Phidias...

— En tout bien tout honneur, s'entend !

— Cela va de soi !

Ainsi, ces ménages, qui étaient passés si près de la dissolution, voyaient maintenant proroger leur mandat d'amour, de confiance et de bonheur...

C'est la meilleure fin à donner à une histoire, fût-elle aussi véridique que celle-ci. Nous n'aurions donc garde d'insister...

N'oublions pas cependant de fixer pour la postérité le sort d'un personnage important de ce récit, qu'il serait malséant de laisser dans l'oubli :

Le Pirée, assagi, rentier et époux de Cynthia, en eut un fils dont il fit un jockey, et qui gagna même quelques prix à réclamer.

. . . .

Et maintenant, que Zeus nous donne de mauvais ministres, si ce que nous venons de conter n'est pas la pure expression d'une vérité avec laquelle nous avons l'honneur de vous présenter, mesdames, messieurs et chers lecteurs, l'assurance de notre considération la plus distinguée !

FIN

Imprimerie Téqui, 3 bis, rue de la Sablière Paris. — 988-5-1927